La marca

FRÍÐA ÍSBERG
La marca

Traducción del islandés de Enrique Bernárdez

RANDOM HOUSE

Papel certificado por el Forest Stewardship Council®

Penguin
Random House
Grupo Editorial

Título original: *Merking*

Primera edición: marzo de 2024

Este libro ha sido traducido con el apoyo de

Printed in Spain — Impreso en España

ISBN: 978-84-397-4176-3
Depósito legal: B-627-2024

Compuesto en la Nueva Edimac, S. L.
Impreso en Unigraf (Móstoles, Madrid)

RH 4 1 7 6 3

Laíla:

¿Por qué tienen que ser siempre así nuestras conversaciones? ¿No podemos hablar de nada sin que salga a relucir lo de «pues eso es lo que pienso yo»? Yo no estoy convencida de nada. Simplemente estaba considerando los posibles contraargumentos, comprobando cuál era el alcance de esa opinión. No aguanto la tierra de nadie que se ha creado. No aguanto que la sociedad tenga que estar siempre dividida en dos bandos, cada uno dedicado a defender su fortaleza, y que quienes se atreven a meterse en medio reciban disparos de los dos lados. Sí, que no se me olvide: «política» no significa «polos opuestos», como pareces pensar tú. «Política» hunde sus raíces en el concepto griego *politiká*, que significa «asuntos de la ciudad».

Esto no es, ni tiene que ser, simplemente estar a favor o en contra. Polo norte o polo sur.

No estaba justificando nada. Simplemente quería decir que volar en formación de V reduce la resistencia del aire y en consecuencia facilita a las aves el vuelo sobre el mar. En cuanto un pájaro se separa del grupo, encuentra mayor resistencia del aire y tiene que desplazarse para volver a situarse detrás de otro. El grupo se mantiene unido porque es lo más práctico, aumenta las probabilidades de éxito. No altera nada que el vuelo en V discrimine a los pájaros según su fuerza: los pájaros más fuertes vuelan delante, rompiendo el viento. Cuanto más atrás estés, tanto más fácil será el vuelo. Naturalmente, lo más simple sería volar en el centro, pero los demás pájaros no te lo permiten porque entonces no aportarías nada al grupo. Los demás empiezan a gañir y protestar, todos al mismo tiempo.

Con eso no pretendía decir que los psicópatas –y no, me niego a doblegarme a la absurda exigencia del lenguaje políticamente correcto de hablar de «personas con desórdenes morales»– sean los pájaros más fuertes. La amoralidad afecta en general al que vuela en el centro, al que evita volar en la cabeza de la bandada. El psicópata no es el pájaro más fuerte, sino el eslabón más débil de la sociedad. Fíjate en la ambigüedad de la palabra «débil», pues los eslabones más débiles de la sociedad –los individuos que no aportan nada al grupo– son literalmente tachados de débiles. Estamos mezclando dos cosas: sano y enfermo, débil y fuerte.

Naturalmente, todo esto recuerda a Nietzsche. La diferencia entre buenos y malos, buenos y débiles. Seguramente estás poniendo los ojos en blanco ahora mismo, pero esto es importante. Según nuestros valores morales, las cualidades personales que están al servicio de la totalidad son «buenas» (empatía, predisposición a ayudar), mientras que las cualidades que la amenazan son «malas» (egoísmo, amoralidad). Esto contradice, naturalmente, otra idea más intuitiva: «Lo que es bueno para mí es bueno; lo que es malo para mí es malo».

Pero ahora, nuestro grupo (el rebaño, la sociedad) ha unido fuerzas contra la amoralidad. Determinadas propiedades humanas que antes estaban relacionadas con la fuerza, como por ejemplo la testosterona y la agresividad, ya no son simples vicios obscenos, sino directamente síntomas de una enfermedad. Lo que es como decir que los cuchillos son cosas obscenas, síntomas de una enfermedad. Claro que sí, los cuchillos pueden ser peligrosos, ¿cuántos han muerto como consecuencia de la violencia de los cuchillos? Sin embargo, utilizamos cuchillos absolutamente todos los días, en todas las cocinas del mundo.

Naturalmente, comprendo por qué hemos llegado hasta aquí, a lo que desde hacía tiempo estaba dañando la conversación y la moderación. Pero ¿qué hay de los pájaros que son verdaderamente fuertes, los que rompen el viento y favorecen así al resto? Tomemos como ejemplo el Alþingi, nuestro Parlamento, ¿qué le ha pasado después de que se hiciera efectiva la obligación de marcado para todos los diputados? Ahora, la nación sabe con total certeza que no hay ningún psicópata en el Alþingi; ya no podemos barrer a los políticos y arrojarlos al cubo de la basura de la psicopatía cuando nos venga bien. Sin embargo, los diputados continúan formulando sus preguntas con mucha prudencia. Ya nadie se atreve a decir las cosas con claridad, porque todo ataque se ha convertido en violencia.

Así están las cosas. El significado de las palabras se debilita y constriñe, se ramifica y se entrelaza. Las herramientas se convierten en armas asesinas y las fortalezas en debilidades. Todo depende del contexto en cada caso.

Dicho esto, daré un paso atrás y pediré disculpas por haberme marchado tan bruscamente ayer. Pero tú también deberías saber el desagrado tan fuerte que experimento cuando me ponen entre la espada y la pared; que, o me muestro de acuerdo con la ortodoxia, o soy una mala persona. Déjame respirar, Laíla. Déjame reflexionar sobre este asunto sin tratarme de «lobo con piel de cordero». No es justo que simples especulaciones ideológicas se transformen en acusaciones personales. Para poder ser amigas veinte años más, tenemos que ser capaces de charlar sin que todo acabe en defensa y ataque, hoguera y llamas, fuego y cenizas.

TEA

1

Vetur va camino al trabajo cuando ve a un hombre de cabello oscuro dentro de un café del barrio, y en sus hombros rígidos hay algo que basta para trastornarla de golpe. Consigue llegar a la esquina, fuera de la vista del café, antes de que sus piernas se vuelvan de gelatina y los brazos se le queden sin fuerzas; todo se vuelve demasiado resplandeciente, los colores brillantes, los pequeños detalles se amplifican. Zoé pita: «Pulsaciones 181 por minuto». La invade la misma sensación opresiva de siempre: la está vigilando, sabe dónde trabaja, ha vuelto a empezar, tiene que ocultarse. Alguien se acerca a ella y le pregunta si está bien, pero la voz le llega con mucho retardo, o probablemente será su cabeza, que tarda mucho en captar el significado de las palabras, y dice Sí, todo va bien, que tiene la regla, le dice a Zoé que no se active, lo que menos desea es que suenen las sirenas como la última vez, respira hondo, suelta el aire: aquí no puede entrar. No puede entrar en este barrio. No podía ser él. Y pensándolo bien, no se parecía nada a Daníel, ese hombre llevaba el pelo corto y una americana elegante, como cualquiera de este barrio, como cualquiera que pudiera entrar en este barrio.

Está encorvada, con las manos sobre las rodillas. Se endereza despacio y se pone en camino hacia el colegio tan rápido como puede. Entra directamente en su aula e intenta calmarse. Cuando llega el primer estudiante, ya ha dejado de temblar. A primera hora de la tarde, casi lo ha olvidado.

Al concluir la jornada lectiva vendrá un representante de la Asociación de Psicólogos de Islandia, la APSI, a explicar al claustro de profesores cómo tienen que preparar a los alumnos. La experiencia demuestra que lo mejor es quitar importancia al examen, mostrarles que no es nada del otro mundo. Pero, eso sí, los alumnos tienen que tener muy claro cómo va a ser, y tomárselo muy en serio.

—¿Y cómo tenemos que presentarlo? ¿Como un regalito? —dice Húnbogi abriendo los brazos como si, piensa Vetur, estuviera a punto de alzar las manos al cielo sin llegar a hacerlo.

El psicólogo ladea la cabeza y piensa.

—No —dice con tranquilidad—. Como un regalito, no. Pero cuanto más nos acercamos al referéndum, más chicos están perdiendo el sueño por la angustia. Y quizá ni siquiera los adultos en sus casas consiguen hacerse una idea de lo que significa la obligación de marcado, y no se dan cuenta de que tienen junto a ellos a sus hijos, que son como esponjas que absorben la tensión y la incertidumbre de las escasas informaciones que escuchan. Por eso creemos que es preciso hablar de «evaluación del grado de identificación» para individuos menores de dieciocho años. No de examen de empatía. No queremos que los chicos tengan la sensación de que es algo en lo que pueden suspender. No vamos a marcar a nadie.

El delegado, Ólafur Tandri, no será mucho mayor que ella, andará por los treinta y tantos. Aparece con frecuencia en las noticias como responsable de la APSI. El director del colegio solicitó expresamente que fuera él quien acudiera. Ella comprende por qué goza de tan buena fama en este campo. Hay algo modesto en él, claro. Como una casa construida sobre piedra firme. Y no sobre arena, como las demás.

—Esperamos que estas medidas eviten la ansiedad, la incomodidad, la vergüenza e incluso el acoso. Por supuesto, vosotros sabéis mejor que nadie que es una edad muy frágil, la edad en que el espíritu gregario triunfa sobre la individualidad, cuando prácticamente todos desean encajar en el grupo. Los chicos nunca verán los resultados de la evaluación. Nosotros nos pondremos directamente en contacto con los tutores cuando sea necesario. Además, en las escuelas marcadas se detectan poquísimos casos. Por lo general se trata de niños que muestran claros signos de carencias: los que han padecido traumas o falta de atención.

—Perdón —dice alguien al fondo de la sala, Vetur ve que es una madre de la asociación de familias de alumnos—. Los padres y madres, ¿podremos saber qué niños suspenden y quiénes aprueban?

—Eso lo tiene que decidir la dirección de la escuela —dice el delegado—. Pero es una cuestión delicada. Cuando se califica a un niño por debajo del mínimo, hay que prestarle atención especial. De ahí que pudiera parecer razonable informar a los demás padres. Es necesaria una tribu para educar a un niño y todo eso. Pero el peligro es que los padres, inconscientemente, quieran mantener a sus propios hijos lejos del individuo enfermo, lo que es totalmente contrario al objetivo de la evaluación. Hay que responder a la conducta antisocial con integración social. Si la consecuencia de la evaluación es el aislamiento, lo único que estaríamos haciendo es sacar al niño del fuego para meterlo en las brasas.

—En este barrio nunca sucedería nada parecido —responde la madre.

—Esperemos que no —dice Ólafur Tandri.

—¿Qué ocurrirá si un niño es calificado por debajo del mínimo?

—Si las autoridades evaluadoras ven motivo para intervenir, se pondrán en contacto con la dirección del colegio y con los tutores, que juntos propondrán a los padres las medidas oportunas.

Vetur se apresura a salir antes que sus colegas. En la entrada hay algunos adolescentes, dos de ellos comiendo manzanas apoyados en la pared, una moda que no entiende. Cruza el patio del colegio, pasa por delante del pequeño campo de fútbol con paredes de plexiglás transparente. Camina deprisa, ha dicho que iba al teatro cuando un compañero ha propuesto ir al 104,5, el café donde creyó ver a Daníel esa mañana. ¿Por qué? ¿Por qué lo hace? Y después alguien ha preguntado a qué obra, y ella ha respondido que no lo sabía, que iba con su madre y era una sorpresa. Las mentiras alimentan la ansiedad. Tendrá que acordarse de ver qué obras hay esta noche, para poder responder cuando le pregunten el lunes.

Sencillamente no le apetece participar en las conversaciones que se dan en esos encuentros. No le apetece escucharles expresar su conformidad con el fondo pero su disconformidad con los detalles, no le apetece callar y escuchar argumentos que ha escuchado ya cien mil veces, y después los contraargumentos que ya ha oído cien mil veces; no le apetece el tira y afloja entre querer decirle algo o no decirle nada a Húnbogi, y luego decirle algo a Húnbogi, con quien no le apetece tener un *crush* pero aun así lo tiene porque es mono, y de alguna manera le atrae esa combinación letal de saberlo y no saberlo, y cuando piensa en él en abstracto no le apetece meterse en semejante lío de seguridades e inseguridades, aunque, naturalmente, pensar en alguien en abstracto es algo totalmente distinto al temblor físico que llega sin avisar, por no hablar de la atracción casi física que llega sin avisar y a la autoconciencia y la torpeza y las bromas que pierden todo sentido.

El llanto de un niño resuena en la calle. Desde las casas se oye correr agua de los grifos de la cocina, ruido de vajilla; Vetur percibe un agradable olor a comida. La acera está desnuda: no hay yerbajos ni baches, los árboles son todavía arbustos flacos. La parte oriental del barrio, la más cercana al viejo puerto de Sundahöfn, está aún en construcción, durante el día entra el ruido de las obras por la ventana del aula. Pero al otro lado de la valla, la parte occidental está prácticamente terminada: grandes calles blancas entre altos edificios de estilo clásico continental, edificios como dientes bien rectos. Es el único barrio marcado de la zona centro. Los otros barrios marcados están en un nivel de desarrollo parecido, uno al norte, junto al lago Hafravatn, y el otro en Straumsvík.

Si le renuevan el contrato al final del trimestre tendrá que vender el estudio de la calle Kleppsvegur y comprarse un piso aquí. Es la única solución.

Al poco aparece una pared de cristal de diez metros de altura, entre translúcida y plateada, que rodea el barrio como un gusano abrazando su tesoro. Al final de la calle, en Sæbraut, se eleva y se convierte en un portal en arco que conduce a Laugarnesvegur. Es uno de los dos portales de entrada: el otro está más arriba, frente a Dalbraut. Cuando Vetur era adolescente, había allí naves enormes de almacenes, pero a medida que se fueron deteriorando se decidió elevar el terreno; la ciudad entera fue separada del mar, desde el monte Esja hasta Straumsvík, con una barrera de ese mismo plexiglás. Los medios de comunicación la denominan «la Cristalería», pero el resto de la gente se refiere a ella simplemente como la fortificación.

Vetur se dirige a la salida, la primera puerta se desliza automáticamente cuando se acerca y vuelve a su lugar una vez que la ha traspasado; permanece un segundo en el pasillo acristalado mientras las cámaras buscan su rostro en el Archivo, y entonces la última puerta se desliza a un lado y ella sale.

El miedo se mueve hacia abajo, va cayendo como la arena en un reloj de arena. Vetur comprueba si está encendido el sistema Escolta, que por supuesto lo está; los tacones de sus zapatos repiquetean en la calle delatando su cambio de ritmo, su aceleración. Lo cual no encaja con la imagen que tiene de sí misma. Ella es más despreocupada, más desenvuelta. Es de esas personas que se atreven a matar una araña en la bañera, de las que se atreven a cocinar alimentos que han pasado con creces la fecha de caducidad. No es de las que tienen ataques de pánico en la calle o se acogen ciegamente a la sensación de seguridad, que tienen miedo a pasear por Sæbraut y que comprueban dos, tres veces si la puerta de la calle está bien cerrada antes de irse a dormir.

Su psicóloga le dijo que era afortunada. Que procedía de una familia intachable, que tenía una buena red social y que en consecuencia se recuperaría del trauma en poco tiempo. Animó a Vetur a hablar abiertamente con los suyos, parientes, amigos y compañeros de trabajo, a fin de combatir el aislamiento social, que era una consecuencia habitual del trastorno de estrés postraumático y Vetur obedeció cuidadosamente en todo, excepto en lo tocante a sus nuevos colegas de la escuela de Viðey, porque el TEPT puede provocar una pérdida temporal de empatía y, en ese barrio, una pérdida temporal de empatía afecta a la reputación y a su manera de ganarse la vida.

Hace unas semanas alguien intentó forzar la puerta de su casa de madrugada. En ese instante todo volvió a suceder, el reloj de arena se dio la vuelta; comprobó que seguían cerradas las persianas de todas las ventanas y recorrió hasta el último metro cuadrado del apartamento para convencerse de que él no había entrado, atisbó una y otra vez entre las lamas de las pesadas persianas venecianas para asegurarse de que allí fuera no estaba el Mercedes negro. A pesar de que sabía perfectamente que la orden de alejamiento y el Localizador hacían imposible que se aproximara a menos de doscientos metros. La policía habría recibido un aviso al momento.

¿Está marcada la escalera?, fue la primera pregunta de los agentes. Cuando respondió que no, enviaron un vehículo.

Todo parecía indicar que no era más que un simple intento de robo, pero cada vez que piensa en el crujido de la puerta imagina a Daníel detrás del umbral. El abrigo negro y las frías manos pálidas. Supone que pretende que no le olvide. Hacerle saber que no se ha librado de él.

Fue una vez más a ver al encargado de la recogida de firmas en la comunidad de vecinos, que se limitó a decir con un suspiro que el anciano del tercer piso seguía oponiéndose a que marcaran su escalera. La última vez se le echó encima al presidente, que hicieran el favor de esperar tranquilamente hasta que él estuviera muerto dentro de su apartamento, pero Vetur no podía esperar tranquilamente: el anciano andaría por los setenta, le quedarían fácilmente diez o quince años, si no más. Y aunque marcasen la escalera, eso no quiere decir que los bloques o las calles circundantes se cerrarían con vallas. Eso tardará años, o décadas, si es que algún día llega a hacerse. Lo único que significa marcar la escalera es que quienes no estén marcados no podrán pasar por el lector facial del portal. Y que probablemente serían menos los ladrones que intentarían forzar su puerta.

Entra despacio en el diminuto vestíbulo interior del bloque y mete la llave en la cerradura de su puerta. Después de entrar en casa apaga el sistema Escolta. Se deja caer en el sofá, pide a Zoé que llame a su psicóloga. Hay dos semanas de espera, informa la voz suave de una inteligencia artificial, su psicóloga está en casa con un hijo enfermo y han reprogramado las citas. Vetur acepta la cita para dos semanas después, suspira desesperada tras la llamada telefónica y echa un vistazo a sus redes sociales. La gente del trabajo estará ya en el 104,5. Por unos segundos siente deseos de salir corriendo y meterse a codazos entre la profesora de islandés y Húnbogi, no dejarles hablar de nada pedantemente islándico que pudiera dar pie a que algún día lleguen a convertirse en una pedante pareja islándica, pero entonces se imagina formando ese tipo de pedante pareja islándica con Húnbogi y se estremece solo de pensarlo.

Es una estupidez total intentar tener una relación sin ataduras ni pretensiones cuando estás a punto de cumplir los treinta y dos, la falta de pretensiones quedará aniquilada ante las inevitables preguntas sobre hijos y matrimonio e ideas políticas. Pero a Húnbogi no le tiene miedo. Confía en él. Es otra consecuencia de lo que sucedió con Daníel: le ha cogido miedo a los hombres, en los que de inmediato ve algo cruel, y también le ha cogido miedo al infarto y al cáncer y a los coches y los aviones, tiene miedo por sus familiares y amigos, miedo de recibir malas noticias cuando suena el teléfono, de que a alguien le hayan diagnosticado una enfermedad o que haya tenido un accidente. Lo cual no encaja con la imagen que tiene de sí misma. Ella es más despreocupada, más desenvuelta.

Mira a su alrededor. Hace un año este mismo salón estaba inundado de sol. Ahora las cortinas amarillas filtran la claridad de la tarde. Vetur nota un creciente malestar en la garganta. Cierra los ojos y llora por su antigua vida, cuando no sentía que alguien la estaba siguiendo a cada paso; si se concentra le vuelve esa sensación: libertad, infinita libertad infantil; había estado saliendo con una mujer muy guapa que la había dejado, y estaba aliviada. Sabía que aquella historia no llegaría a ninguna parte, y empezó a mostrar su peor cara como estrategia para que la mujer atractiva perdiera el interés en ella, lo que por suerte acabó sucediendo; y cuando comenzó en el trabajo nuevo, enseguida se puso a buscar su próximo objetivo. El nuevo trabajo era una sustitución de un año mientras la profesora titular de estudios sociales estaba de baja maternal. Vetur nunca había dado clase, nunca había tratado con adolescentes en ningún contexto, había estado un año intentando vivir de su titulación en ética, pero para vivir de la ética hacía falta el doctorado para conseguir becas y proyectos de investigación y puestos de profesora adjunta, pero no le apetecía nada hacer el doctorado ni meterse en el mundo académico, lo que quería era ser útil. Participar en coloquios, escribir artículos, opinar, ejercer una influencia directa sobre la nueva sociedad. Y aunque le salieron algunos proyectos por aquí y por allá y su currículum ya se iba pareciendo al de una adulta, con demasiada frecuencia seguía estando sin un céntimo, así que cuando la escuela anunció la sustitución le pareció la ocasión perfecta para ahorrar algo de dinero durante un año, desviarse de su camino temporalmente y meterse por una calle adyacente, tranquila y agradable.

A los pocos días ya le había echado el ojo al profesor de informática. Era callado y delgado, vestía de forma bastante impersonal, tenía barba cerrada y el pelo había empezado a traicionarle. No se presentó a Vetur, nunca asistía a reuniones ni salía con los demás profesores y siempre llamaba tres días al mes para decir que estaba enfermo. Ella había conocido a chicos así en filosofía, esos tíos raros tan reservados, y había algo en su subconsciente que deseaba un hombre así en ese preciso momento, atención sin fisuras y admiración plena, después de la relación con la mujer guapa que había acabado varada en la playa como sucedía siempre, transformada ineludiblemente en una cotidianidad cómoda y plana, una vez conseguida la victoria y desaparecida la euforia, cuando ya se había consumido por completo la fantasía que acompañaba a cada persona nueva.

No hizo falta esforzarse mucho, unas cuantas miradas bastaron para captar su atención, alguna que otra pregunta de vez en cuando para animarlo a hablar, y un par de charlas junto a la máquina del café para hacer que saliera con ella a tomar una copa después del trabajo. Tenía ojos oscuros, sabía mucho de política y cine y música. Tenía la peculiaridad de dejar escapar de pronto una tímida sonrisa, algo que era más que una sonrisa pero sin llegar a ser una risa, y al hacerlo aparecían unas arrugas adorables junto a los ojos y en las comisuras de la boca. Cuando dormían juntos, en casa de ella, él se mostraba totalmente pasivo y retraído, era ella la que tenía que besarle, llevarle a la habitación, quitarle la ropa, quitarse ella también la ropa, coger los preservativos, preguntar Qué te apetece que hagamos, y por la mañana veía lo que esperaba ver: veía a un hombre que no podía creerse lo que había sucedido, que no creía a sus propios ojos, y aquello le provocaba un tipo especial de embriaguez que no había sentido en mucho, mucho tiempo.

2

Él dice el nombre de ella. Dos veces.

La voz la tranquiliza. Grave y decidida. Curioso, después de todas las veces en que esa misma decisión ha intentado imponérsele.

¡Lo ha intentado! Sin conseguirlo.

—¿Puedes venir? —le pregunta.

Él responde alguna bobada.

—No te pregunto si te levantas temprano. Te pregunto si puedes venir —dice.

No funciona la cámara. Lo intenta otra vez. Él le pregunta algo.

«Hola», le oye decir. Pronuncia su nombre por tercera vez.

—Sí, sí, sí, sí, sí. Estoy aquí. ¿Por qué no quieres venir? —pregunta.

Él dice que se habían ido a la cama, con un susurro serio y profundo, para hacerle entender que ella ha hecho algo malo.

Dice que esto no puede continuar.

—Lo sé —dice ella.

Añade que la va a bloquear.

—Breki. No. No quiero que hagas eso —dice.

—Te quiero —dice.

Eyja, dice él entonces.

Añade A la mierda, Eyja.

Añade que no piensa jugar a eso.

—Por favor. Yo no puedo con esto —dice ella.

Él dice algo dramático. Algo sobre sembrar y recoger. Algo sobre lo que ella es.

–¿Y tú, sabes lo que eres tú? –dice ella.

–Eres una bota, Breki.

–Una bota que no hace más que pisotear –dice.

–Y pisotear y pisotear y pisotear.

Oye a la foca al fondo. La foca le está diciendo que cuelgue.

–¿Es la foca? –dice ella, riendo.

–FOCA –dice ella con el micrófono pegado a la boca–. ERES UNA FOCA.

Breki dice algo y luego algo más y cuelga.

Intenta llamar otra vez. Él no responde. Se acerca la muñeca y deja un grama:

–No lo olvides, mi querido Breki: las focas no paren niños. Paren más focas.

Le pide a Zoé que llame a Þórir.

No contesta. No es tan tarde.

¿Qué hora es?

Ni siquiera son las once. Menos cuarto.

Deja un grama para él también.

Supo exactamente lo que sucedía cuando lo vio hoy en la oficina.

No necesitó más que una fracción de segundo para adivinarlo en el gesto culpable de su boca, en su media sonrisa incómoda, en la turbación de su voz.

Pues que se aguantara si tenía que mirarla a la cara.

Le dijo que le aplicarían una suspensión condicional de seis meses. Que al cabo de los seis meses podría repetir el examen, pero que hasta entonces estaría bajo vigilancia.

Vigilancia.

Ella.

No, es ella la que tiene que entender lo difícil que es la situación para *él*.

Lo doloroso que le resulta a *él*.

Él se encargaría de que recibiera el mejor tratamiento psi-cológico disponible.

Que no tenía la menor duda de que el tratamiento sería un éxito. Que entonces cancelaría la suspensión.

Que si no pasaba el examen lo solucionarían diciendo que había dimitido.

Hay que ver cómo se lavó las manos diciendo que, si por él fuera, todo el mundo gozaría del beneficio de la duda. Pero que ella misma había visto los números. La situación no dejaba más salida que conseguir la marca.

Ella se limitó a mirarle, tenía las comisuras de la boca hacia abajo y los párpados caídos, el brillo de su pelo oscuro con canas.

Se lo imaginó en la cama con su mujer, pensando en ella.

Sabía que él la deseaba. Que no se atrevía a admitirlo.

En condiciones normales, no. A menos que estuviera en el extranjero y borracho como una cuba.

Y así estaban las cosas. En cuanto lo rechazó definitiva-mente, él encargó el examen.

En cuanto le dijo a través de la puerta de hotel que la dejara en paz, él encargó el examen.

Él se puso muy nervioso cuando ella se lo recordó.

Se levantó del asiento y pronunció el nombre de ella, dijo que no debía jugar a ese juego, que sabía perfectamente que no era así. Le lanzó una mirada suplicante. Un gesto que significaba que no quería empezar una guerra.

—No es nada raro suspender el examen después de haber trabajado durante años bajo tanto maltrato emocional —dijo ella.

—No es otra cosa que un trastorno de estrés postraumático —dijo.

—Causado por la violencia psicológica —dijo.

—Por parte del jefe.

Þórir puso los brazos delante del cuerpo, como si quisiera defenderse de un toro furioso.

Dijo que estaba de su parte.

Dijo que la ayudaría todo lo que pudiera.

Para superar esa enfermedad.

Cada vez que utilizaba la palabra «enfermedad», ella sentía deseos de partirle la cara.

Ella le dijo lo que haría.

Le dijo cuáles eran sus intenciones.

Y él reculó, como si ella fuera una avispa a punto de clavarle el aguijón, y Eyja se dio cuenta de que se había puesto de pie. Él dijo algo sobre la excelencia de la empresas y que tendría que pensárselo bien antes de preparar un ataque y empeorar las cosas por tomar represalias.

—Represalias —dijo ella entonces.

—Represalias —repitió.

—Puede que tú pienses en términos de venganzas y traiciones y mentiras —dijo ella—. Pero no proyectes tu mierda de forma de ser en los demás.

Þórir bajó la cabeza, lo que dio pie a que, por un instante, ella pensara que había ganado. Pero entonces la cabeza empezó a moverse y ella se dio cuenta de que estaba riendo. Una risa como si ella acabara de decir algo divertido, incluso algo divertidísimo. Entonces ella cogió un portalápices dorado y lo arrojó contra la pared, y Þórir le gritó algo mientras ella salía con la cabeza muy alta.

Repasa su lista de amigos. Se detiene en un hombre que una vez intentó que subiera con él a su habitación de hotel.

Gylfi.

Exacto.

Le escribe.

Zoé emite una señal positiva de que el mensaje se ha enviado con éxito.

Observa la foto del perfil. Cierra un ojo para ver mejor. Es una foto de estudio, en blanco y negro, lleva traje y tiene una leve sombra de barba, *levísima*.

Podría lamer sin problemas esa sombra de barbita. Sin ningún problema, de hecho.

—Siguiente.

La siguiente es una foto de él con la familia.

¡Tres hijos!

Rubios como mamá. Él es moreno.

Se levanta y se llena de nuevo el vaso. Vuelve a sentarse.

Zoé emite un tono alegre.

Él dice que está celebrando su cincuenta cumpleaños. Dice que puede ir dentro de una hora.

Ella se pone su mejor ropa interior y un vestido azul oscuro, se retoca el maquillaje. Pone caras en el espejo.

Sigue siendo sexy. Eso no se lo niega nadie.

Esconde la botella vacía y deja la que está medio llena sobre la mesa.

Cuando entra en el vestíbulo, él tiene los ojos vidriosos. Aroma dulce a aftershave, lleva desabrochados varios botones de la camisa, ella los cuenta, uno, dos, tres, desabrocha el cuarto botón, el quinto.

Tiene la lengua demasiado húmeda.

Viscosa, como un pulpo.

Ella aparta la cabeza, hace que él la bese en otro sitio.

Es demasiado ruidoso, hace mucho ruido al respirar, gime y murmura entre un beso y el siguiente. La saca de la situación, no es nada agradable.

Por ejemplo, hasta ese momento no se había dado cuenta de que estaban en el sofá.

—Chsss —dice ella. Él ríe. Ella le tapa la boca.

Él dice algo a través de la mano y la palma se le humedece con la respiración de él.

Se seca en la camisa de él. Se levanta y va al dormitorio.

Él la sigue y se sienta en la cama.

—Desnúdate —dice ella, intentando desabrocharse el vestido, pero se desequilibra y se choca con el marco de la puerta.

Él se ha quitado la ropa y espera. Ella le pide que la ayude a desnudarse.

Él le desabrocha el vestido y se lo baja. Ella se da la vuelta y lo contempla sentado en la cama.

Es más bien rechoncho, el miembro rojo e hinchado, chocando contra el vientre.

Todo esto discrepa con la visión tan prometedora del vello asomando por la camisa desabrochada. Él le aprieta un pecho como si fuera un peluche. Con torpeza. Agresivo. Su lengua está por todas partes.

—Estate quieto, por Dios. —Le empuja y se pregunta si no sería mejor atarle, pero en realidad no quiere darle ese gusto. Se sienta a horcajadas sobre él y se aparta las bragas a un lado.

Y ya están en ello.

En menos de un minuto, él está jadeando mucho.

—Espera. Para. Te digo que pares. —Ella se baja de encima de él y lo aparta cuando intenta tumbarse sobre ella.

Él ríe. Le quita las bragas. Pregunta qué pasa, porque le mantiene alejado empujando con el pie.

—Tienes que aguantar más —le dice.

Él finge haberse ofendido. O a lo mejor es que está ofendido. Y después de un breve descanso, lo atrae de nuevo hacia ella y él resopla y jadea y la penetra.

Lo deja en el dormitorio cargado de humedad.

La noche está desierta. Ordena a su coche que vaya hacia Sæbraut, bordeando la fortificación. Que gire en Laugarnes.

Lleva los zapatos sin calcetines.

Sujeta con fuerza el frasco de perfume y las llaves cuando sale del coche y se dirige tambaleándose hacia el bloque de viviendas.

El nombre de la foca ya está en el maldito buzón. Como si fueran una familia.

Como si Breki no se hubiera separado de ella hace nada.

El divorcio casi ni había empezado.

La tinta estaba todavía húmeda en los malditos papeles.

Nunca se acuerda del piso en el que vive.

Primer piso, segundo piso, primer piso, segundo piso.

Primer piso.

Se le caen las llaves en la escalera. Las recoge de la moqueta. Entorna los ojos para buscar la llave correcta. La mete en la cerradura.

No va: segundo piso.

Sube tanteando a oscuras y esta vez la llave entra suavemente en la cerradura.

El pomo es prehistórico. Una bola dorada que gira.

Abre despacio. Muy despacio.

Entra con cuidado en el vestíbulo, donde están colgados los abrigos.

Acerca el frasco de perfume al cuello del abrigo de él y aprieta el espray. Vuelve a cerrar con llave. Muy lentamente. Y se marcha.

De camino a casa, ordena al coche que gire al lado de la escultura el Viajero del Sol y se apea.

Al otro lado del muro se oye el oleaje. La marea le llega hasta las rodillas. El plexiglás se curva sobre la acera como una ola al romper.

Þórir. Puto Þórir, director de los cojones.

El cobarde de Þórir. Jefe baboso, Þórir.

Que la ha mirado.

Como un premio.

Como una golosina.

Con codicia infantil, relamiéndose.

Se ríe de todo lo que ella dice.

La invita a almorzar.

A cenar.

A otra copa.

Apoyándose en el brazo del sofá de cuero y diciéndole: Ojalá no estuviera casado.

Ella le pidió que no marcara la empresa.

Alli y Fjölnir también. Ellos no querían marcarse.

Pero no. Las empresas verdes querían inversiones marcadas.

Lo cual era una pura y simple gilipollez. Antes que ellos solo había una empresa que aceptara únicamente inversiones marcadas.

Una sola.

Pero eso fue suficiente para que Þórir entrara en pánico. Y convenciera al resto de la dirección.

Y entonces no quedó otra opción que el examen. Cualquier otra cosa habría sido una estupidez.

Y ahora, la sacrifican.

Ahora la fumigan como a una hormiga.

Mira directamente a la cámara de su muñeca derecha y graba otro grama y se lo envía a Þórir.

Contempla la mole envuelta en la oscuridad del otro lado de la bahía, sabe que es el monte Esja. Confía en que el pulpo se haya marchado cuando vuelva. Luego dirige la mirada a una pintada negra en la fortificación, justo delante de ella. Da un paso en dirección al cristal transparente y entorna los ojos.

MARQUÉMOSLOS

3

El jueves otro chico se suicida. Veintidós años. El viernes todo se desmorona. Los familiares afirman que el chico estaba completamente desesperado por su futuro. Había suspendido el examen a los dieciocho años y desde entonces su vida había estado dominada por el consumo de sustancias y la depresión. El sábado estallan los peores disturbios hasta la fecha. En torno a cinco mil personas se congregan delante del Alþingi coreando el nombre del chico. La mayoría son pacíficos, pero en primera línea de combate están los jóvenes, unos con holomáscaras de antireconocimiento facial, otros sin nada. Unos cuantos están armados con cócteles molotov, otros con fuegos artificiales. Primero escupen y golpean los escudos protectores de los antidisturbios, después intentan entrar por la fuerza en el Alþingi. Al no conseguirlo, recrudece la violencia, rompen los cristales de las ventanas de los edificios próximos, prenden fuego a algunos coches. Se ve a un chico cruzando la plaza en una furgoneta cargada con cien litros de gasolina y botellas de vidrio vacías. La policía lo intercepta inmediatamente. Resultan detenidas cincuenta personas. Hay seis heridos graves, entre ellos un policía, que acaba en cuidados intensivos con una fractura de cráneo.

El domingo, la nación está en shock. El primer ministro condena los sucesos. El lunes muere el agente a consecuencia de sus lesiones. El jefe nacional de la policía lo homenajea con un minuto de silencio en una emisión en directo. La mañana del martes, Óli pasa en su coche por delante de un cartel publicitario en el que aparece él con los ojos tachados por unas X. La mañana del jueves, alguien ha reventado las ruedas. Plantado delante del coche, llama a Himnar para que vaya a recogerle. No siente nada, aparte de una tensión fría en el cuerpo. Piensa: El coche está perfectamente. Piensa: Las ruedas no son más que ruedas. Pero unos minutos más tarde descubre que ha recibido una amenaza de muerte durante la noche:

la proxima le pondré una puta bolsa en la cabeza a tu puta hija pa ke se ahogue y luego me follare a tu mujer la estrangulare y a ti te pegare un puto tiro en la cabeza!!

Procede de una cuenta anónima que ya le ha enviado toda clase de amenazas, pero en esta ocasión viene acompañada de una foto del coche y las ruedas. Es entonces cuando se siente objeto de una auténtica agresión. Habla con Salóme, Salóme habla con la policía. La policía les ofrece el sistema de protección Escolta Plus hasta el día del referéndum. No entiende del todo qué significa, excepto que si dice tres veces nueve –nueve nueve nueve– la policía se pone en contacto con él. Aparte de eso, le recomiendan que él y sus compañeros vayan juntos al trabajo y que vuelvan también juntos, y que nunca salgan solos.

Sólveig no dice ni una palabra mientras el técnico del servicio les instala el sistema esa misma noche. Óli nota el enfado de su mujer en cada una de sus células. Le pide disculpas cuando se marcha el técnico. Ella va a ocuparse de Dagný, como suele hacer cuando no quiere mirar a Óli a la cara.

La sede central de la APSI está en Borgartún, que naturalmente no es un barrio marcado ni dispone de aparcamientos subterráneos, lo que significa que, del coche al edificio, los trabajadores de la APSI están totalmente indefensos. Lo mismo puede decirse de su casa. Sólveig se niega a mudarse al barrio de Viðey; por mucho que él intente convencerla, sus argumentos no logran abrirse paso. Óli se siente agradecido cuando Himnar le propone compartir su coche de ahora en adelante.

Aparte de algunas visitas domiciliarias por cuenta de la asociación, ha dejado de mezclarse con la gente. Procura sobre todo no ir a las tiendas, si puede evitarlo. Cuando recoge a Dagný en la guardería, los demás padres y madres le sonríen para animarle. Tan solo en una ocasión intentaron agredirle. Se trataba de un abuelo. Al momento, un padre saltó en defensa de Óli, que se alejó con Dagný en brazos tan rápido como pudo. Se dejó las botitas de la niña.

Himnar le recoge el viernes por la mañana; mientras conduce, se muerde las uñas y las escupe sobre su asiento. Óli cierra los ojos e intenta relajarse, pero cada escupitajo es un ataque a su sistema nervioso. El comité electoral que trabaja en la campaña del referéndum se reúne todos los días. Son seis. Salóme está a un extremo de la mesa, Óli cuenta cinco cabezas. Pregunta quién falta. Himnar le mira, claramente divertido.

—¿Tú?

Óli se frota los ojos, niega con la cabeza y ríe con sus colegas. Últimamente le sucede a menudo. Busca algo que tiene en la mano. Olvida palabras y nombres. Dice «frasco» cuando quiere decir «atasco». Pierde el hilo a mitad de una frase. Apunta todo lo que hace porque al día siguiente no será capaz de recordar si lo hizo o no. Está quemado.

—Pero esta tragedia tiene un lado positivo —dice Salóme—. Según los últimos sondeos publicados esta mañana, el sesenta y cinco por ciento apoya el sí, frente a un veintiún por ciento en contra. Un aumento del nueve por ciento en una semana. La gente se va dando cuenta de cómo son las cosas. Además, Magnús Geirsson ha dado un comunicado esta mañana.

Proyecta el comunicado de prensa. El presidente del KALL, el movimiento de oposición a la marca, aparece delante de la gran torre de los barrios bajos, con gesto de preocupación. La muerte del policía ha sido un shock para todo el mundo y los del KALL lo lamentan profundamente.

—Esta clase de violencia no nace de la nada —le dice a un periodista fuera de plano—. Los jóvenes no tienen voz en la sociedad. Esta es su manera de tomar el poder y vengarse. Por desgracia. No es casualidad que haya disturbios por todo el país, o que los niveles de consumo de droga crezcan sin parar. La sociedad está haciendo realidad el peligro que cree estar evitando.

Menciona una nueva encuesta que indica que dos de cada tres varones jóvenes afirman ser víctimas de prejuicios morales. A los chicos se les dan menos oportunidades, pues son sometidos a tratamiento nada más acabar la primaria, y tardan más que las chicas en conseguir puestos de responsabilidad, que se benefician así de una ventaja considerable en el mercado laboral. Hasta más o menos los veinticinco años –cuando ellos adquieren más inteligencia emocional y ellas alcanzan la edad fértil– no desaparece la brecha salarial. Una quinta parte de los chicos menores de veinticinco años no estudia ni trabaja. Los disturbios del sábado son una consecuencia evidente de esa discriminación sistemática.

Dedican el resto de la mañana a elaborar una respuesta para los medios. En primer lugar, no hablarán de «defunción». Llamarán a lo sucedido por su nombre: «asesinato». El sábado pasado fue asesinado un agente de policía. En segundo lugar, dirán que los disturbios del sábado muestran y confirman que esos chicos necesitan ayuda y que el marcado obligatorio es una alternativa necesaria. En tercer lugar, dirán que la tasa de criminalidad no ha aumentado, sino que ha disminuido. No reconocerán la existencia de la supuesta oleada de robos en domicilios, y dirán que el número de robos no ha variado en años. En cambio, los delitos se han desplazado. Cinco años atrás, se producían robos en domicilios de toda la capital, pero con el aumento progesivo del número de barrios y escaleras marcados, esos delitos se multiplicaron claramente en los barrios no marcados, donde residen los partidarios del KALL.

–Himnar, reúne los datos de los robos, y Óli, ¿te encargas tú de responder? –dice Salóme.

–Sí –dicen los dos a coro.

Dos horas después, Himnar le envía las cifras corregidas de las estadísticas, proporcionadas por la policía.

—¿Lo has recibido? —pregunta. Están sentados espalda con espalda.

—Sí —dice Óli sin apartar los ojos de la pantalla. Oye el repiqueteo regular de la pierna temblorosa de Himnar. Lo que quiere decir que ha tomado demasiado café. Lo que quiere decir que no habrá sido cuidadoso en su trabajo. Óli intenta no sentirse molesto, pero se siente molesto. Himnar siempre traspasa sus propios límites. Óli está deseando perderlo de vista después del referéndum. Han trabajado tanto juntos que todo lo relacionado con su mejor amigo le pone de los nervios: la falta de atención, el desorden y la manía de silbar. Pero está claro que estos días los nervios de Óli son como una red de alcantarillado obsoleta. Se obstruye a la mínima y se desborda.

Intenta ignorar el ruido que provoca la publicación del comunicado en los medios. Intenta no mirar lo que escriben los demás. Pero, en cuanto vuelve a casa, acaba leyéndolo todo: opiniones favorables, argumentos en contra e insultos. Le dijeron que se acostumbraría al revuelo, pero no era así. Cada vez que recibe un mensaje implorándole que se ponga en el lugar de su hijo, tiene que volver a convencerse de nuevo. Recordarse a sí mismo por qué hace lo que está haciendo.

Desde que era adolescente estaba convencido de que ellos podrían hacerlo mejor. Miraba a sus amigos cerrar los puños y golpear las paredes. Veía tensarse los músculos de sus mandíbulas cuando intentaban dominarse. Sabía cómo se sentían. A veces él sentía esa misma cólera, su caja torácica se expandía como la tierra cuando chocan las placas tectónicas. Entendía la sensación: el sentimiento de que la ira no te cabía en el pecho. A veces apretaba los dientes y se mordía los labios para que no escapara lo que llevaba dentro, porque sabía que sería imposible controlarlo. Que no podría volver a meterlo dentro. Observaba a su padre discutir con su madre hasta extenuarla. Observaba a su madre guardar silencio y sacudir la cabeza cuando se le agotaban las objeciones. Le dijo a su padre que no le hablara así a su madre, y su padre le respondió: ¿Hablar cómo? Solo estamos discutiendo un asunto. Su padre no apretaba los puños ni daba portazos. Pero interrumpía a los demás, sacudía la cabeza con displicencia y afirmaba que eso que decían no era correcto: que por desgracia las cosas no funcionaban así, que funcionaban asá, y eso era todo. Su padre afirmaba cuando solo tenía conjeturas. Explicaba para llenar el vacío. Convertía su inseguridad en determinación.

En una sociedad democrática, una revolución no es cuerpo gigantesco que lo trastoca todo a su paso. Se produce en oleadas que avanzan y retroceden, fluye desde la gente hasta filtrarse al gobierno, como el agua de lluvia por un tejado. El elemento clave no es la lluvia, sino el tejado. No tendrá goteras a menos que necesite un cambio: en su caso el viejo tejado ya estaba podrido. El semestre en que Óli empezó el instituto, hubo un punto de inflexión en la historia del país, cuando el gobierno introdujo la asistencia psicológica en el sistema nacional de salud mental. Todos los martes, entre las clases de francés y biología, Óli debía ir al psicólogo, que le enseñó a identificar sus emociones. Le dio herramientas para hablar con su padre y explicarle cómo su actitud violenta hacía sufrir a la familia. «Cuando hablas así, nosotros nos sentimos así. Cuando usas ese tono, nos ponemos a la defensiva».

Observó a su padre gruñir y maldecir ante tantos lloriqueos sentimentales. Su hermana chistó a su padre y le dijo que no siguiera mostrándose tan agresivo, que si quería participar en las conversaciones tendría que comportarse como una persona civilizada. Que aquello no era ni un tira y afloja ni una competición. Observó a su padre vociferando de mala manera que le parecía muy bien si querían andarse con consideraciones o como quisieran llamar a aquel debate ecolálico, a esos Comprendo tu punto de vista pero no estoy en absoluto de acuerdo, pero él no pensaba hacerlo nunca. Él creía en la libertad de expresión y en la confrontación sana.

Óli aprendió a leer a los políticos de la misma forma que leía a su padre. Aprendió a mostrarse educado y considerado. Entró en política en la universidad y refinó las frases que solía decir su padre. En esto te equivocas se convirtió en Sí, comprendo lo que quieres decir, pero ¿no podría ser de esta otra forma? Se afilió al movimiento juvenil de la APSI, que promovía que la empatía –ponerse en la piel de los demás– se enseñara en la escuela a partir de los seis años. En esa época, el examen de empatía estaba restringido a un grupo social muy específico: el sistema nacional de salud mental lo utilizaba para evaluar los índices de reinserción de delincuentes condenados o de otros individuos enfermos que luchaban para superar algún tipo de trastorno moral.

Pero entonces se produjo la gran filtración de datos. Óli tenía veintidós años y acababa de enamorarse de Sólveig. Les permitían salir de clase antes de la hora para unirse a otros miles de manifestantes en la plaza Austurvöllur que, un día tras otro, exigían la dimisión de los diputados. Todavía recuerda aquellos fríos días de noviembre, unos claros y otros encapotados. Recuerda que dejaba caer palabras como «narrativa», «factores» y «posestructuralismo», y recuerda la sonrisa de Sólveig, que veía a través de él y le seguía el juego. Recuerda haber estado en medio de la muchedumbre pensando que, si la historia de la humanidad tuviera un corazón, ahora estarían en el latido. En el momento en que el péndulo se detiene en el aire por un instante antes de seguir en su movimiento oscilante hacía el lado contrario.

En cuanto al origen de la idea, los relatos no coinciden. Algunos dicen que la sugirió el político más duramente afectado por la filtración, que en un intento por mejorar su imagen propuso someterse al examen de empatía para contrarrestar las acusaciones de que era un psicópata. Otros afirman que la idea surgió de la gente. En cualquier caso, surgió y fue expandiéndose. Una política de primer nivel envió los resultados de su examen a un periódico, y luego lo hizo otra. Un partido político anunció que todos sus miembros tendrían que someterse al examen, y otro hizo lo mismo poco después. Tres semanas más tarde, la mayoría del Alþingi acordó la obligatoriedad del examen para todos los diputados, con la esperanza de recuperar la confianza pública en la institución. Óli sintió el mismo alivio que el resto de la población cuando siete diputados se vieron obligados a dimitir. El día en que se publicaron los resultados y esos diputados tuvieron que abandonar el edificio comenzó un nuevo capítulo en la historia del país.

Los años siguientes se dedicaron a reforzar la estructura del sistema nacional de salud mental. Siguiendo el ejemplo de los países vecinos, el nuevo gobierno invitó a la población a realizar el examen gratis, y sentó las bases para administrar tratamientos terapéuticos a los individuos cuyos resultados quedaran por debajo del mínimo. «Estamos invirtiendo en salud mental —declaró la ministra de Salud, una enfermera de sesenta y tres años que había trabajado en el Hospital Universitario Nacional durante treinta y cinco años—. Esto reportará un beneficio enorme a la economía del país». Durante un cambio de turno, había hablado medio en broma con sus colegas sobre sus descubrimientos. Los resultados trascendieron y, como consecuencia de ello, se le ofreció un cargo ministerial sin pasar por ningún trámite parlamentario.

El gobierno respondió a las exigencias de la población de que se declarara obligatorio el examen para los poderes legislativo, judicial y ejecutivo. Poco después, el consistorio de la capital decidió que también las personas que se dedicaban a labores de asistencia sanitaria deberían presentar una certificación del examen, y que esa capacidad sería tenida en cuenta. A mitad de la segunda legislatura, empezó a fraguarse en el seno de la sociedad la exigencia de crear un registro público, en el que podrían inscribirse voluntariamente los individuos que se hubieran sometido al examen. Empezaron a brotar certificados falsos como setas, en general entre la gente que buscaba trabajo o un piso de alquiler. No se empezó a hablar de «marca» o de «marcarse» hasta hace cuatro años, cuando la APSI hizo público el acceso al Registro. A partir de entonces, todo el mundo pudo comprobar si alguien había pasado o no el examen.

Óli observó que su padre hablaba cada vez menos fuera de casa. Al principio presumía de no estar marcado, luego dejó de hacerlo. De vez en cuando lo pillaba hablando por teléfono con sus amigos en voz baja. La situación se había vuelto horrible. Absolutamente horrible.

Tan horrible que no pasaba un día sin que los medios hablaran de cómo la marca había salvado a la gente normal de los anormales, y de cómo los anormales habían huido del país o se habían sometido a tratamiento para mejorar. En cada ocasión, Óli sentía el mismo alivio: gracias a algo casi insignificante, se había conseguido solventar una inmensa deficiencia que afectaba a toda la sociedad.

Cuando se dispone a apagar Zoé para ponerse a cocinar, sus ojos se fijan en un aviso luminoso del buzón de mensajes.

putos mierdas sentimentales, os vamos a matar

4

Mierda puta joder. Tristan intenta pasarlo. Intenta pararlo. Pero es otro puto vídeo de esos que Zoé te obliga a ver. Trata de calmarse respirando profundamente, pero las palabras entran en su cabeza, violan sus putos oídos, le dicen que la vida no tiene por qué ser difícil, que no tiene por qué cargar él solo con ese peso, pero son *ellos* quienes le están haciendo la vida imposible. Estás en la línea S jugando a CityScrapers, y de repente el juego se para y aparece un anuncio con voces atronadoras que se meten en tus oídos y de pronto te sientes hervir de furia y el puto día se ha ido a la mierda.

Como el otro día: iba camino a casa después del trabajo y acababa de recibir otro no de una empresa que ni le daba la puta oportunidad de hacer una entrevista, y entonces apareció el rostro de Ólafur Tandri para decirle que hiciera el examen que justo se había negado a hacer, así que se dirigió a toda prisa a casa, escribió todo lo que se le pasó por la cabeza, literalmente *todo*, lo envió y luego esperó hasta que dieron las doce, cogió un cuchillo de cocina pequeño y salió.

La línea S del bus tiene parada en Lækjartorg. Se baja. Todo está destrozado a causa de las manifestaciones, todo está lleno de basura y restos de petardos y cristales rotos. Oye un sonido de tacones. Una mujer con uno de esos, cómo se llaman, una especie de gorro de pieles, le mira a los ojos y aparta la mirada a toda puta prisa, se cierra el abrigo y ¿se lo está imaginando o ha empezado a caminar más rápido? Pero seguro que no. Las tías le tienen mucho más miedo desde que se rapó a cero. Encienden los relojes de modo que, si se les acercara, sonarían unas sirenas atronadoras y los satélites le harían fotos y alguna IA comenzaría a rastrearle e informaría a la policía. Al menos eso fue lo que dijo Eldór. Tal vez no es cierto. ¿Cómo iba a ver una IA a través de los tejados? ¿Con un sensor de temperatura? No le extrañaría que Eldór dijera algo así sin tener ni puta idea de si era verdad. Siempre está soltando cualquier mierda de sci-fi que le suene creíble.

Como cuando dijo que la poli podía saber si habías corrido más de la cuenta, porque los coches nuevos guardaban un registro de la velocidad a la que ibas y luego les enviaban la información. Y que la policía pagaba a los fabricantes de coches para que les enviaran tus datos.

Él se había limitado a decir ¿Ah, sí? y luego lo repitió como un loro por toda la ciudad. No dejan de oír historias de tipos a los que la poli para sin más y acaban metidos en la parte de atrás de un coche de policía. Pero Viktor y los otros se rieron de él como si fuera un gilipollas de mierda, y él dijo Que sí, seguro, no es broma, es así, y luego, cuando le preguntó a Eldór dónde se había enterado de aquello, Eldór dijo que él creía que era así, que no había otra explicación para la multa por exceso de velocidad que le llegó el otro día a su casa, porque estaba completamente seguro de no haber pasado por delante de ninguna cámara.

Ha intentado encontrar respuestas en internet, ha intentado comprender las leyes de protección de datos, le ha pedido a Zoé que se las explique, pero la poli hace las leyes de un incomprensible que te cagas a propósito, a veces es legal que miren las imágenes de los satélites y a veces no, así que desde que rajó esas putas ruedas le está matando el estómago, pasa por delante de la casa de Ólafur Tandri todos los días y en vez de alegrarse al ver su coche destrozado en la entrada, se siente como si alguien se estuviera comiendo el contenido de su estómago con una cuchara, como cuando él se come un huevo pasado por agua o algo así, y se imagina una y otra vez que descargan un vídeo en la base de datos y comprueban que vive a dos minutos de allí.

Él, que lleva más de un año currando en el puerto como un cabrón, echando el bofe, contando cada corona, trabajando como un puto gilipollas todos los días de nueve a cinco, comiendo congelados y durmiendo en un colchón en el suelo y comprobando el saldo de su cuenta a diario, lo cual le provoca ataques de pánico así que se cuela en casas, las limpia y consigue dinero rápido para comer comida de verdad durante un tiempo, y también para trex y las otras pastillas que no hacen más que empeorar su úlcera de estómago, seguro que es porque está muy estresado por la posibilidad de que la poli le esté siguiendo el rastro, y entonces se jura que no va a volver a entrar en otro piso nunca jamás y vuelve a contar cada corona y a comer congelados y a obsesionarse con el saldo de su cuenta, hasta que le da otro ataque de pánico y limpia otro piso.

Y de pronto, cuando estaba a punto de rendirse, cuando estaba ya totalmente seguro de que no lo conseguiría: dinero. Después del peor año de su vida, después de haber dejado el instituto Fjölbraut para trabajar y comprarse un piso en el que estar seguro, después de haber visto todo lo que podía pasar, en qué podía convertirse su vida, de pronto: dinero.

Ve el rótulo de la tienda en Hverfisgata. Está en la planta baja del edificio de Eldór.

—¿Eldór? —dice—. Estoy aquí. Baja.

Tiene la boca jodidamente seca. Decide comprar algo de beber antes de ir a la reunión. En cuanto da un paso hacia la puerta corredera, se oye un Iii Iii Iii. Levanta los ojos hacia el cristal y ve que ya está allí la pegatina de la APSI.

—*What the fuck?* —Mira por el cristal y la chica de detrás de la caja le mira con cara de aburrimiento mortal—. Es de coña, ¿no? —dice, aunque es evidente que la chica no puede oírle. La semana pasada esa tienda no estaba marcada. Han puesto otra puerta por detrás de la corredera principal, creando un pequeño compartimento acristalado en la entrada. Un tío de mediana edad pasa por su lado y la puerta corredera se abre. De repente, Tristan siente un impulso enfermizo de empujar al tipo, meterse con él en la caja como protesta y esperar allí a la policía, porque la puerta interior no se abrirá a menos que haya solo una persona; pero no lo hace, ve cómo la puerta se traga al tipo, que permanece quieto y en silencio dos segundos, y luego la puerta interior se abre y lo deja entrar en la tienda. Tristan se limita a alejarse de la entrada. Pasan más personas, fingen que no lo ven. Se oye un débil chasquido detrás y aparece Eldór.

—Ya era puto hora, tío.

—Perdona —dice Eldór, que le choca la mano y le abraza.

—Hace un frío de la hostia.

—Sí, tío, perdona, estaba con un *business*.

—¿Qué pasa con esto? —dice Tristan, señalando la tienda.

—Hubo una historia con navajas y los dueños lo marcaron. Han puesto una ventanilla, mira —dice Eldór, señalando una ventanilla encajada en el cristal—. Ahí atienden a los no marcados.

Llegan al gran hotel de Sæbraut y entran. La chica del mostrador de recepción los mira como si fueran a hacer algo malo y, al ver su expresión, Tristan siente ganas de gritarle para que deje de mirarlos y de juzgarlos, y que le dé a la gente una puta oportunidad. Es rubia y tiene el pelo anormalmente estirado en una cola de caballo y las mejillas llenas de granos.

—Buenas —dice Eldór—. Tenemos cita con Magnús Geirsson. ¿Podemos subir?

Ella mira a uno y luego al otro como si hubieran dicho algo horrible, y Tristan le mira el cuello, porque ese cuello le recuerda a Sunneva, que lleva tres meses o así sin contestarle, y de pronto siente ganas de decir algo para que la chica se sienta mejor, así que le susurra a Eldór Es mona, mientras ella telefonea, aunque lo dice lo suficientemente alto para que ella le oiga perfectamente.

—Está en la sexta planta —dice ella, y se pone a hacer algo detrás del mostrador y no vuelve a mirarlos.

—Vaya zorras, tío —dice Eldór cuando se cierra el ascensor.

—Ya lo sé.

—Es una de esas que odian a los tíos, ¿me pillas? Que *odia* a los tíos. Pero le moló. Lo vi.

—¿Lo que dije?

—Sí, intentaba no sonreír.

—Bah, no sé. Esas tías se cagan de miedo conmigo. Sobre todo desde que me rapé —dice él, señalando su cabeza.

—Solo tienes que ser amable con ellas. Dulce.

Eldór hace un gesto que se supone que debe ser dulce.

—Pues a mí no me mola nada ir detrás de una zorra cualquiera con granos.

—¿Tenía granos? —dice Eldór.

—Sí, ¿no te has fijado? Tenía las mejillas llenas de unos granos gordísimos. Muchos, unos encima de otros.

—Nadie se fija en eso.

—Pues yo sí.

Suben a la sexta planta, donde un tipo los recibe y les indica que se sienten en un sofá al lado de la ventana.

—Están terminando.

—Vale —dice Eldór.

Tristan huele su propio sudor. Ahora que está aquí ya no importa, pero se ha tomado un trex entero y el corazón le late en el pecho como un ratón escapando de un puto gato. Zoé dice que las pulsaciones por minuto son demasiado rápidas. Le viene a la mente una frase que le dijo Rúrik hace mucho tiempo: «Al final, todo sale bien». Ese tío, el escritor, alguien conocido y todo, fue quien lo dijo. Es una frase bonita.

Nunca le han entrevistado. No sabe nada de hablar delante de una cámara. El fin de semana pasado fueron a uno de esos encuentros juveniles del KALL, pero solo porque el tío que les vende trex dijo que te daban dinero por asistir a la primera sesión, así que para allá fueron esa noche y les dieron dinero y algo de cenar y luego se sentaron en círculo a escuchar a los otros tíos hablar de toda las mierdas que les habían pasado desde el examen. Escucharlos resultaba raro que te cagas, primero le pareció la hostia de estúpido que reconocieran todas las mierdas ilegales que estaban confesando, pensó que habría alguien grabando aquello para enviárselo a la policía o algo así, pero luego se olvidó más o menos, porque las cosas que soltaban eran cosas que Tristan mismo habría podido decir, era como si estuvieran hablando de él, había mogollón de cosas que eran puto iguales, así que cuando le tocó hablar a él, sentía que todos le comprenderían.

Les contó cuando su madre le anunció que se iban a mudar a un barrio marcado y él dijo ¿Qué? ¿Vas a abandonarme? y ella dijo No, claro que no, tú haz el examen, como si nada, y él dijo que el examen le había arruinado la vida a su hermano y ella dijo Tristan Máni Axelsson, vas a hacer el examen y nos vamos a mudar y no quiero oír una sola palabra más sobre el asunto. Así que él dijo Adiós, zorra y salió en plena noche, con un abrigo demasiado fino, y llamó a su hermano y Rúrik le dijo que aquello había sido una estupidez y que volviera a casa, y le colgó. De modo que llamó nada menos que a cuatro colegas de su antiguo grupo de amigos y todos dijeron No, sorry, cuando les preguntó si podía sobar en su casa. Fue por la época en que se acababa de enganchar al trex y no ganaba un puto pavo, de modo que estaba siempre pidiéndoles dinero y nunca se lo devolvía, y una vez que estaba desesperado le robó a uno de ellos, y entonces dejaron de hablarle.

Llamó a su padre, que vivía en España y que no dijo nada más que Sé que es difícil, colega, pero tienes que volver a casa, de modo que acabó llamando al *dealer* que le vendía el trex, y el tipo le dijo que bajara al puerto de Sundahöfn, y allá se fue Tristan. El tipo vivía en un viejo almacén abandonado porque el mar lo inundaba una y otra vez. En la planta de arriba había muchos trasteros, y al entrar en el pasillo vio a un montón de chavales de su misma edad, todos de un flaco que te cagas, algunos trasteros tenían camas y sofás y mesas, pero la mayoría no tenían más que colchones y basura y montañas de ropa. Cuando llamó a la puerta del tío que conocía, había otros dos chavales, y su colega le pasó un trex y dijo que podía sobar en el sofá, que estaba hecho un asco y olía a caca de pato, y cuando los chavales se fueron a dormir él siguió despierto, porque estaba seguro de que si se dormía le robarían, y varias veces estuvo a punto de levantarse y marcharse a casa y decir que sí a hacer el puto examen y mudarse al puto barrio, pero en cuanto se imaginaba hablando con su madre se cabreaba de la hostia porque la vieja era de un blando que te mueres, de modo que siguió acostado una hora más y así fue aguantando toda la noche hasta que de madrugada se quedó dormido.

Cuando despertó, alguien se había llevado sus auriculares y el reloj, de modo que sin Zoé no tenía ni idea de la hora que era. Tendría que estar en el colegio y pensó en ir a clase, pero en vez de eso despertó al tío que conocía y le preguntó si sabía de algún curro o si él tambien podría dedicarse a pasar, y el tío que conocía le dijo que Viktor estaba siempre buscando tipos duros, y ese mismo día bajó al puerto y habló con Viktor, que dijo Vale, y esa noche un tío que no conocía de nada fue a recogerle, junto con un tercer chaval, y limpiaron una casa en pleno Mosó, se lo llevaron literalmente todo, ropa y trastos de cocina, instrumentos y electrodomésticos, y cuando se bajaron del coche Viktor le dio dinero al momento y le preguntó si quería repetir mañana y Tristan dijo que sí. Le dejaron dormir en el almacén esa noche y se guardó el dinero de Viktor en los calzoncillos.

Esa noche se prometió a sí mismo que trabajaría como un cabrón y que conseguiría su propio sitio para no convertirse nunca en uno de esos chavales. Estuvo durmiendo en el sofá aquel durante mes y medio, escuchando toda clase de barbaridades a través de las paredes, y cuando por fin tuvo para la fianza de tres meses consiguió su propio apartamento. La primera noche en Kirkjusandur fue la mejor de su vida. Durante una semana entera se sintió a salvo y se puso a buscar trabajos normales y hasta fue al colegio a ver si podía terminar el trimestre. Pero entonces se aprobó el proyecto de ley de la obligación de marcado y todos los chavales de YouTube empezaron a decir que había que comprarse un piso para estar seguro, porque si no acabarías en la calle en cuanto la marca fuera obligatoria, y entonces le entró el pánico y se presentó a un millón de trabajos y le preguntó a Viktor si sabía de algo, y Viktor le consiguió un contrato en el puerto donde lo pusieron a currar con Eldór. Luego pasó un año entero sin parar un momento, y cuando faltaban seis semanas para el referéndum aún no había podido ahorrar ni de lejos para un piso, y el estómago le estaba matando día sí y día también y ya no bastaba el trex para calmarle.

Y cuando levantó los ojos los chavales del corro asintieron todos con la cabeza y dijeron que le entendían, y él se sintió como que si decía una sola palabra más se echaría a llorar delante de los otros, y tragó saliva y más saliva para evitarlo y alguien le dio las gracias y le preguntó a Eldór si él también quería contar su historia, así que Tristan dejó de hablar. Después de la reunión se les acercó Magnús Geirsson y les propuso entrevistarlos para ese curro.

Por fin se abre la puerta y aparece Magnús Geirsson, con las mejillas hinchadas como dos globos. Los dos se levantan y le dan la mano.

—Hola, chicos —dice Magnús Geirsson—. ¿Qué tal andáis?

—Yo bien —dice Eldór.

—Yo también, aunque un poco estresado —dice Tristan.

—No hay ningún motivo para estresarse. Estamos muy agradecidos y encantados con vosotros. ¿Eh? Lo que habéis hecho es tremendamente valiente. Es exactamente lo que la gente necesita oír. Vuestra versión de este asunto. Cómo esa locura está influyendo en vuestras posibilidades y vuestro futuro. —Aparta los ojos de Eldór y mira a Tristan, y luego de nuevo a Eldór—. ¿Quién quiere empezar?

—Yo —dice Tristan.

—Estupendo. Serán unos veinte minutos, Eldór –dice Magnús Geirsson, antes de darse media vuelta.

—Al final, todo sale bien –le dice Tristan a Eldór. Eldór ríe.

Tristan sigue a Magnús hasta el estudio, donde hay dos tíos detrás de una cámara enorme apuntando a un taburete negro dispuesto contra un fondo blanco. Cuando se sienta recuerda el nombre del escritor: el puto Halldór Laxness.

5

Vetur sueña con Daníel, sueña que ha entrado en el barrio. Se despierta a las cuatro y dormita en un agitado duermevela hasta la mañana, empapada en sudor y con un terrible dolor de cabeza fruto del cansancio. Ha leído todo lo que ha encontrado sobre el tema. Según internet, el stalker *rechazado* es la variedad más peligrosa, la que tiene mayor probabilidad de cumplir sus amenazas. La que tiene mayor probabilidad de entrar por la fuerza en la casa, de perpetrar violencia física, de asesinar. Cuando busca finales o soluciones, qué les sucede a las víctimas, internet dice que la mayoría abandonan las redes sociales, cambian de trabajo y acaban por mudarse. Adonde pueden volver a sentirse seguras. La mayoría de las víctimas padecen TEPT, igual que ella. La mayoría de las víctimas nunca se recuperan plenamente. No hay finales de película. No hay finales felices. Hay pérdida, abandono.

El equipo del examen está instalando los aparatos en una pequeña sala situada en su misma ala. Normalmente no soporta que otros profesores o los padres asomen la cabeza por la puerta cuando está dando clase, pero ahora es incapaz de contenerse, se planta en el umbral y cuenta cuatro personas: un técnico trasteando con una silla en mitad de la sala, una enfermera junto a la ventana, y un hombre y una mujer sentados a la mesa de al lado de la puerta. Los dos con la mirada clavada en dos grandes pantallas que tienen delante. Vetur supone que el hombre es psiquiatra y la mujer, neuropsicóloga. El hombre aparta la vista de la pantalla y mira a Vetur, y durante una fracción de segundo ella se ve a través de los ojos de él, una profesora cualquiera embutida en un jersey grueso, y está a punto de sacarle la lengua, solo para borrar esa imagen de sí misma, pero en vez de eso dice Buenos días, con voz un poco chillona, y sigue por el pasillo.

Dan las nueve. Los chavales van entrando y se sientan en sus sillas de cualquier manera, algunos sacan una manzana que ponen en sus pupitres. Vetur recorre la clase con la mirada y les saluda con un buenos días. Luego les habla de la prueba, les dice que la harán esa semana.

—¿Es el examen de empatía? —pregunta Anna Sunna.

—No, no, para nada.

—Y entonces ¿qué es? —pregunta Tildra.

—Una simple evaluación del grado de identificación con los demás, para comprobar cómo van las cosas. Solo aquí, en el colegio.

Se abre la puerta del pasillo y entra Naómí, que se sienta en su lugar en un silencio impostado. Myrkvi se inclina sobre el pupitre y levanta un brazo.

—Bueno, ¿y qué tenemos que hacer concretamente en esta evaluación?

—Os sentaréis en una silla y os darán un casco para que os lo pongáis. Entonces el casco reproducirá una serie de vídeos para medir su efecto sobre vuestro cerebro, la dilatación de las pupilas, el pulso cardíaco y la sudoración. Durará en total unos veinte minutos.

—Eso es exactamente lo mismo que hice en el psicólogo el año pasado, y me dijo que era el examen de empatía —dice Anna Sunna, levantando las manos abiertas, desconcertada.

—Se parece un poco al examen, salvo que nadie tiene que aprobar —dice Vetur.

—Pero ¿nos están marcando? —pregunta Ylfa Sóley, desde el fondo del aula.

Vetur vacila. Porque, aunque ahora sea ilegal publicar los resultados, nunca se sabe si mañana seguirá siendo ilegal; y si algo ha aprendido en sus estudios de ética es que, en materia de regulaciones, el futuro rara vez concuerda con el pasado.

—No —dice ella—. No os van a marcar.

Está cerrando con llave su aula cuando Húnbogi sale de la suya con una taza de café vacía.

—Hola —dice él.

—Hola.

Su pelo rubio trigo está muy peinado por delante y despeinado por detrás. Se dirigen con paso ligero a la sala de profesores.

—¿Qué significa la palabra «alienación»? Etimológicamente —pregunta ella.

—Alienación —repite él, frotándose un ojo—. No lo sé. Puedo averiguarlo. —La mira—. ¿Cómo llevas todo esto?

—Digamos que la convicción es un recurso cada vez más escaso en mi vida.

Húnbogi esboza media sonrisa. Sus colegas están apiñados en torno a la máquina de café, pegados a ella como si fueran una bola de pelo con electricidad estática. Aminoran la marcha antes de llegar adonde los demás los oigan.

—Lo que más temo son mis propias reacciones —añade ella.

—¿En qué sentido?

—Si alguien es calificado por debajo del umbral. Podría discriminarle, o tenerle miedo sin darme cuenta. Yo noto cuando la gente me tiene miedo. Me hace sentir como si fuera yo quien tiene el problema.

—Ahora que lo dices, yo te tengo un poco de miedo —dice Húnbogi.

—Lo sé. Te tiemblan las piernas —le dice a Húnbogi con una sonrisa de oreja a oreja, y cuando él bebe un sorbo de café, ella se fija sin querer en que tiene unos antebrazos muy bonitos.

De pronto él se queda mirando el interior de su taza con aire cohibido, y ella se da cuenta de que tenía razón, de que él tiembla de verdad cuando está cerca de ella; y él la mira con disimulo y nota que ella siente lo mismo, y allí de pie, con sus tazas de café, los dos experimentan la misma sensación: que la verdad vibra entre ellos.

—Bueno —dice él.

—Sí —dice ella.

—Me voy a preparar la siguiente clase —dice él, y ella observa cómo se aleja, mira las mangas subidas de su camisa que revelan los tendones y las venas de sus antebrazos, y su cabello repeinado, mientras se calman los latidos de su corazón.

Le han gustado muchos chicos así: altos, con cara inteligente, que llevan gafas y la camisa por dentro de los pantalones. Los ha observado desde lejos, los ha besado, también se ha acostado con ellos, ha salido con ellos, los ha olvidado, los ha recordado, los ha echado de menos, los ha olvidado de nuevo. Al principio le pareció algo cómico lo en serio que se tomaba a sí mismo Húnbogi, con sus mangas enrolladas y su aire de intelectual. Pero luego empezó a sentirse atraída por su manera de afrontar los conflictos, tan parecida a la suya antes de que comenzara a titubear y dudar, antes de optar por callar en vez de manifestar sus opiniones. No era ella la única. Muchos otros también empezaron a guardar silencio. A callarse y a escuchar, a reflexionar, a intentar comprender ambos lados de la cuestión, y a no atreverse a adoptar una postura porque toda postura es una generalización y toda generalización conduce a la violencia, de ahí que lo mejor sea escuchar y comprender en vez de discutir e intentar tener la razón.

Pasa la semana y Húnbogi tiene mucho cuidado de no mirarla, de no hablarle ni sentarse cerca de ella, pero a veces le sorprende mirando discretamente en dirección a ella, pese a estar en medio de una conversación; y también ella tiene mucho cuidado de evitar su mirada y servirse más café y marcharse apresuradamente de la sala para ir adonde tenga que ir.

El jueves, el claustro recibe un mensaje de la dirección del colegio. Les convocan a una reunión a la mañana siguiente, pidiéndoles que lleguen veinte minutos antes de la hora habitual, sin dar más detalles.

—Gracias por acudir con tan poco preaviso —dice la directora el viernes por la mañana en la cafetería de profesores—. Ayer recibí un comunicado de la AFA de la escuela, que se reunió el miércoles por la tarde, en el que solicitan tener acceso a un registro especial donde se almacenarían los resultados obtenidos por los alumnos. Creo que lo mejor será que os lea el comunicado.

Proyecta el texto ante ella:

Viðey es un barrio nuevo y progresista que basa sus valores en la responsabilidad social, la cohesión y el diálogo. Desde que el colegio abrió sus puertas hace cuatro años, los padres y las madres del barrio hemos participado activamente en la definición de los objetivos y valores de la escuela de Viðey, en estrecha colaboración con las buenas personas que enseñan allí. Estamos inmensamente agradecidos por ello y esperamos que la dirección siga concediéndonos el privilegio de poder implicarnos en la educación de nuestros hijos. En la reunión del consejo de la AFA de la escuela de Viðey celebrada este miércoles 19 de abril, hubo un consenso unánime sobre la importancia de la transparencia y el diálogo en el seno de nuestra nueva comunidad. Por eso deseamos solicitar a la dirección de la escuela que cree un registro especial de todos sus alumnos al que padres y madres puedan acceder libremente, con el único fin de poder reaccionar de forma adecuada ante los inevitables desafíos que surgirán en el caso de que un niño obtenga un resultado por debajo del umbral mínimo de referencia en la evaluación del grado de identificación.

Respetuosamente,

SARA BERGDÍS,
presidenta del consejo de la AFA

La directora del colegio carraspea.

–Los miembros de la junta directiva del colegio nos reunimos ayer y tomamos la decisión de aceptar la solicitud de la AFA. Enviaríamos un mensaje contradictorio y perjudicial si guardáramos silencio sobre los suspensos o los tratáramos como un asunto del que avergonzarse. Tenemos que considerar a fondo y con mucho cuidado cómo abordar estas cuestiones, y sobre todo cómo hablarles a los alumnos que obtengan resultados por debajo del mínimo. Una sugerencia estupenda que he oído consiste en hablarle al niño como si sufriera una carencia de vitaminas. Nada de lo que avergonzarse. Simplemente un problema que resolver.

El escritorio de ella está junto a una ventana que da al campo de fútbol. Mira a un niño dando patadas a las piedras por el sendero que lleva al colegio. Básicamente, la sociedad está intentando decidir si la probabilidad estadística de que una persona cometa un delito justifica la violación de su privacidad, si es legítimo alertar contra delincuentes en potencia; una pregunta imposible de responder sin subdividirla en miles de preguntas: cómo se calcula la probabilidad, qué se considera un delito, qué se considera una violación de la privacidad. Cuando estudiaba ética, ella misma había intentado responder a esa última pregunta. Hizo su tesis de máster en el marco de un equipo multidisciplinar, con un joven estudiante de psicología y una mujer más mayor, de sociología; el objetivo de la investigación consistía en determinar si era ético que los medios de comunicación publicaran los suspensos de las personas, «en beneficio e interés de estos últimos», un tema que todavía hoy sigue sin respuesta. Los resultados no permitieron determinar si poner a estos individuos contra la pared era necesario o perjudicial para su recuperación a largo plazo.

Estudiaron las consecuencias de la exposición pública en los medios, y extrajeron múltiples resultados: gran parte de los individuos estudiados dijo padecer un aislamiento generalizado, cuando no total, tras la difusión de los resultados; otra gran parte dijo que la revelación por parte de los medios había impedido su recuperación y había tenido un efecto negativo sobre su salud mental; la mitad de los individuos de la muestra había comenzado tratamiento en las semanas posteriores a la publicación de su estado por parte de los medios, una quinta parte había huido del país, y dos individuos se habían quitado la vida.

Lo que resultó más inesperado para Vetur fue que tanto el KALL como la APSI aprovecharon los resultados de la tesis de su máster: cuando el KALL necesitaba estadísticas, aludía al setenta por ciento que decía haber padecido aislamiento, y cuando la APSI necesitaba estadísticas, hacía referencia al cincuenta por ciento que se había puesto en tratamiento. Tanto Vetur y su equipo como la sociedad en su conjunto fueron incapaces de alcanzar ninguna conclusión.

Pero, en cuanto a los niños y adolescentes, en edad de formación, con un sistema nervioso inmaduro, ¿cómo corren semejantes riesgos cuando no existen estadísticas para ese grupo de edad? ¿Cómo pueden sus colegas, tan biempensantes, no alarmarse cuando surge una idea semejante? ¿Cómo es posible que alguien –que ni siquiera tiene formación especializada ni experiencia– diga Vamos a hacer esto y que le respondan sin asomo de duda, Sí, señor. Vetur sabe lo que habría sucedido si ella hubiera dicho Alto, si hubiera dicho Esperad un momento, ¿estáis seguros? Todos la habrían mirado y habrían respondido Sí, claro que estamos seguros, estamos seguros de esto y esto y esto, y ella habría replicado ¿Y qué hay de las repercusiones en la vida social, la autoestima y la conducta? El rechazo conduce a luchas de poder que conducen a la violencia. Esta clase de cosas producen reacciones en cadena: los niños miran a las personas no marcadas como si fueran los malos de los dibujos animados, como animales feroces, como lobos a los que hay que matar. Los niños a esa edad no perciben más que etiquetas, titulares: Hombre no marcado de unos treinta años; Pareja no marcada de origen extranjero. Se machaca una y otra vez con que las personas no marcadas son peligrosas, personas con valores distintos, aprovechadas, mentirosas y traidoras. Personas que agreden y violan y asesinan.

Y entonces alguien habría dicho: No podemos permitirnos discutir entre nosotros, no tenemos tiempo que perder.

Y a pesar de que se considerara dudar un signo de inteligencia y estar seguro un signo de estupidez, a pesar de la corriente actual que alaba la duda y condena las convicciones inamovibles, Vetur de todas maneras habría ido a regañadientes al muelle y habría tocado el borde con la punta del pie para ver si era seguro subirse a bordo, porque así es cómo funcionan las sociedades: están de acuerdo en lo fundamental y discrepan en los detalles, de lo contrario no serían sociedades.

6

Alguien llama. A Eyja le duelen la cabeza y los oídos, y recuerda vagamente que anoche Zoé intentó convencerla para que se quitara los auriculares y el reloj cuando estaba quedándose dormida.

Nota sabor a fruta fermentada en la boca.

Es Þórir. Es miércoles y son casi las doce. Debería estar trabajando. Carraspea y responde como si estuviera muy ajetreada. Þórir le pregunta si se acaba de despertar. Está muy enfadado.

—No —responde—. Estoy haciendo yoga.

Þórir le pregunta si se cree que es tonto. Que no se da cuenta de que ha sido ella quien lo ha empezado todo.

—¿Que he empezado qué?

Þórir le responde que lo sabe perfectamente.

Ella tiene que reprimirse para no sonreír porque él lo notaría en su voz. Él está a punto de estallar.

—¿Que he empezado qué, Þórir? ¿Qué pasa ahora?

¿Acaso piensa decirle que ella no tiene nada que ver con ese rumor que corre sobre que él se está atribuyendo el mérito de las negociaciones de otras personas de la empresa, que se ha jactado de haber cerrado un contrato con Japón cuando todos sabían que había sido obra de Kári, y que también ha presumido de solucionar el asunto de Finlandia, cuando todos sabían que lo había hecho Fjölnir?

—¿Alguien me acusa de haber estado diciendo eso? —pregunta, escéptica.

No, responde furioso, pero añade que sabe perfectamente que ha sido ella.

—Pero ¿qué clase de falta de educación es esta? —exclama ella.

—No tengo tiempo para estas sandeces —añade ella.

—Deberías ir al psicólogo de la empresa, Þórir. Yo no tengo nada que ver con tus ataques de histeria.

Él intenta balbucir algo, pero ella le corta, dice que tiene que atender una llamada de Holanda y cuelga.

Llama a Natalía.

Llama a Inga Lára.

Piensa en llamar a Eldey, pero decide no hacerlo. Eldey se ha vuelto de lo más difícil. Siempre sale con algún comentario idiota.

Natalía le dice que tiene que denunciar. De inmediato. Solicitar una evaluación y tratamiento psicológico y hablar de las consecuencias de su terrible divorcio y del acoso por parte del jefe. Evidentemente, no se puede aprobar ningún examen cuando tu marido acaba de dejarte para tener un hijo con otra mujer.

Inga Lára ahoga un grito y dice Dios mío, le pregunta cómo se encuentra.

Y añade Oh, cariño, que no se lo puede creer, que eso demuestra y confirma lo horriblemente demencial que es el nuevo sistema.

—Lo peor —dice Eyja— es que Þórir me ha desarmado por completo. Ya nadie confía en mí. Da igual que me haya acosado sexualmente una y otra vez, o que se apropiara de mis ideas. Yo ya no tengo voz.

Inga Lára intenta consolarla. Dice que es una buena persona y que no se merece nada de esto, que es una injusticia.

Lo cual es cierto.

Inga Lára dice que es la persona más fuerte que conoce. Le promete que eso mismo le dirá a la prensa si llegan a ese extremo. El mundo tiene que saber que ella es una líder. Que es la portadora de la antorcha. Que es alguien que deja que sus acciones hablen por ella.

—Sí —dice ella.

—*Soy* la portadora de la antorcha —dice ella.

—Yo dejo que mis acciones hablen por mí.

Llama a Breki y Zoé le informa de que el número está fuera de servicio.

Llama y escucha a la gente. Va tanteando.

Acude a la reunión de dirección con su mejor traje de falda.

Observa el lenguaje corporal de sus colegas.

Les habla de una nueva start-up que le han recomendado.

La empresa es noruega, produce motores de filtrado para barcos y pesqueros. El filtro procesa el dióxido de carbono del mar al doble de la velocidad que la tecnología existente en el mercado usando la misma cantidad de combustible.

Una oleada de entusiasmo se contagia entre sus colegas.

Observa a Þórir escrutando al grupo en silencio.

Hay dos cosas que tiene que hacer:

Necesita demostrar a la junta que él no es un buen dirigente.

Necesita demostrar a la junta que marcar la empresa conllevaría pérdidas económicas.

Son siete. Alli y Fjölnir están con ella. Solo necesitan una persona más.

Esa persona es Kári.

Votan y le dan luz verde para comenzar las negociaciones.

Después de la reunión coincide con Kári en el ascensor de bajada.

—No te preocupes por esa start-up sueca —dice ella—. Les pasa a los mejores.

Kári se queda atónito. Y le pregunta por qué debería preocuparse. No ha tenido nada que ver con el contrato con la empresa sueca.

—Oh —dice ella.

—Me dijeron que fuiste tú quien se encargó de eso, ¿o no? —dice ella.

Kári dice que se ha pasado el último mes enfrascado en el asunto de la central eléctrica japonesa.

—Pues debo de haberlo entendido mal —dice ella.

Un tarado le toca el claxon cuando está saliendo del aparcamiento subterráneo. Mira hacia atrás y ve que es Fjölnir.

Que no viene a trabajar al día siguiente.

Ni al otro.

Por fin se cruza con él.

Mira a ambos lados del pasillo y dice en un susurro que Þórir le ha despedido. Que no ha aprobado el puto examen de lloriqueos.

Dice que ese criminal de mierda se niega a entrar en razón, dice que va a «despiojar la empresa».

—Uf —dice ella—. Lo siento.

—Tú, que aportas tanto valor a la empresa.

—Es espantoso.

Fjölnir dice que acaba de hablar con Alli. Piensan reunir fuerzas y preguntar a los demás miembros de la junta directiva si creen que Fjölnir es un coste de oportunidad realmente imprescindible para conseguir el certificado de lloriqueo ese de mierda.

Le pregunta si puede contar con su apoyo.

—Naturalmente —dice ella.

—Avísame si puedo ayudar —dice.

Llama a un abogado y pregunta cuáles son sus derechos.

El abogado dice que todo está hecho de acuerdo a la ley.

Que tiene derecho a tratamiento previa presentación del resultado del examen: dos citas por semana con un psicólogo, si lo desea. Un subsidio del fondo de pensiones si decide acudir a un centro de rehabilitación.

El abogado se muestra cauteloso.

Habla como un médico hablaría a un paciente.

Ella da las gracias, envía unos cuantos mensajes y le recomiendan otro abogado.

El cerebro estándar presenta manchas rojas en distintas zonas. En las imágenes del de ella, las manchas no son manchas, son puntos. Como hormigas que han abandonado su hormiguero.

Transmisión emocional, alegría: Reacción de nivel mínimo.

Transmisión emocional, amor: Reacción de nivel mínimo.

Transmisión emocional, dolor: No muestra reacción de nivel mínimo.

Dolor respecto a otros del mismo sexo: No muestra reacción.

Dolor respecto a otros de distinto sexo: No muestra reacción.

Dolor respecto a otros de la misma raza: No muestra reacción.

Dolor respecto a otros de distinta raza: No muestra reacción.

Conclusión: No alcanza el nivel mínimo.

Lee estas palabras y sabe, pese a todo, pese a lo que dice la sociedad, que ahí es donde radica su fuerza.

Lo que la sitúa muy por encima de los demás.

Gylfi, el pulpo, la invita a comer el jueves.

También él trabaja en una compañía de inversiones internacionales. Una empresa famosa por fichar a gente que ha perdido el trabajo por culpa de la marca.

Él le da las gracias por su último encuentro. Su sonrisita es como una medalla.

Le dice que no ha podido pensar en otra cosa en toda la semana.

Le dice que hace muy poco que se ha enterado de lo de Breki.

Pregunta qué ocurrió.

—Me engañó con una compañera de trabajo —dice ella.

—Está a punto de dar a luz.

Gylfi dice No, joder. Como si su equipo de fútbol hubiera encajado un gol.

—Tú no eres mucho mejor —dice ella.

Él hace una mueca ladeando la cabeza y dice que hace tiempo que todo terminó entre él y su mujer. Llevan años durmiendo en habitaciones separadas. Pero siguen juntos por las niñas. La pequeña va a recibir la confirmación en primavera y la mediana empezará en el instituto Verzló en otoño.

Le enseña una foto de tres chicas rubias.

—Son guapísimas —dice ella.

Él dice Sí, son muy guapas. Pero ¿cómo se encuentra ella, después del divorcio? Seguramente su experiencia no tiene nada que ver con la de él. Su divorcio se veía venir. ¿La relación se había ido deteriorando o fue algo repentino, totalmente inesperado?

Ella lo piensa.

—Totalmente inesperado —dice.

—Pero estoy yendo a un psicólogo para superarlo, y ahora todo va mejor. Lento pero seguro.

Él dice que se alegra mucho. Que está seguro de que saldrá adelante. Pero que tendría que ser obligatorio por ley avisar con tiempo al cónyuge. Para que se haga a la idea. Nada de ¡pum, me largo, *bye bye*!

Parece satisfecho consigo mismo cada vez que la hace reír. Aprieta los labios para ocultar su sonrisa.

—Me alegro de haberme librado de todo eso —dice ella.

Juguetea con la servilleta.

—No me di cuenta de cuánto me había empequeñecido

ese matrimonio hasta que me dejó y tuve espacio suficiente para recuperar mi tamaño normal.

—Breki es el tipo de hombre que dice querer una mujer que lo desafíe.

—Una igual.

—Pero en cuanto empecé a superarle, intentó derribarme.

—Me regañaba por ser tan decidida. Me regañaba por defender lo mío. Muchas veces me regañaba por mi tono de voz.

—Empecé a dudar de todo lo que decía.

—En cuanto mi sueldo superó al suyo, empezó a suplicarme que tuviéramos hijos.

—Dijo que, si yo no quería hijos, se lo dijera cuanto antes.

—Que si yo no quería hijos, se buscaría otra mujer.

—Le dije que yo no podía tener hijos en ese momento, que antes tenía que convertirme en accionista.

—Entonces empezó a hablar de congelar óvulos.

—No paraba de hablar de congelar óvulos.

—Cuando yo conseguía un ascenso: congelar óvulos; cuando recibía un premio como directiva: congelar óvulos. Cuando me iban bien las cosas, era como si sus ojos se transformaran en óvulos congelados.

Gylfi es guapo cuando ríe. No se contiene.

Claro que es guapo.

No estaría donde está si no tuviera ese espeso cabello oscuro y ese rostro de facciones marcadas. Si no tuviera ese tono de autoridad en la voz.

Si no recordara a algún depredador en lo alto de la cadena alimentaria. Un oso. Un león.

—Te pones muy guapo cuando te ríes —dice ella.

Él le mira los labios. Ella toma un sorbo de vino.

Traen el plato principal y él le pregunta cómo va el trabajo. Cómo maneja Þórir la situación.

—Nos mandó hacer el examen la semana pasada —dice ella.

El cuchillo se detiene a medio camino y Gylfi levanta la vista. Pregunta si lo dice en serio. Maldice. No habría esperado nunca algo así de Þórir. Que pensaba que tendría más aguante.

Y añade No, joder, y deja los cubiertos al lado del plato. Un trozo de carne sigue pinchado en el tenedor. Se recuesta en el asiento y recorre el comedor con la mirada. ¿Ha despedido a alguien?

—No, que yo sepa —responde ella.

—Es demasiado reciente.

—Pero he empezado a buscar. No quiero lidiar con esto.

Gylfi se la queda mirando durante dos segundos y luego le dice que debería trabajar para ellos, sin más.

—¿Para vosotros? —repite.

—¿Quieres que trabaje para ti?

Él asiente, las cejas casi en lo alto de la frente.

—¿Y qué haría con vosotros? —pregunta.

Él responde que podría seguir haciendo lo mismo que hace ahora. Ahí es donde está el dinero, claro, él también está trabajando en bonos catástrofe. Cuando la gente está desesperada, compra lo que sea.

—Vaya, qué cosas dices —dice ella.

—Sí —dice.

—Lo pensaré.

—Pero antes tengo que ver si apruebo el examen de las narices.

Él dice que el examen no importa. O, en realidad, sí, si no lo aprobara sería una recomendación en sí misma. Un sello de calidad, por así decirlo. No haría más que demostrar que es perfectamente capaz de llevar a cabo transacciones serias.

Ella habla de los motores de filtrado. Que es una lástima que Þórir se beneficie. Aparece un destello en los ojos de Gylfi. Cuando le dice que ciertos inversores internacionales han comprado acciones, empieza a removerse en su asiento.

Llaman un taxi para ir a su casa. Él está desatado todo el camino, sigue ofreciéndole el oro y el moro. Habla sin parar sobre lo que podría hacer en la empresa. Dónde podría empezar y dónde podría acabar.

Ella está en llamas. Le desea, pese a todo.

No es un buen amante.

Su cama no tiene cabecero al que atarle.

La última vez la folló como un inflador de bici viejo. Su lengua es como… ¿como qué?

Como el gancho amasador de una batidora.

7

Tristan no hace más que entrar en su aplicación bancaria, solo para ver el saldo, para sentir la puta euforia de ver el saldo. Por primera vez durante una semana entera no se siente como si en su interior solo hubiera mierda. Se siente como si Magnús Geirsson y los tipos que lo entrevistaron le hubieran abierto de algún modo, como la cremallera de una sudadera. Él creía que iba a contar lo mismo que en el encuentro juvenil del KALL, que había tenido que escaparse y dejar de estudiar y todo ese rollo. Pero entonces le preguntaron por su padre, su madre y su hermano, y después por Sölvi y su hermana. No estaba preparado para esas putas preguntas, así que lo soltó todo, que Sölvi les compraba cosas y pizzas y chucherías y que era mucho más divertido que su padre (espera que él vea el vídeo), y que Sölvi siempre se ponía de su lado, de Rúrik y de él, cuando su madre les daba el coñazo, y que ella no lo aguantaba, gritaba que lo que quería era ponerlos en su contra, que se daba cuenta de lo que estaba haciendo. Contó que su madre siempre se estaba inventando cosas, que se imaginaba que la gente tenía extraños conflictos emocionales (nunca debería haber dicho eso, joder), y que ella y Sölvi se peleaban un día sí y otro también, hasta que un buen día Rúrik y él empezaron a portarse mal, a romper las reglas, porque era fácil romper las reglas y nunca habían sido buenos en nada. No eran buenos en el colegio ni eran buenos jugando al fútbol ni eran buenos en los videjuegos, porque no tenían ordenadores potentes, y esas tres cosas eran básicamente lo único en lo que podías ser bueno.

Querían que hablara más de Rúrik y él se puso nervioso e intentó cambiar de tema, pero volvían siempre a su hermano, de modo que les contó que Rúrik había suspendido a los dieciocho (eso sí que no habría tenido que contárselo, joder, ni una palabra) y lo mandaron a tratamiento psicológico y lo obligaron a tomar pastillas, porque, si no, no lo dejarían seguir viviendo en casa con ellos y, ahora que lo piensa, Rúrik era asquerosamente joven en esa época, todo lleno de granos y ni siquiera le había empezado a salir la barba ni nada. Además, los psicólogos dijeron que probablemente se debía a que era demasiado joven, que los chavales como Rúrik eran tan hiperactivos y excitables que muchas veces no aprobaban el examen hasta que cumplían los veinticinco. Pero a Rúrik le metieron todas esas putas pastillas para estimular no sé qué hormonas: primero toda clase de mierdas a base de oxi, y luego trex, lo que por supuesto hizo que Rúrik se volviera un espirotrex en solo un año, y uno de los tipos preguntó qué significaba eso y Tristan explicó que quería decir que te volvías adicto al trex, aunque olvidó comentar que era una de esas palabras nuevas que no significaba literalmente que te vieras engullido en una espiral de trex, o así era como lo entendía él. Luego contó que Rúrik dejó el insti de Fjölbraut y también dejo de ir a casa porque se había echado una novia o algo así, hasta que un día lo pillaron con una bolsa enorme de trex, después de que lo hubieran prohibido y lo encerraron durante un año o así, y una semana después de que lo soltaran acabó metido en una pelea, una estúpida pelea de mierda por no sé qué tontería, y lo denunciaron por agresión y ahora le falta por cumplir media condena.

—Sæbraut, Sægarðar —anuncia la voz de IA del bus. Se levanta de un salto, y luego echa a caminar lo más rápido posible en dirección al puerto.

Le preguntaron a Tristan por el futuro y las oportunidades que tenía, si había sufrido prejuicios y discriminación, y él les habló de la carrera contrarreloj para conseguir un piso y no acabar en un puto almacén o en la calle o algo peor, pero en realidad no tenía ni idea de lo que quería hacer, nunca había sido bueno en los estudios, a lo mejor podía hacerse carpintero o algo parecido, no podía ser fontanero ni electricista ni nada por el estilo porque para eso hay que entrar en casa de la gente y, claro, todo el mundo estaba marcando su casa. Pero bueno, sí, quería trabajar en algún sitio que no fuera el puerto de Sundahöfn (¿por qué coño había dicho eso?, Viktor acabaría enterándose), pero no conseguía curro en ninguna parte y cada vez había más y más lugares a los que los no marcados no podían ir, por ejemplo, si quería comprar algo de comer tenía que encargar que se lo llevaran porque las tiendas ya no se fiaban de los no marcados, e incluso algunos locales nocturnos y gimnasios tampoco dejaban entrar a gente no marcada.

Entonces le preguntaron por la compra del piso, si tenía alguien que le ayudara, si disponía de algún tipo de... mecenas... tuvo que preguntar lo que era un mecenas, dijo que le sonaba como una especie de mago, y los otros se echaron a reír, sobre todo Magnús Geirsson, que rio como un puto trol de mierda. ¿Hay alguien que te pueda ayudar económicamente?, preguntó Magnús, y Tristan dijo No, y entonces uno de ellos preguntó ¿Nadie?, y Tristan se sintió triste que te cagas, tuvo que tragar saliva dos veces antes de decir No, nadie, y los tipos se callaron, de lo más incómodos, y luego le dieron las gracias por haber ido.

Cuando llega al trabajo, Eldór ya ha empezado a descargar en el muelle V1. Eldór le da un golpe en el hombro, bastante fuerte, y Tristan dice Para, tío, pero Eldór no lo escucha. Está mirando hacia arriba, a una torre donde está sentado el tío de control rascándose los putos huevos. Al otro lado, en el V2, están Wojciech y Oddur. Zoé le informa de que un tío al que sigue ha subido un nuevo vídeo a YouTube y lo escucha mientras empieza a transportar los contenedores a su sitio.

Tristes noticias. LOiD se ha pasado al otro lado. Lo he visto esta mañana. Claro que ya lo sospechaba por sus últimos gramas. Y precisamente ahora, cuando había empezado a decir que podían ayudarme y que no dudara en ponerme en contacto. Así es como va la cosa. Primero te dicen que quieren ayudarte a reintegrarte en la sociedad y a aprender sobre ti mismo y tus propios límites. Luego te dicen que deberías probar al menos una vez ir a terapia. Luego otra. Luego intentan convencerte de que tomes pastillas y luego te dicen que estás listo para hacer el examen y que eso lo cambiará todo. Así fue como captaron a mi mejor amigo, que ahora tiene el cerebro completamente lavado. Tiene que presentarse a examen todos los años y ha dejado de ir a sitios no marcados y de salir con gente no marcada. También su novia está marcada, y sé que ella dice que no se quede conmigo porque ya no soy buena compañía o algo así. Somos amigos desde que éramos unos enanos, y la última vez que lo vi, hace nada, me suelta que tengo que hacer el examen e ir al psicólogo, que eso me cambiaría la vida. Es como si, en cuanto lo aceptaron en la secta esa, se hubiera olvidado de todo lo malo que había pasado. Se olvida de que antes a él tampoco le dejaban entrar en tiendas o restaurantes. Ha perdonado al sistema tan pronto como ha empezado a serle favorable. Da igual que este sistema antes se aprovechara de él o lo oprimiera. Da igual que le hiciera sentirse una mierda.

Al cabo de una hora, Viktor se acerca a ellos.

—Hoy llega un contenedor del campo —dice.

—¿A qué hora? —pregunta Eldór.

—A las cinco menos cuarto —dice Viktor—. Mandaré un mensaje cuanto falte como una hora, y entonces uno de vosotros entretiene al Jugo de Pedo.

Ríen. Siempre ríen cuando Viktor llama cretino pedorrero al tío de control. Trabajan hasta mediodía y comen en la cafetería. Luego siguen transportando contenedores llenos a un barco azul que va a zarpar hacia Dinamarca o España o algún sitio de esos. A las cuatro, Eldór llama al tío de control, que baja y abre un contenedor al azar y examina su contenido. Luego vuelve a subir a la torre a seguir rascándose los huevos. Llega el contenedor del campo y lo colocan por el centro. Tristan lo ha hecho un millón de veces, pero cada vez se pone a sudar como un cerdo debajo del mono de trabajo, y Zoé pregunta si va todo bien porque su corazón late muy deprisa. Al terminar la jornada, Viktor pregunta si quieren que los lleve y los chicos, Oddur, Wojciech y Eldór, se montan en el coche.

–Yo tengo que ir a ver a un tío aquí al lado –dice Tristan.

–¿Dónde? Te llevo –dice Viktor.

–Gracias, pero de verdad que es aquí al lado. Nos vemos mañana –dice, se despide levantando dos dedos como un soldado y se va en otra dirección antes de que puedan decir nada más. Sigue el coche con la vista mientras se aleja. Cada vez le lleva a alguna parte, Viktor dice algo que Tristan no tiene ni putas ganas de oír. Algo de alguna zorra que se ligó en la ciudad y a la que se folló cuatro veces, o de un tipo al que tuvieron que pegar una paliza porque se había ido de la lengua con quien no debía. Tristan se siente como si esas palabras fueran Super Glue. Cuando era pequeño, usaba siempre Super Glue para vengarse de Rúrik o de su madre. Al principio les pegaba piedrecitas dentro de los zapatos, pero luego vio un vídeo en internet en el que un tío ponía Super Glue en el gel de un amigo suyo y el pelo se le ponía todo tieso, y cuando el tío intentó peinarse las manos se le quedaron pegadas al peine y el peine se quedó pegado al pelo. Tristan intentó hacerlo dos veces, pero la primera vez el pegamento se endureció antes de que Rúrik usara el gel, y la segunda vez Rúrik se dio cuenta, le bastó con mirar a Tristan a la cara, y le retorció la muñeca hasta que se puso a aullar, y la madre le chilló a Rúrik y le castigó sin salir con sus amigos durante una semana, y por eso Rúrik rompió el espejo de la entrada y la madre alargó el castigo a dos semanas, sin ordenador, y Rúrik se pasó todo ese tiempo sin dirigirle la palabra a Tristan. Recuerda que esas dos semanas le parecieron interminables.

A veces Viktor le pide favores. A veces le llama por la noche y le pide que haga de conductor, y no puede hacer otra cosa que decir que sí. Después de lo que pasó en noviembre ha intentado mantener las distancias con Viktor todo lo posible, pero no demasiado, porque entonces Viktor se daría cuenta e intentaría apretarle las tuercas. Tristan lo ha visto hacerlo. Por ejemplo con Wojciech, que dijo que necesitaba tiempo porque acababa de tener un niño y su novia no quería que pasase tanto tiempo fuera por las noches y Viktor dijo que lo entendía al cien por cien y le felicitó, pero luego no dejaba a Wojciech ni un jodido momento de tranquilidad, le llamaba todas las noches para encargarle algún trabajo, Wojciech tenía que hacer esto y Wojciech tenía que hacer lo otro, y cuando Eldór y Tristan decían que podían hacerlo ellos Viktor siempre decía No, lo hará Wojciech. Hasta que una noche Wojciech salió de su casa y se acercó al coche y dijo que no podía ir porque su novia le había amenazado con echarlo si no ponía en primer lugar a su hija, y Viktor se quedó mirándole sin decir nada y luego miró hacia delante a través del parabrisas y Eldór y Tristan tampoco dijeron nada, y entonces Wojciech se quedó helado, se subió al coche y Viktor arrancó.

Tristan sabe que tendrá que hacer algo parecido cuando deje de currar en el puerto de Sundahöfn. En cuanto encuentre trabajo en otro sitio, Viktor le apretará las tuercas varias semanas como hizo con Wojciech, para luego ir aflojando, y si hay suerte Tristan solo tendrá que conducir algún coche de vez en cuando y quizá Viktor se olvide de él y le deje tranquilo cuando llegue un chaval nuevo para sustituirlo. Si es que alguna vez encuentra un puto trabajo. Las empresas ni siquiera se dignan a citarte para una puta entrevista. Ha solicitado mil trabajos, desde hace meses, en cuanto se dio cuenta en noviembre de que Viktor era un tío la hostia de peligroso, lo cual hizo que se jodiera su historia con Sunneva, que desde entonces no ha vuelto a contestarle, solo aquella vez en enero, cuando estaba borracha en una fiesta.

Se toma media pastilla de trex cuando se sienta en el bus de la línea S y pone un vídeo nuevo en YouTube.

¿Os habéis dado cuenta de que cuando una persona no marcada hace algo malo, se publica enseguida que no está marcada, y cuando una persona marcada hace algo malo, eso nunca se menciona? Por ejemplo, el finde pasado la policía de la capital informa de que un varón de unos treinta años ha sido detenido por conducir borracho. Cuando una persona marcada infringe la ley, se dice que lo ha hecho porque es humana; cuando una persona no marcada infringe la ley, se dice que lo ha hecho porque no está mar...

El vídeo se para y empieza la música de un anuncio. Tristan cierra los ojos para no tener que ver a Ólafur Tandri.

En Islandia, los varones de edades comprendidas entre los dieciocho y los veinticinco años tienen cuatro veces más probabilidades de suicidarse que las mujeres de la misma franja de edad. El suicidio es la causa de muerte más común entre los varones jóvenes islandeses. Esto no puede seguir así. Existe una solución. Hablemos de nuestros sentimientos.

Acaba el anuncio y continúa el vídeo que estaba viendo. Lo pone en pausa y pide a Zoé que le relaje y Zoé reproduce música de piano y le muestra imágenes de un prado verde con árboles y un lago y cosas de esas. Le dice que se concentre en respirar y que inspire durante cuatro segundos y espire durante ocho.

Tendrá que conseguir el dinero para la entrada. Y va a hacerlo. Cierra los ojos e inspira hondo durante cuatro segundos y espira durante ocho, pero con cada respiración la ira va creciendo en su interior. Que Ólafur Tandri tenga los santos cojones de escogerlos a ellos como objetivo. A los mismos chavales a los que les está destrozando la puta vida. Después del referéndum no tendrán ninguna oportunidad. No conseguirán préstamos para una casa ni encontrarán trabajo ni podrán llevar una puta vida normal, y entonces se baja del bus y está tan furioso que podría matar a alguien, destruir cualquier cosa, y ahí está la casa de Ólafur Tandri, en su mismo barrio, justo al lado de su puto piso. Ha llegado a la puerta y se pasea arriba y abajo por la acera y no le costaría nada tocar al timbre y enseñarle lo que es estar siempre cagado de miedo, no poder ir a dormir sin sentir que una rata te está comiendo por dentro. Y ahí está él, el puto psicólogo de los cojones, con su perfecta mujer rubia en su perfecta cocina blanca de mierda. Tristan respira por la nariz y cuenta hasta diez, como le enseñó Rúrik. Levanta el brazo y les hace una foto con el reloj y luego saca un espray que usa en el trabajo y dibuja una gran X en la puerta de la casa, para que Ólafur sepa que también él es un objetivo, y luego se va a su piso con la capucha puesta, y cuando llega escribe todo lo que se le pasa por la cabeza, todo, y con cada palabra es como si se sintiera un poco mejor y continúa hasta que se le acaban todas las palabras que tiene dentro.

8

El martes, Óli recibe una nueva amenaza de muerte. O, más exactamente, una nueva disertación: el autor describe en detalle cómo piensa cortarle los párpados y cómo degollará a su familia. Hay adjunta una foto de Sólveig y de él tomada la noche anterior por la ventana de la cocina. Están de espaldas, con aire ausente o abatido. Posiblemente ambas cosas. Se pone en contacto con una agente de policía, que le dice que examinarán los vídeos de las cámaras de vigilancia.

Mira por la ventana y ve a Himnar aparcado en la puerta. Cuando se sube en el coche, Himnar está mirando algo en modo privado. Cuando se asoma por encima del hombro de su amigo, Óli no ve más que destellos amarillos y rosas. Himnar apaga la proyección y le da los buenos días, y luego se queda paralizado con la mirada fija en algo detrás de Óli. Óli sigue la dirección de su mirada. Encima de la puerta de entrada a su casa han pintado con espray una gran X roja.

—Me han marcado —dice Óli.

—Qué gentuza —dice Himnar.

Apaga el motor y los dos se dirigen hacia la puerta. Himnar pone el pulgar sobre la pintura y la frota.

—Bueno, bueno. Se puede quitar —dice, mostrándole a Óli el pulgar manchado de rojo.

—A lo mejor Sólveig no lo ha visto —dice Óli—. A lo mejor ha salido y no ha mirado atrás.

Himnar hace una mueca compasiva.

Óli saca fotos de la puerta y vuelve a llamar a la agente para denunciar el acto vandálico. Mientras habla por teléfono, entra a toda prisa en la casa, coge un paño y una esponja y llena un cubo con agua caliente. Cuando cuelga, vuelve a salir y le tiende el paño a Himnar.

–No, quiero la esponja.

–Joder, Himnar –dice Óli, irritado.

–¿Cómo? –dice Himnar con risa en la voz. Óli le pasa la esponja y empieza a restregar la puerta con furia.

Tardan diez minutos en borrar la pintada. Cuando llegan por fin a Borgartún, el comité electoral ya está inmerso en las tareas del día. Hay dos acusados por el asesinato del agente de policía. Una diputada cambió de opinión ayer, pasó de votar en contra a votar a favor. El apoyo sigue estando en torno al sesenta y cinco por ciento. Todo avanza en la dirección correcta. Hacia las cinco, envía un grama a Sólveig avisándola de que no irá a cenar. Ella no responde. Cada pocos minutos comprueba si hay respuesta, y cada vez se preocupa más. Si ha visto la X, entonces tendrán que hablar de ello. Pero si no la ha visto, entonces no hace falta echar más leña al fuego de sus constantes peleas.

No consigue mantener la concentración.

«No sé si lo has visto esta mañana –escribe–, pero alguien pintó una X en la puerta de casa. Himnar y yo la hemos limpiado enseguida. He llamado a la policía. Perdona que no te avisara al momento. Tenía que digerirlo antes. Perdona también que tantas veces no llegue a casa para la cena. Queda poco para que esto termine. Solo un mes. Te quiero».

Pasan diez minutos.

«¿Compro algo de vuelta a casa?», escribe.

«¿Algo dulce? ¿Algo de picar?», añade.

No hay respuesta. Intenta trabajar. Pierde el hilo de lo que está leyendo, se siente dolido por el silencio. Después la tristeza da paso a la rabia. No era eso lo que había elegido. ¿Cómo iba a saber que tendría que enfrentarse a amenazas y agresiones? Espera varios minutos más a que ella responda. De pronto tiene la sensación de que Sólveig está en casa, preparándose para pedirle el divorcio. Se gira y pregunta a Himnar si piensa irse pronto a casa. Himnar niega con la cabeza sin apartar la mirada de la pantalla. Óli coge su abrigo del perchero y llama un taxi. Cuando llega, le pide al conductor que le lleve a la tienda del barrio.

Sabe lo que tiene que hacer. Tiene que abandonar la confrontación. Da igual cómo empiecen sus conversaciones, todas acaban en una discusión sobre el marcado, como pequeños arroyos que inexorablemente acaban confluyendo en el mismo río caudaloso. Sólveig repite una y otra vez que un sistema psicológico centralizado no es la solución. Que la empatía es un fenómeno mucho más complejo, que hay delincuentes llenos de compasión y psicópatas totalmente inocentes. Y aunque se puedan extraer ciertas conclusiones a partir de la frecuencia y la correlación de todos esos factores, ninguna terapia en el mundo será capaz de hacer olvidar la vergüenza y la adversidad causadas por suspender el examen.

Da igual las razones que pueda aducir Óli. Claro que sabe que no es una solución mágica, que la obligación del marcado no resolverá todos los problemas ni hará desaparecer la delincuencia y la violencia. Claro que sabe que las cosas no son blancas o negras. Pero Sólveig no puede ignorar una realidad estadística indiscutible: la tasa de criminalidad ha disminuido considerablemente en los barrios marcados. Nueve de cada diez condenados el año pasado eran no marcados. Uno de cada cuatro presos suspendió el examen. Imaginemos que la sociedad se hace cargo de esos individuos, una cuarta parte de todos los encarcelados, y les proporciona los recursos adecuados *antes* de que salgan en libertad. La marca no es castigo, sino prevención. Pero a Sólveig eso le parece una idea infantil que no resiste un análisis en profundidad, y así continúan hasta el infinito. Él intenta ponerse en su piel, dice que la entiende. Que es una persona empática y que parte de la naturaleza de las personas empáticas consiste precisamente en ver lo humano que hay en los demás. Pero que tiene que comprender que los psicópatas se aprovechan precisamente de la clemencia de personas como ella.

Sólveig ha empezado a cerrar los ojos, a inspirar con calma y a pedirle que deje de hablar. Lo hace con frecuencia, incluso cuando solo habla de cosas cotidianas. Si hace un comentario inocente sobre algo normal, el desorden en casa, Himnar o su padre, o la puerta del jardín trasero que chirría toda la noche porque los vecinos nunca la cierran, ella dice Ay, Óli. Ay, Óli, como si fuera un viejo pesado. Cada vez que ella hace eso, él se hunde. Visualiza a su padre sentado a la mesa de la cocina discutiendo con su madre. Visualiza a su madre buscando algo que hacer en la cocina para no tener que mirar a su padre a la cara. Pero él no es como su padre. Él no levanta la voz. No interrumpe a Sólveig. Ha aprendido a hablar en tono mesurado, a mostrarse educado e imperturbable, a escuchar todo lo que ella le dice. «Cuando hablas así, nosotros nos sentimos así».

Ella intenta imponerle límites, aunque es ella misma quien los traspasa. Sus reacciones están claramente arraigadas en la marca, es una tubérculo plantado tan profundamente en su relación que es imposible arrancarlo.

Finalmente, le ha pedido que deje de discutir de política por completo. Que ella no iba a cambiar de opinión, y que todo aquello había empezado a tener un profundo impacto en la vida familiar. Habían dejado de tener relaciones sexuales y ya no pasaban su tiempo libre juntos. Dagný había comenzado a hacer el payaso alrededor de ellos para poner fin a las discusiones.

—Tiene tres años, Óli, y ya ha empezado a padecer esta carga emocional, *con tres años* —decía ella. Y que, por su parte, no podía seguir aguantando esa situación.

—Esto no es un compromiso —respondió Óli.

—Yo no hago nada por compromiso —respondió ella, poniendo los ojos en blanco—. Y tú utilizas la psicología como herramienta de extorsión en nuestra relación.

En la tienda se siente vulnerable. La gente le mira y al momento aparta la vista. Una mujer vestida elegantemente le da las gracias por un trabajo tan necesario, mientras que una mujer desaliñada levanta la barbilla en señal de desprecio. Ya ha pagado y está esperando el recibo, cuando su mirada se cruza con la de un hombre corpulento, de cabello grasiento y barba de varios días.

—Espera, ¿no eres tú el psicólogo?

—Sí —dice Óli con tranquilidad, irguiéndose sin darse cuenta.

—Estoy harto de ti y de tu chusma políticamente correcta —dice, acercándose a Óli con un dedo extendido.

Alguien dentro de la tienda le dice al hombre que deje a Óli en paz.

Óli intenta pasar deprisa, pero el hombre le sujeta.

—Nueve nueve nueve —dice Óli, y al momento una sirena atruena en el interior de la tienda, y todos se quedan inmóviles como muertos. El hombre escapa corriendo y al dirigirse hacia la salida alguien le espeta un insulto. La policía llama a Óli para preguntar si necesita ayuda, pero él les responde que no hace falta, gracias.

Vuelve a casa a toda prisa.

El rostro de Sólveig permanece impasible cuando él traspasa el umbral con la bolsa de la compra, pero deja que la bese en la boca.

—Qué bien —dice ella mientras saca las cosas de la bolsa.

—Os echo de menos —dice él.

Óli cocina setas bourguignon con patatas. Sólveig no menciona la X roja. Él tritura un cazo de setas para preparar las albóndigas vegetales de Dagný. Al principio Sólveig rechaza una copa de vino, pero a mitad de la cena se deja tentar. Después los dos van a la habitación de Dagný y Sólveig se sienta en silencio a los pies de la cama mientras él le lee un cuento a la pequeña. Cuando Dagný se duerme, los dos se sientan en el salón y él pide a Zoé que ponga música de sus años de universidad, y de pronto se ponen a rememorar el pasado y a reír. Abren otra botella de vino tinto. Él observa la suave línea que dibuja la boca de su mujer al hablar.

—¿Has visto la puerta esta mañana? —pregunta él.

Sólveig mira su copa, la hace girar.

—Sí.

—Lo siento.

Ella no dice nada.

—Al ver que no respondías, estaba convencido de que te estabas preparando para abandonarme.

La boca de Sólveig se crispa en un rictus.

—Lo he pensado.

—¿Marcharte?

—Sí.

—Sólveig —dice él—. Voy a dejar la APSI después del referéndum. Quiero arreglar lo nuestro.

Ella finalmente lo mira y se sostienen la mirada por unos segundos.

—Llevas mucho tiempo diciendo que lo vas a dejar —dice ella. Al tomar un sorbo de vino, su largo cuello se estira.

—Ya lo he decidido. Dimitiré después del referéndum, independientemente del resultado.

—¿Y por qué no mañana?

—Salóme no me lo permitiría. No antes del referéndum. Pero ya lo sospecha. Muchas veces me dice que estoy muy quemado.

Sólveig no dice nada. Apura la copa de vino, se levanta y va a acostarse. Cuando él entra en el dormitorio, está tapada con el edredón y de espaldas, como siempre. Pero cuando él se tumba en la cama, ella se da la vuelta y se acurruca contra él en la oscuridad, por primera vez en muchas semanas, probablemente en meses.

Durante los días siguientes, Óli procura salir del trabajo a una hora razonable. Explica la situación a los miembros del comité, que se muestran comprensivos. El viernes, en medio de una entrevista para un telediario, recibe un mensaje de la agente de policía. No puede ver más que una parte, pero es suficiente para desconcentrarlo y quedarse mirando con expresión vacía a la periodista, que tiene que repetirle sus propias palabras para que recupere el hilo.

Después de la entrevista llama a la policía, que dice que ha examinado los vídeos de las dos noches. Parece altamente probable que se trate de un mismo individuo: en ambos casos se puede ver a un hombre encapuchado delante de la casa. A juzgar por su apariencia y su forma de comportarse, debe de tener entre veinte y cuarenta años; la primera vez, el hombre se dirige directamente a las ruedas, en la segunda parece que va a llamar a la puerta, pero cambia de idea. Se le ve sacar una foto y pintar con un espray la puerta. Al acabar, se le puede ver bajando por la calle hasta un bloque de pisos de Kirkjusandur. Es uno de esos bloques que se construían antes para personas solas, un estudio encima del otro. En ese bloque están domiciliados unos treinta varones de esa edad. Es imposible obtener autorización para investigarlos a todos.

—¿Qué recomienda que hagamos? —pregunta Óli—. Es obvio que ese hombre no está en sus cabales.

—¿Tienen algún sitio al que puedan trasladarse temporalmente, hasta después del referéndum? —pregunta la agente de policía—. A casa de familiares o amigos.

—Es posible —dice Óli.

Pero cuando llega a casa no le dice nada a Sólveig. Sabe que si menciona la posibilidad de irse a otro sitio, será otro golpe para su relación. Lo aplaza un día. Luego otro. Luego decide que probablemente no corren peligro real por culpa de ese hombre, y que en realidad sería muy egoísta por su parte asustar a su mujer y su hija más de lo estrictamente necesario.

9

A principios de la semana siguiente, la directora del colegio envía un comunicado a los padres y madres, informándoles de que el colegio creará su propio registro. Vetur esperaba recibir mensajes con dudas, preguntas o protestas, pero no llega nada de eso a su buzón. A mediados de semana, durante la hora de visitas, una mujer asoma la cabeza por la puerta entreabierta de su aula. La mujer tiene el cabello rubio teñido y desgreñado que le llega a los hombros, y Vetur sabe al instante que es una madre que quiere hablar del examen.

—Hola, disculpa —dice la mujer—. Soy la madre de Naómí. ¿Molesto?

—En absoluto —dice Vetur, que cierra el vídeo que estaba proyectando e invita a la mujer a sentarse. Ella le da las gracias y se sienta, viste ropa oversize y parece cansada, andará en torno a los cincuenta, y de la frente le surge un copete muy repeinado que parece un pastelillo de crema. Se presenta como Alexandria.

—¿Es posible que el padre de Naómí te haya hablado de mí?

—No, lo siento. No lo recuerdo.

—Se dedica a ir por ahí diciendo que soy una madre incompetente —dice ella, mirando hacia el patio del colegio—. Pensaba que a lo mejor también había hablado contigo.

—Trabajo aquí desde hace relativamente poco —dice Vetur.

—Sí, lo sé. Cuando vinimos a vivir aquí, él llamó a la directora del colegio para decirle que temía por el bienestar de nuestra hija, le dijo que yo no me ocupaba de ella. La directora nos convocó a los dos a una reunión, a la que por supuesto el padre de mi hija no asistió. Se inventó una excusa en el último momento. Entonces tuve la oportunidad de contarle la verdad.

Vetur intenta adoptar una expresión interrogante: frunce las cejas, ladea la cabeza.

–Él no puede entrar en el barrio –dice Alexandria–. No está marcado.

–Entiendo –dice Vetur.

–Nos mudamos el verano pasado. Naómí empezó aquí en otoño. Como tú –dice ella–. Bueno, el caso es que no he podido dormir las dos últimas noches, desde que me enteré de lo del registro del colegio. Me vine a este barrio porque tenía que escapar del padre de Naómí y pensaba que aquí estaríamos a salvo. Casi nunca vamos más allá de la doble puerta. Aquí hay de todo, Naómí va a clase de danza en el barrio con sus amigas, y si tienen que ir al cine o al centro yo las llevo. Pero ahora me paso las noches despierta dándole vueltas a qué pasará cuando Naómí haga el examen.

Alexandria baja la cabeza y traga saliva.

–La niña es muy difícil –prosigue en un susurro–. No puedo controlarla. Y si suspende y los demás padres se enteran, ¿qué sucederá entonces? ¿Y si sus nuevas amigas la rechazan, y si cambian las normas del barrio? La edad para hacer el examen podría bajar de los dieciocho años a los dieciséis o incluso a los catorce. ¿Y si su padre se entera? A lo mejor podría usarlo para recuperar la custodia.

Sorbe por la nariz con fuerza, una vez, dos, y empieza a sollozar. Vetur se acerca a ella y le pasa el brazo sobre los hombros enrojecidos, hinchados por un edema.

–¿Puedo preguntar si tienes un buen psicólogo? ¿Vais las dos juntas?

–Ya no voy al psicólogo –dice Alexandria, un semitono más agudo que antes, como si tuviera una burbuja de aire en la garganta. Carraspea–. Estuve mucho tiempo yendo a la consulta de una mujer que se llamaba Gréta, pero tuve que dejarlo.

Alexandria se seca los ojos con la manga del abrigo e intenta controlar la voz.

—Había empezado a decirme cosas horribles. Constantemente, como una hermana mayor o una vieja amiga que te conoce tan bien que ya no respeta los límites normales. A veces me reñía como si fuera una niña pequeña. Al final le dije Mira, no voy a permitir que nadie me trate así. Desde que hace un año dejé de ir a su consulta, siento que la gente me juzga cuando se entera, noto cómo cambia su forma de tratarme. Como si fuera un desastre porque no trabajo mi mundo interior o lo que sea. Todo se ha vuelto contra mí, es horrible.

—Pero entonces ¿cómo te las arreglas para resolver tus problemas?

Alexandria suspira en otro intento de contener el llanto, le tiembla el labio inferior.

—A veces hablo con mis amigas. Cuando se dignan responderme. Naturalmente, todas están trabajando y no pueden soltar según qué cosas por teléfono, como yo. Pero sí, sí, tengo que empezar a hacer algo con mis problemas. Lo sé perfectamente.

—¿Naómí tiene un buen psicólogo?

—Sí, sí. Le va a la psicóloga con sus cuentos sobre nuestra relación, tergiversan todo y luego vuelve y me grita que Silla le ha dicho esto y Silla le ha dicho aquello, y que estoy gorda y soy tonta y que nunca deberían haberme permitido que fuera su tutora.

Con la última palabra escupe una gota de saliva que cae sobre la mesa. Las dos se quedan mirándola.

—Perdóname por soltarte todo esto así —dice Alexandria, y aprieta los labios en una mueca triste—. Es que ya ni dormir puedo. Me paso las horas acostada en un constante duermevela imaginándome lo que podría pasar.

—Todo irá bien —dice Vetur, antes de levantarse y volver al otro lado de la mesa—. En el caso más que improbable de que Naómí no apruebe el examen, será mejor saberlo ahora que cuando cumpla dieciocho años En situaciones estresantes, el cerebro tiende a protegerse construyendo defensas emocionales, y no hay que avergonzarse por ello.

–Eso son bobadas –dice Alexandria, y Vetur se sobresalta por la brusquedad de su voz–. Perdona, pero es que no aguanto esa frase: «No hay que avergonzarse». Es como el cartón de leche vacío en la nevera. Crees que aún tienes algo, pero al cogerlo ves que está vacío.

Después debe de percibir algo en el rostro de Vetur que la hace refrenarse un poco.

–Perdona –dice–. Evidentemente nada de esto es culpa tuya. Pero es que es una frase que se oye demasiado.

Alexandria se retuerce los dedos nerviosamente.

–Yo suspendí hace dos años. Y desde entonces han pasado muchas cosas.

–Comprendo –dice Vetur, que ahora percibe los rasgos de la mujer desde una nueva perspectiva: el pelo desgreñado y la hinchazón y la falta de psicólogo. Pensamiento involuntario: tiene que librarse de esa mujer. Sacarla del aula. Vetur trata de reprimir ese sentimiento. Intenta apartarlo de sí. Alexandria dice algo y Vetur trata de escuchar, pero la ola de terror está rompiendo contra ella, la está inundando, y entonces sucede: Daníel entra en el despacho, con las manos en los bolsillos del pantalón vaquero, la mira, nada puede detenerlo. El despacho se convierte en un material gelatinoso.

–¿Va todo bien? –oye decir a Alexandria.

–Sí –se oye decir a sí misma. Está agarrada con fuerza al borde de la mesa.

Se concentra en mirar un pequeño nudo en la madera clara, espera el tiempo que necesita para volver a sentir el suelo bajo sus pies. Espera hasta que que él ha salido del aula. Cuando levanta la mirada, no sabe si han transcurrido segundos o minutos. Alexandria está sentada al otro lado de la mesa, con gesto preocupado.

–Perdona –dice ella–. Es que estoy con la regla.

–Ay, vaya –dice Alexandria con una mueca.

—Mi recomendación es que Naómí haga el examen —dice Vetur—. Si decides que no lo haga, será peor que si lo suspende. Si no alcanza los resultados mínimos, pediremos una reunión con la directora del colegio y decidiremos juntas los siguientes pasos.

Vetur se pone de pie para indicar que la reunión ha concluido, Alexandria tarda un momento en comprenderlo, pero luego se levanta también.

—Gracias por venir —dice Vetur.

—Sí —dice Alexandria—. Gracias a ti.

En cuanto sale del aula, Vetur echa el pestillo de la puerta, se acerca a la ventana y recorre el aparcamiento con la mirada, aunque sabe que Daníel no está allí, que es imposible.

La medicación la hace sentirse extraña. Más ligera. Su psicóloga está sentada frente a ella, en el interior del casco aparece un puntito violeta que se desplaza de izquierda a derecha y luego de arriba abajo. Vetur lo sigue con la mirada.

—¿Dónde te has quedado?

—Hace dos semanas que Daníel entró por la fuerza en mi casa. Había vuelto al piso después de pasar una semana en casa de mis padres, y estoy fregando los platos de la cena cuando veo el Mercedes negro. Está aparcado al otro lado de la explanada que hay detrás del edificio. Reconozco la figura de Daníel en el asiento delantero. Me quedo paralizada. No sé cuánto tiempo lleva espiándome. ¿Horas? ¿Días? La sensación de seguridad que me había dado la orden de alejamiento se desmoronó en una fracción de segundo. Ha tenido la precaución de mantenerse a más de cincuenta metros de mí para que el Localizador no le delatara. Saco fotos del coche y se las envío a la policía, que se presenta poco después y obliga a Daníel a marcharse. Me dicen que le pondrán una amonestación. Pregunto a los agentes si es posible ampliar la distancia de alejamiento de cincuenta a doscientos metros, y me contestan que para eso tengo que recurrir el fallo de la denuncia.

»Esa noche sufro el primer ataque de pánico. Voy a urgencias y le digo a la recepcionista que estoy teniendo un ataque al corazón. Me dan un calmante y vuelvo a casa de mis padres y les pido a mis vecinos que entren de vez en cuando en mi piso para encender y apagar luces con la esperanza de despistar a Daníel. Tres días después, el Mercedes negro está en la calle de arriba de la casa de mis padres, medio oculto por los setos. Mi padre sale hecho una furia para ir a hablar con Daníel pero, en cuanto se acerca al coche, él se marcha. La policía toma nota del incidente y nos dice que Daníel ha entrado en la lista de infractores reincidentes y que le pondrán una multa. La tercera vez, unos días después, estoy de compras con mi madre, estamos en el aparcamiento de delante del súper cuando lo veo. Está más cerca que las otras veces. Puedo distinguir las facciones de su rostro. Mi madre me pregunta qué pasa, y entonces el Mercedes arranca y desaparece por la esquina.

Se concentra en mirar el punto violeta que se mueve en el eje vertical del casco.

—He aprendido a reconocer los ataques de pánico. En cuanto siento hormigueo en las extremidades, sé que me falta muy poco para empezar a hiperventilar. He dejado de dormir con normalidad. Me despierto unas veinte o treinta veces cada noche, siempre con la sensación de que él está frente a mí. Después me entero de que he aprobado el examen y que puedo hacer que me marquen si lo deseo. En el colegio no me lo exigen, les basta con saber que he aprobado. Hasta ahora me había mostrado bastante escéptica respecto a la marca, incluso había escrito artículos sobre los efectos negativos para la sociedad, sobre la vergüenza asociada al suspenso y sobre si es realista que la sociedad tiene la capacidad de condicionar positivamente la evaluación del grado de identificación para los individuos que no alcancen el umbral mínimo de referencia. Esta vez no me lo pienso dos veces, me inscribo en el Registro y confío en que Daníel suspenda y, a lo mejor, busque ayuda. Compruebo cada hora si su estado ha cambiado de no marcado a marcado.

»Cuando el jefe del departamento me dice que Daníel ha renunciado por enfermedad, me siento aliviada. Debe de haber suspendido, pienso para mí, lo que significa que a partir de ahora habrá zonas de la ciudad donde estaré segura porque él no podrá entrar. Pero poco después lo veo por cuarta vez, de nuevo delante de casa de mis padres. Es entonces cuando pongo la denuncia. En cuanto le explico a la policía que presentó la renuncia por enfermedad poco después del examen de empatía en el colegio, la actitud de la asesora legal cambia en un abrir y cerrar de ojos. Al día siguiente, el tribunal emite una nueva orden de alejamiento. No podrá acercarse a mí durante los próximos doce meses, y los cincuenta metros se convierten en doscientos, y me dicen que le han propuesto un programa de reinserción y tratamiento psicológico, y que ha aceptado.

—Estupendo —dice la psicóloga, observando la actividad cerebral de Vetur que se proyecta delante de ella—. La memoria a corto plazo solo se encendió al principio. La mayor parte del recuerdo ya se ha transferido a la memoria a largo plazo. Estamos progresando.

El campo visual de una persona normal abarca doscientos diez grados. Cualquier opinión, por mínima o inofensiva que sea, dependerá de dónde te encuentras, con quién hablas, qué has visto. A fin de cuentas, una opinión no es nada más que un posicionamiento que determinará adónde mirar y a qué dar la espalda. Es probable que Vetur fuera más tolerante antes de conocer a un hombre con un desorden moral que había suspendido el examen, y es probable que un año atrás no hubiera visto nada en el rictus adolescente de Naómí, pero ahora tiene que luchar consigo misma para no sobreinterpretar las expresiones de esa cara que ahora le parece más egoísta, más fea y más peligrosa que antes, para no psicoanalizar la peculiar actitud de Naómí, que lleva una manzana al colegio absolutamente todos los días —sin excepción— y que es tan ruidosa como rebelde, haciendo que cada movimiento sea una pose y que cada palabra sea puro teatro.

Por la noche va a cenar a casa de sus padres. Después de pasarse un buen rato tumbada en el sofá, medio charlando, medio viendo una serie policiaca con ellos, le pide a su padre que la lleve a casa, lo que este hace; se acuesta vestida, encima del edredón, e intenta prepararse para el día siguiente, calmar su inquietud, armarse de valor y coger fuerzas para enfrentarse a esos pequeños ignorantes que se creen que lo saben todo pero que luego preguntan Dónde está México y Dónde está Akureyri, como pájaros en el nido, siempre hambrientos de algo –diversión, atención, independencia–, hurgándose la nariz, jugando a perseguirse y tocándose los genitales unos a otros por los pasillos.

No creo que sea una cuestión de convicción, se dice a sí misma al día siguiente, cuando un chico de octavo hunde la cabeza en el pupitre y sus hombros se empiezan a sacudir por los sollozos.

Es cuestión de optimizar el bienestar colectivo, se dice a sí misma cuando empiezan a circular rumores acerca de dos suspensos, ambos de secundaria. Hace lo posible por mantenerse impasible cuando los alumnos llegan en un silencio inusual a la clase de competencias emocionales y trata de responder a sus preguntas sobre el asunto de la evaluación como si nada.

–¿Sí?

–¿Qué es deshumanización?

–¿Deshumanización?

–Sí.

–¿Por qué lo preguntas?

–Ayer oí que mi padre lo decía.

Vetur reflexiona un momento.

–Es cuando crees que una persona es tan distinta a ti que ya no sientes la menor empatía hacia ella.

El viernes terminan las clases (¡por fin!) y Sí, se apunta a ir al 104,5 y Sí, gracias, acepta encantada sentarse en el sofá en vez de una silla, y cuando se deja caer en el sofá con una copa de vino tinto en la mano, nota cómo el estrés abandona su cuerpo, resbalando desde la parte baja de la espalda y saliendo por sus caderas.

–He descubierto qué significa la palabra alienación –dice Húnbogi, sentándose a su lado–. Alienación procede de una palabra latina que significa extrañamiento. Ahí tienes tu respuesta.

–Ahí tengo mi respuesta.

Los dos fingen que no ha pasado nada, como si no fueran conscientes de que él se ha esforzado al máximo para no hablar con ella desde la semana anterior, probablemente porque la última vez él le había mostrado sus cartas sin querer y probablemente ahora no está seguro de veras si ella le gusta de verdad o si se está comportando de manera inapropiada o improcedente en el lugar de trabajo; y en realidad ella tampoco sabe si él le gusta realmente, o si solo busca la conocida embriaguez de la admiración ajena. Al menos es consciente de ello, e intenta esmerarse.

Él le cuenta cómo ha recibido su clase el examen, pero Vetur está demasiado cansada para soportar el nerviosismo que le provoca su cercanía, se bebe dos copas de vino demasiado deprisa y poco después decide irse a casa, y cuando se despide sin previo aviso del grupo le parece notar cierta decepción en la sonrisa de él.

Se despierta al día siguiente con un montón de cosas desperdigadas sobre la cama y el maquillaje sin quitar. Apaga la lámpara de la mesita de noche y se queda tumbada un rato largo a oscuras en la habitación. ¿Habría aprobado ella el examen a los catorce años? Muy probablemente no. Robaba chucherías y mentía, siempre estaba creando problemas, era toda una *drama queen*, sobrepasaba los límites de los demás constantemente, y hasta una década después (como muy pronto) no empezó a darse cuenta de las cosas que hacía y a sentir vergüenza por ellas.

El año anterior, cuando el colegio en el que trabajaba obligó a todo el personal a hacer el examen, se pasó muchos días tumbada en esa misma cama, angustiada ante la idea de suspender. Estaba varada como un coche atascado en el barro, dándole vueltas a los mismos pensamientos. Y sí, era capaz de llorar por el dolor de otros y de empatizar con los sentimientos de los demás, pero ella tampoco era un ángel: era una experta a la hora de colarse en el autobús y de mentir a sus profesores para postergar un plazo de entrega; a los veintiún años engañó a su novio con un chico que la había rechazado en su día (lo peor que ha hecho jamás); a menudo, cuando se presentaba la ocasión, se quedaba con el trozo más grande del pastel (y lo sigue haciendo), y en el fondo era consciente de que no empatizaba con cualquiera. Su empatía dependía de la información que tenía del otro, de las circunstancias y de su propia situación. Y era precisamente ese conocimiento de sí misma lo que la llevaba a suscribir las críticas de los expertos en ética que decían que, aunque la empatía podía ser un magnífico indicador de la probabilidad de que una persona pueda o no agraviar a otros, estaba lejos de ser un barómetro perfecto.

Cierra los ojos e intenta relajar el cuerpo.

«Casi nunca vamos más allá de la doble puerta».

Al igual que Alexandria, ella está huyendo en busca de refugio. Las dos buscan encerrarse. Se vuelve de costado en la cama y se encuentra de frente con el rostro tranquilo y asombrado de Daníel, medio hundido en la almohada, la mañana después de haberse acostado juntos por primera vez. También ella hunde el rostro en la cama, avergonzada por haber sucumbido una vez más a su ego, por estar tan necesitada de admiración ajena, por no haber sido más sensata.

Tea:

Gracias por explicarme por enésima vez lo del vuelo en formación de V. Llevo aguantando tus explicaciones desde que teníamos veinte años. Ahora tengo ya cuarenta y no puedo seguir ignorando la forma en que me hablas, como si fuera una niña pequeña. Tu tarea no consiste en ilustrarme ni educarme. Como siempre, has creado tu propia versión de cómo se desarrolló nuestra conversación: yo soy la persona que se indigna por todo, la que te llamó «lobo con piel de cordero» y te puso contra la pared. Yo sola soy responsable de que nuestras conversaciones no sean civilizadas «especulaciones ideológicas», porque lo políticamente correcto me ciega tanto como mi deseo de librar una guerra de trincheras.

Te comportas como si nuestra discusión hubiera estado causada por el tema de nuestra conversación, como si yo no aguantara escuchar tus contraargumentos, y por eso todo se convierte en «hoguera y llamas, fuego y cenizas», pero también te empeñas muy convenientemente en no tener en cuenta cómo se expusieron esos contraargumentos. Es importante, Tea, eso influye en el curso de la charla. Hablaste con displicencia de mí y de mis ideas. Te reíste cuando hablé de la nueva tradición del debate, basada en preguntar y escuchar.

Pero ¿quieres saber por qué mencioné la nueva tradición del debate? Porque durante muchos años nunca me has preguntado absolutamente nada. Vienes a tomar café y no hablas más que de ti misma, de tus problemas y tus logros, y yo siempre tengo que contarte, sin que me preguntes, cómo me va la vida. Siempre. Durante muchos años esa ausencia de preguntas por tu parte me dolió, y la tomé como una señal de total desinterés hacia mi persona. Pero cuando la discusión sobre la nueva tradición de debate empezó a ocupar un lugar importante en la sociedad, comprendí por fin que eso es lo que tú entiendes realmente por conversación. Una serie de declaraciones. Tú dices algo sobre tu vida, yo digo algo sobre la mía, y así la conversación se desarrolla a base de aseveraciones. Pero el problema es que me cuesta mucho hablar de mí misma sin que me pregunten. Me hace sentirme una egocéntrica que busca acaparar la atención. ¿Por qué no te lo había dicho antes? Porque es difícil, Tea. No es algo que suelas pedirle a una amiga, que se interese por ti. Que te pregunte cómo te van las cosas. Así que te mencioné la nueva tradición del debate para sugerir indirectamente el tema, con la esperanza de que te cuestionaras lo que estás haciendo tanto de forma general como ideológica. Algo que, obviamente, no has hecho. Te limitaste a reírte, como siempre que quieres hacer dudar a tu interlocutor de sus ideas.

Muchas veces he sentido pena por ti por esto, Tea. Muchas veces he sentido pena por todo lo que te pierdes al no escuchar las ideas de los demás, al empecinarte en llevar siempre la razón. Imagínate cuánto podrías crecer si empezaras a preguntar, escuchar y asimilar. Si simplemente frenaras un poco y reflexionaras sobre por qué la gente ya no habla de «psicópatas», sino de «personas con desórdenes morales». Porque no es una cuestión de psicosis. La psicosis implica que el individuo no es responsable, que se trata de algo incurable. Pero los desórdenes morales <u>son</u> tratables. Y eso aparte de lo obvio: que tenemos que eliminar del diccionario todos esos epítetos como psicópata, negro, bollera o subnormal. Eso reduce al ser humano a una única característica. El ser humano es múltiple, con innumerables atributos, no solo uno. Nunca es solo una orientación sexual, una raza o una enfermedad.

En cualquier caso, te he pedido muchas veces que no me hables con displicencia. Pero, al parecer, no ha servido de nada. Así que ahora voy a intentar algo nuevo: háblame como si yo fuera tú. Háblame como si te dirigieras a ti misma.

Es la única forma de que podamos seguir siendo amigas veinte años más.

LAÍLA

10

Þórir llama al día siguiente. Cabreado. Le pregunta cómo puede llegar a ser tan idiota. Le pregunta si su estupidez no conoce límites.

—¿Qué pasa ahora, Þórir? —pregunta ella.

Él responde que si se cree que puede enviarle amenazas, una noche tras otra, sin que haya consecuencias, está pero que muy equivocada.

—¿De qué estás hablando, Þórir?

Los gramas, dice él. Los gramas que le envía todas las noches. Anoche lo amenazó con llevarse la start-up noruega si se iba. Los motores de filtrado.

—Mira, Þórir, ya no tengo tiempo para estas cosas.

—Antes te habría permitido que me llamaras un sábado para acusarme de cualquier cosa —dice ella.

—Pero ahora te digo que ya basta —continúa.

—En ese mensaje no había absolutamente nada que se pudiera interpretar como una amenaza. Simplemente te informaba de que las negociaciones del contrato con EcoZea están yendo bien.

Él repite lo que ella le decía en el grama. Como si estuviera leyendo de un papel.

Él le dice que puede trabajar desde casa las próximas semanas. Que no tiene el más mínimo interés en verle la cara.

Llama a un servicio de limpieza y una hora más tarde viene una mujer a limpiar. Se encierra en su despacho, busca el número de su delivery de comida sana favorito y hace un pedido:

Tres smoothies todos los días, a las 07.30.
Una cena y una botella de vino tinto a las 19.30.

Inga Lára le dice que debería ir con Fjölnir a hablar con la junta directiva.

Natalía le sugiere que espere, que a lo mejor la situación se resuelve sola. Que todavía no hay ningún motivo para reconocer nada. Que Þórir está legalmente obligado a respetar la confidencialidad.

—Pero si este maldito referéndum sale adelante, estaré sentenciada a muerte.

Natalía dice que no hay la menor posibilidad de que el sí triunfe. El apoyo está en caída libre. Y aunque la obligación de marcado salga adelante, ella no estará en absoluto «sentenciada a muerte».

Repasan la lista de empleados de la empresa. Se preguntan quiénes más habrán suspendido.

De pronto, Inga Lára dice que ya está bien de calumniar a la gente. Que se siente incómoda.

—¿Calumniar a la gente? ¿Quién está haciendo tal cosa? —dice Eyja.

—No es más que una crítica deontológica.

Al cabo de un par de segundos, las dos se echan a reír.

Descubre en la intranet de la empresa que esa semana Kári va a trabajar desde casa por enfermedad.

—Hola, te he llamado en cuanto he podido, ¿te ha echado ese cabrón?

¿Cómo?, exclama Kári, que dice que no y pregunta qué pasa.

—Oh —dice ella.

—Creía que quizá… —dice.

—Bueno, Þórir dijo algo sobre el contrato con Japón y al ver la notificación me he preocupado.

Kári pregunta qué dijo Þórir sobre el contrato.

—Nada concreto. Fue sobre todo por el contexto y el tono. Primero dijo eso del contrato, y luego añadió que ahora que tenían los resultados del examen, por fin podría empezar a «despiojar la empresa».

Kári se queda callado.

Pero él ha aprobado el examen. Recibió los resultados poco después de la conversación de la semana pasada.

Dice que está trabajando desde casa porque realmente está enfermo, tiene una infección de orina.

—Ah, bueno —se apresura a decir Eyja.

—Me quedo más tranquila.

A mediodía llega Gylfi y se le tira encima como si fuera un cachorro grande.

Intenta hablar y desnudarla al mismo tiempo. Se baja la cremallera del pantalón y se levanta la camisa mientras le dice que tiene que convencer a los holandeses para que le vendan una participación a su empresa.

Ha hecho varias llamadas. Pujarán más alto que Þórir. Ella recibirá una comisión tan generosa que incluso podrá comprar acciones si le apetece.

Se saca la polla enrojecida, la levanta y la sienta sobre la isla de la cocina e intenta hacerlo de pie, pero la encimera es demasiado alta.

Trata de llevarla a pulso hasta el otro lado del salón, pero se le baja.

Cuando llegan al sofá, se le vuelve a empinar y le abre la boca para meterle la lengua. Ella echa la cabeza atrás y le aparta con las rodillas.

Eso hace que se excite aún más, e intenta separarle las rodillas con las caderas, hasta que ella al fin le deja. En cuanto la penetra, ella aprieta los muslos y él enloquece y trata de entrar aún más hondo, y después de solo dos rondas de retener y soltar, frenar y acelerar, ella consigue que él suelte ese ruido horrible, como si se ahogara en su propia laringe.

Una vez que se ha ido, enciende las noticias sin prestarles mucha atención. Lo primero que ve es una foto de gran tamaño del rostro de una persona que conoce. Durante un instante tiene la sensación de estar mirando una imagen suya. Conoce muy bien ese rostro. Luego cae: es la cara de Fjölnir. La foto está superpuesta a otra en la que aparece la sede central de la empresa. «Despido inexplicable». Eso lo ha filtrado Þórir. Fjölnir tiene que estar furioso. Una patada y fuera. Intenta llamarle, pero su número está fuera de servicio. Le envía un grama. Llama a Kári. Kári dice que Fjölnir y Alli hablaron con Þórir durante el fin de semana y pusieron sus cartas sobre la mesa. Si despedían a Fjölnir, Alli también se marcharía. E hicieron una lista de los clientes que habían conseguido para la empresa.

Los clientes que, llegado el caso, se llevarían con ellos.

Þórir les dijo que ya había hablado con ellos y les había explicado la situación.

Los clientes estaban al tanto de los cambios que se estaban llevando a cabo dentro de la empresa. Sabían que la empresa quería salir en los libros de historia estando en el bando correcto.

Bebe un smoothie tras otro, da vueltas como un león enjaulado.

Puto Þórir.

Mierda.

Joder.

Mierda.

Ver lo rápido que se han subido al carro esos payasos.

Ver lo que la gente es capaz de decir.

«Castración directa para toda esa chusma no hay que dejar que se reproduzcan».

Antiguos compañeros de colegio dicen que Fjölnir siempre ha sido así.

Uno de sus colegas actuales «que prefiere mantener el anonimato» dice que Fjölnir sigue siendo así.

Busca en internet todo lo que podría pasarle a causa del puto examen.

Medicamentos.

Psicoterapia.

Compra una aplicación que impide rastrear las llamadas de móvil y que distorsiona la voz, y tras pedirle un psicólogo a Zoé telefonea al primer nombre que aparece en la lista.

Dice que llama de parte de su hermana, que ha suspendido el examen. Pregunta si su hermana puede saltarse la terapia y probar solo con medicación.

El psicólogo dice que no es recomendable.

Dice que la medicación ayuda, pero que trabajar duro en uno mismo es imprescindible. Que su hermana tiene que estar dispuesta a poner mucho de su parte para poder llevar una vida sana y normal.

—¿Una vida normal? —repite ella.

—¿Quién dice que no lleva una vida normal?

—Seguramente mi hermana ha vivido una vida el doble de normal que todos los marcados del país juntos, incluyéndote a ti.

El psicólogo no dice nada.

—Gracias por la información —dice ella.

—Adiós —dice, y cuelga.

Hace tres llamadas y una hora después, un muchacho se presenta en su bloque con un frasco con veinte pastillas.

De vuelta en su apartamento, mira la etiqueta del frasco. Oxym.

Cuando llega la cena, se toma una con una copa de vino tinto.

Envía un grama a Breki pidiéndole que la desbloquee.

Después crea una cuenta falsa.

Desde que la bloqueó, solo ha subido una foto.

Un foto del embarazo de esa foca de mierda.

Que tiene ese gesto empalagoso en la cara, como diciendo: «¿Acaso no soy adorable?».

Mientras se rellena la copa echa un vistazo al perfil de la foca.

De repente se imagina la luminosa cantina de la oficina en la que Breki y ella trabajan.

La foca está trasteando con la cafetera y Breki se acerca al fregadero.

Apenas la toca al pasar.

Se produce un chispazo. Una especie de tensión.

Eyja se siente extraña.

Como si... no, no sabe qué es.

Se sube al coche sin saber adónde va.

Atraviesa el barrio de Viðey. El puerto de Sundahöfn.

Hasta que llega a su centro de trabajo.

Se mira en el espejo del ascensor y empieza a sonreír.

Luego se echa a reír.

¡Se siente tan aliviada! ¡Todo es tan fácil!

El despacho de Þórir no está cerrado con llave.

Pasa la mano por la mesa de escritorio. Por sus muebles.

¡Qué extraño!

Se siente... como si algo le hubiera desprendido la capa más externa de la piel.

Se abraza a sí misma y siente un bienestar muy muy profundo.

Su mirada se posa en el portalápices dorado que le tiró a Þórir a la cara.

El día que la echó. Sí.

Estilográficas.

Þórir adora sus plumas. Las compra por internet. Plumas de hace cien, doscientos años.

Alarga la mano hacia una de ellas y se la lleva a los labios.

La huele.

Metal y tinta.

Se pasea por las oficinas.

Entonces ve el despacho de Kári al final del pasillo.

Todo está en perfecto orden. Kári es un tipo muy organizado.

¡Ups!

La pluma de Þórir se le cae al suelo.

¡Ups! La empuja ligeramente con el pie.

La observa.

La ve rodar debajo de la mesa.

Como una lombriz bajo la lluvia.

11

–No me puedo creer que aún no te hayas ocupado de esto –dice su padre mirando el coche aparcado en la entrada.

–Fue hace dos semanas.

–Conociéndote, podrías haberlo dejado hasta navidades.

Su padre baja el primer neumático de la plataforma de su camioneta y Óli lo lleva rodando hasta el coche.

–¿Qué clase de gentuza va por ahí rajando las ruedas a los coches de la gente?

–Seguramente alguien que tiene intereses que proteger.

–Venga ya, hombre, todos tenemos intereses que proteger.

Su padre niega con la cabeza. Cuando los neumáticos están en el camino de entrada, su padre saca del maletero un gato y una llave de cruceta.

Óli espera junto a la rueda trasera izquierda. Su padre le mira y le entrega la llave.

–No pienso hacerlo por ti.

Óli empieza a aflojar las tuercas una a una. Su padre lo observa, inclinado sobre el coche.

–¿Has visto la última encuesta de esta mañana? –pregunta–. Él sí cuenta con un apoyo del cincuenta y seis por ciento. Eso es... ¿qué, seis puntos perdidos en una semana?

–Ese sondeo lo ha pagado el KALL –replica Óli, dejando la llave en el suelo–. No hay que hacerle mucho caso.

–Da igual quién paga si la muestra es aleatoria –dice su padre–. No saldrá adelante nunca. No hay ningún riesgo. Ahora la gente dice que votará por esa aberración, pero en cuanto esté en el colegio electoral no se atreverá a hacerlo. Es demasiado radical.

Óli se desplaza a la siguiente rueda.

—Vamos a ver —continúa su padre—, ¿hay algo que indique que ese, por así llamarlo, examen funciona realmente? ¿Acaso esos psicópatas no pueden simplemente encender y apagar el botón de la empatía cuando les conviene?

—Ya no utilizamos el término psicópata.

—Ay, no empieces otra vez con eso, por favor —dice su padre frunciendo el ceño—. Hasta que ese club de psicólogos tuyo no consiga acabar con la libertad de expresión, seguiré llamando a los psicópatas, los maricones y los manicomios por su nombre.

Óli no dice nada, empieza a aflojar un neumático del otro lado.

Su padre nunca ha llamado maricón a nadie en toda su vida. Son palabras que solo utiliza para escandalizar a la gente. Palabras, que aprendió de su propio padre, que también las utilizaba para escandalizar.

—Sea como sea —continúa su padre—. Uno de los principales especialistas rusos, un psicólogo de fama mundial, ha publicado un artículo este fin de semana, ¿lo has visto?

—No.

—Dice que el examen tiene un fallo muy grave, porque evalúa solamente el aspecto emocional de la empatía, y no el aspecto intelectual. Según él, existe una enorme diferencia entre sentir empatía por alguien y ser capaz de ponerse en su piel.

—¿Ah, sí? Vaya.

—Sí —dice su padre mientras observa a Óli levantar el coche con el gato—. Y por lo tanto no se puede hablar de «examen de empatía», porque la empatía es la combinación de ambos aspectos.

—Interesante.

Su padre le mira y niega con la cabeza, haciendo patente su desaprobación. Óli acaba de aflojar las tuercas con la llave.

—Todo esto no son más que sandeces, Óli. Un simple juego de poder, nada más. Hay un cero por ciento de probabilidades de que ese examen consiga mejorar nuestra sociedad en forma alguna, te lo aseguro.

Cuando Óli empieza a sacar la rueda, su padre le hace un gesto con la mano.

—Tú sigue con las otras —dice, y ocupa su lugar; echa a un lado el neumático rajado, coloca el nuevo y ajusta las tuercas solo con los dedos. Óli se desplaza a la siguiente rueda. Trabajan en silencio.

—Ya está —dice su padre cuando terminan.

Óli quita el gato y aprieta las tuercas lo mejor que puede.

—Yo me llevo esto —dice su padre, señalando los neumáticos.

—¿Sí? ¿Estás seguro?

—Sí, sí, me queda de camino.

En realidad, el vertedero está en dirección contraria. Su padre agarra dos y los lanza a la plataforma de la camioneta. Óli hace lo mismo con los otros dos.

—Bueno, voy a ir tirando —dice entonces su padre—. ¿Dagný está ya en la guardería? ¿O sigue todavía en casa?

—Sólveig fue a llevarla hace un rato.

—Vaya, pensé que a lo mejor podría llevarla yo.

—Seguro que le habría encantado.

Su padre asiente con la cabeza, se sube en la camioneta. Baja las ventanillas y arranca.

—Gracias por la ayuda, papá.

Su padre levanta un brazo a modo de despedida y se marcha.

Cuando entra en la casa, Sólveig está viendo un vídeo. No se molesta en quitarse el abrigo. Himnar llegará a recogerle de un momento a otro.

—¿Has visto esto?

Amplía la imagen de la pantalla con un movimiento de los

dedos. Él se acerca y le acaricia la espalda, la abraza y la besa en la mejilla.

Al principio, cree estar viendo un vídeo de la APSI. El fondo, los colores y el diseño son los mismos. El chico no tendrá más de veinte años, con las mejillas llenas de granos. La boca le cuelga medio abierta, lo que le da cierto aire alelado. Habla un islandés espantoso, pero parece consciente de ello y repite algunas palabras dos veces, incluso tres, como si su lengua materna fuera una resbaladiza pastilla de jabón que no hace más que escapársele de las manos. El joven empieza a hablar de su adolescencia y de sus problemas en casa, de que los psicólogos recetaron trex a su hermano para estimular sus aptitudes empáticas, lo que le provocó una seria adicción a las drogas, en la que él también ha acabado cayendo. Dice que las consecuencias del trex son terribles. Que a él, por ejemplo, le ha dañado la vista.

Una voz detrás de la cámara le pregunta cómo imagina su futuro. Cuáles son sus planes.

El chico dice que los vecinos del bloque en el que vive han estado recogiendo firmas para marcar el portal y que su casero ya le ha dicho que tiene que irse. Le echan dentro de unas semanas y por eso tiene que comprarse un piso, para tener un mínimo de seguridad. Si suspende el examen, los bancos no le prestarán el dinero y nadie querrá alquilarle un apartamento.

El vídeo termina y alguien llama por teléfono. Es Salóme.

—Ya empezamos —dice Sólveig.

—Parece nuestro.

—Sí, pero ¿por qué?

—Para que la gente crea que es un chico que ha recibido tratamiento. Y que ese es el resultado.

—Esto debe de ir dirigido al grupo de población marcada.

—Exacto.

—Seguramente saldrán otros.

—¿Y qué deberíamos hacer?

—No prestarle atención. Limitarnos a invertir más dinero en la difusión de nuestros propios testimonios.

«Cuando te has pasado equis tiempo llamando a las puertas y nadie te abre —dice un chico en un nuevo vídeo del KALL publicado el miércoles—, y al final te das cuenta de que nadie te va a dejar entrar, entonces buscas una ventana para entrar por la fuerza. Así son las cosas».

«Yo sufrí un trauma en la infancia —dice una mujer muy elegante, en la cincuentena—. Los médicos dicen que esa es la causa. Llevo dos años en tratamiento, pero no está teniendo el resultado esperado. La asociación de psicólogos se niega a otorgarme una exención. Todo esto me ha destrozado la vida. Me echaron del trabajo y a raíz de eso caí en el alcohol. Mi matrimonio no pudo soportar la presión y mi marido me abandonó. Mi hijo pequeño me pregunta muchas veces si acabaré en la cárcel».

—Estas son historias de personas reales —dice Magnús Geirsson—. Estas personas no son malas. Estas personas no son ciudadanos de segunda. Son personas como nosotros y merecen disfrutar de las mismas oportunidades y tener acceso a las mismas infraestructuras que todo el mundo.

Óli le explica la situación a Sólveig. Tendrá que seguir trabajando hasta tarde los próximos días.

—Siempre la misma historia —dice ella.

—Solo un mes más, y todo habrá acabado —le promete él.

Dagný grita desde el váter que ya ha terminado y Sólveig se va dejándolo solo en la cocina.

El viernes se publica una nueva encuesta. Un sesenta por ciento a favor del sí.

—¿Creéis que es por los vídeos? —pregunta Himnar.

—No tiene por qué significar nada —dice Salóme—. Es solo un sondeo entre muchos. La semana que viene volveremos a estar en el sesenta y cinco por ciento.

Todos los modelos de predicción indican que el apoyo irá disminuyendo conforme se acerque el día de la votación. El comité electoral espera un sesenta por ciento la semana del referéndum.

Óli está preparando el plan de trabajo para la próxima semana, programando visitas y entrevistas. Detrás de él, Himnar silba por lo bajo la misma melodía una y otra y otra vez.

—¿Puedes dejar de silbar? —dice Óli con tanta serenidad como es capaz.

—Sorry —dice Himnar.

Óli se levanta, va a por un refresco y se masajea la cara para quitarse de encima el cansancio. Nunca tuvo intención de meterse en política. Asociaba la política con su padre. Siempre se escaqueaba cuando su padre y sus compañeros de partido lo invitaban a sentarse con ellos a la mesa de la cocina, donde se pasaban el rato dándose la razón en que todos sus adversarios eran unos gusanos y unos ratas. No soportaba oír sus elogios. Decían que era un chaval de lo más prometedor.

—Cuando las mujeres hablan mal de otras personas —dijo una vez su madre—, se llama cotilleo. Pero cuando los hombres hablan mal de otras personas, se llama política.

Cuando Óli empezó a involucrarse en los asuntos políticos de la universidad, su padre se entusiasmó, a pesar de que su única causa consistía en incrementar los servicios de asistencia psicológica para los estudiantes. Todas las noches le preguntaba por las elecciones y lo animaba a seguir adelante, como un padre futbolero. Óli le oía decir a sus compañeros de partido que, pensándolo bien, era claramente necesario: los chicos estaban muy angustiados, cargaban con el peso del mundo sobre sus espaldas. Pero, en lo que respectaba a la cuestión sobre la salud mental, su padre y sus colegas no se mostraban tan entusiastas. Podían aceptar la existencia de un servicio de apoyo psicológico, pero la marca, esa idea de que había que pasar un examen para demostrar la excelencia personal, la despachaban como una moda pasajera. No escatimaban en burlas, hasta que la moda pasajera llegó hasta el Alþingi, y fue entonces, demasiado tarde ya, cuando pisaron el freno. De repente, las diatribas de su padre en la mesa de la cocina estaban dirigidas contra Óli. Para entonces, hacía tiempo que él había dejado de responderle y no entendía por qué su hermana se molestaba en enzarzarse con él noche tras noche. Con su padre no se podía debatir: interrumpía a su interlocutor o se reía de sus argumentos. Sin embargo, poco a poco, Óli empezó a aprovechar las ideas de su padre para reforzar las suyas. Callaba y escuchaba, examinaba y diseccionaba los argumentos de su padre desde todos los ángulos posibles, de modo que cuando se encontraba ante argumentos parecidos, ya estaba listo para rebatirlos de manera directa y sin vacilaciones.

El entrevistador se presenta, pero Óli no retiene el nombre. Una pequeña cámara gira en torno a ellos, hasta que se detiene inmóvil en el aire como si fuera un tercer participante en la conversación.

—¿Cuál es vuestra postura ante los nuevos vídeos que ha publicado el KALL durante la última semana? ¿Puede decirse que esos vídeos abogan por una mayor empatía precisamente para con aquellos a los que el examen parece excluir de la sociedad?

—Resulta evidente que esas personas necesitan ayuda —dice Óli—. Y esa ayuda se encuentra en todo momento a su disposición. Por eso no me gusta utilizar un término como «exclusión», sino que prefiero una palabra como «integración». En mi opinión, esas personas han decidido no participar en la sociedad. Las terapias no son soluciones milagrosas, no pueden arreglarlo todo de la noche a la mañana. Esta clase de tratamientos llevan su tiempo, pueden ser meses o años. En muchos casos se trata de personas solitarias con la autoestima destrozada y que carecen de herramientas para trabajar en sí mismas. Nosotros no queremos solo reforzar nuestro sistema de salud, sino también la sociedad en su conjunto. Queremos curar a las personas que padecen enfermedades y ofrecerles un futuro saludable.

–Pero ¿y si esas personas no quieren que se las ayude?

–Entonces no se las ayudará. Nadie está obligando a nadie a nada. Pero es muy importante que exista ayuda disponible si la quieren. De forma gratuita, sin obligación ni compromiso, y en todo momento. No obstante, me parece que es razonable exigir que quienes deseen formar parte de ese esfuerzo colectivo que llamamos sociedad demuestren que son aptos para ello. La marca obligatoria no es solo una vía para crear una sociedad más segura, sino que también reporta beneficios económicos al país. Algo que puede constatarse tanto aquí como en los países de nuestro entorno. La delincuencia cuesta muchísimo dinero a la sociedad. Un solo individuo corrupto puede corromper a otros diez en un tiempo relativamente corto. La violencia acarrea gastos al sistema de salud y al sistema de subsidios. Y nuestra economía ya no lo puede aguantar.

Himnar le lleva a casa. Los dos están cansados y van en silencio. Óli repasa mentalmente la entrevista, rememora las frases. Cómo las enunció, si pudo dar impresión de arrogancia. Proyecta el vídeo e Himnar mira de reojo de vez en cuando.

No, estuvo mesurado y educado. Su sonrisa era neutral y parecía humilde a la par que firme.

Luego pone las noticias y ve el rostro de Magnús Geirsson.

—¿Qué dice? —pregunta Himnar.

—Nada nuevo, me parece. Algo sobre «esos desdichados muchachos».

—¿No te parece incluso poético que el hombre que puso de moda el concepto de «ética de los desdichados» se preocupe ahora tanto por ellos? —dice Himnar—. No hace ni un año no paraba de hablar de que la sociedad estaba engendrando miserables ociosos que se quejaban por todo.

—Ya ves.

—De verdad, deberíamos hacer un diccionario para tipos como Magnús Geirsson, para explicar lo que quieren decir cada vez que hablan. Que emotividad significa en realidad inteligencia emocional, queja es un sinónimo de crítica, e histeria equivale a secuelas.

Óli sonríe a su amigo para mostrar que está de acuerdo. Echa la cabeza hacia atrás y cierra los ojos.

Himnar aparca y Óli sale del coche.

—¿Te toca a ti a partir del lunes? —pregunta Himnar.

—Sí, claro —dice Óli—. Te recojo a las nueve.

Cierra la puerta del coche y en ese momento ve al chico. Lleva una sudadera negra con capucha, y está medio oculto detrás de un todoterreno aparcado calle abajo. Tiene una mano levantada, como si estuviera haciendo fotos o vídeos con el reloj.

Himnar se marcha. Óli hace como si no pasara nada, sube tranquilamente las escaleras de su casa. En cuanto entra en el vestíbulo llama a la agente de policía y le describe al chico. Ella dice que enviará un coche inmediatamente. Mira por la ventana con el mayor disimulo posible. El chico sigue allí agazapado unos segundos más y luego se marcha a toda prisa, mirando a los lados y poniéndose la mochila sobre los hombros. Por un momento, Óli piensa en perseguirle. Pero entonces se acuerda de las ruedas del coche. El chico podría llevar una navaja. Da vueltas por el vestíbulo y se pasa las manos nerviosamente por el pelo, hasta que los dedos se le quedan pringosos por el gel. Entra al baño y se lava las manos. Y espera.

12

Tristan le pide a Zoé que busque la dirección en el mapa y que le dé indicaciones, que ponga algo animado, y luego echa a andar al ritmo de la música. Derecha, dice Zoé a través de la música cuando tiene que girar a la derecha, Izquierda, cuando tiene que girar a la izquierda. Al entrar en el barrio mira a su alrededor. Hay unos árboles enormes, senderitos entre las calles y ni una sola autopista ruidosa de la hostia delante de la ventana de su dormitorio. El pequeño bloque de planta baja está en la ladera de una loma, lo que significa que la mitad del apartamento está enterrado, sin ventanas ni nada. Pero los lados que no están bajo tierra son muy bonitos. Hay un jardín enorme que el agente de la inmobiliaria dice que da al sur y tiene unas vistas que te cagas, porque la ladera sigue hacia abajo, de modo que miras directamente al tejado de la casa de más abajo, y luego hay un rincón pavimentado junto a la puerta del jardín, que el de la inmobiliaria dice que es un refugio perfecto.

Algunos de los que están visitando la casa tienen cara de cabreo. Tíos y tías que su madre llamaría «desgraciados», convencida de que es mejor que ellos aunque ella también sea una pordiosera de mierda y tenga las mismas putas dificultades de los demás. Uno pregunta al de la inmobiliaria si se podría bajar un poco el precio.

—Bueno —dice el agente inmobiliario—. En estos momentos hay mucha demanda de este tipo de propiedades. La mayoría de la gente ofrece por encima del precio anunciado, al menos las primeras veinticuatro horas.

Tristan lo mira. Se parece un montón a un futbolista de la selección nacional. Es clavado.

—Ah, ¿sí? —dice el hombre que había preguntado. Es latino o algo por el estilo, y lleva una enorme chaqueta de cuero negra.

—Sí, como todos los apartamentos con entrada propia o en portales no marcados. La gente busca cosas seguras antes del referéndum.

—Espera, ¿tú no jugabas en la selección? —pregunta el latino.

—Sí —dice cortante el de la inmobiliaria, dándose la vuelta.

Al día siguiente Tristan llama y le dice al agente inmobiliario que quiere hacer una oferta. El agente dice Estupendo, que le llamará más tarde, pero no lo hace. Tristan sabe que seguramente no es nada personal, pero al día siguiente se pone de los nervios solo de pensar en llamar otra vez, así que decide ir al banco para ver si ellos pueden hacer una oferta en su nombre o algo por el estilo. Al entrar lo recibe un holograma con forma humana bastante cool, que le dice Buenos días, Tristan, y luego ¿En qué podemos ayudarte?, y él dice que quiere un préstamo para un apartamento.

—Estupendo —dice el holograma.

Tristan intenta decidir si es hombre o mujer, pero en realidad es las dos cosas. Lleva barbita y también largas pestañas oscuras. El holograma le invita a sentarse en una cabina y él se sienta.

—En nuestro registro apareces inscrito como soltero, sin hijos, sin coche, sin deudas, sin propiedades, no marcado. ¿Es correcto?

—Sí.

—Estupendo. ¿Ya has encontrado una propiedad por la que quieras hacer una oferta?

—Sí, esta. —La proyecta entre los dos.

—Estupendo. Veo que la cuenta que tienes con nosotros cubre el 13,41 por ciento del valor de la propiedad, pero para obtener un préstamo de más del ochenta por ciento tienes que pasar el examen de empatía con nosotros.

—¿Cómo? Pero si la última vez era del ochenta y cinco por ciento.

—La nueva normativa entró en vigor el primero de febrero pasado. Nosotros no exigimos que nuestros clientes se marquen en la base de datos de la APSI una vez superado el examen. Será información confidencial para uso interno del banco.

—¡¡Pero yo tengo que comprar un apartamento antes del puto referéndum!!

El holograma no dice nada.

—Vale, ¿¿y qué tal un extra?? ¿¿Un préstamo adicional??

—Por desgracia, eso no es posible, Tristan. En la norma n.º 666/2042 sobre el tope máximo de los préstamos hipotecarios a los consumidores, establecida por la Autoridad de Supervisión Financiera, se estipula que solamente se puede financiar hasta el ochenta por ciento del valor de mercado de los bienes inmuebles cuando el individuo solicitante no está marcado.

—¡Mierda! Venga ya, ¡soy un ser humano! ¡Y tengo un trabajo a tiempo completo!

—De acuerdo con un informe de la Autoridad de Supervisión Financiera, el setenta y dos por ciento de los bienes inmuebles confiscados por orden judicial corresponden a personas físicas no marcadas.

—¡Pero es que yo tengo que comprarme un apartamento! —exclama él con una voz que ha empezado a temblar, al igual que sus manos y todo su cuerpo—. ¿Lo entiendes? Necesito tener apartamento en propiedad antes de que hagan ese maldito referéndum de mierda.

El holograma no dice nada.

—¿No hay alguna persona con la que pueda hablar? ¿Alguna persona de verdad?

—Nuestros asesores trabajan en esta sucursal los lunes y miércoles. ¿Deseas pedir cita y volver la próxima semana?

—Sí, dame cita.

—Faltaría más.

—¿Cuánto dinero más debo tener para conseguir una jodida entrada del veinte por ciento?

El holograma se lo dice. Él se levanta y se va. Sube por la colina de Arnarhóll calculando cuánto tiempo necesitará para ahorrar para esa entrada del veinte por ciento. Por lo menos cinco putos meses. Si ahorra como un cabrón. Al pasar por delante de la tienda camino a casa de Eldór, el lector de reconocimiento facial empieza a berrear Iii Iii Iii.

—¡Que no estoy intentando entrar! —grita al tiempo que empuja la puerta de la casa de Eldór. No hay ventanas en el pasillo enmoquetado y nota el olor a polvo. Se sientan en el balcón y fuman el costo que Eldór siempre tiene. Tristan le cuenta su visita al banco.

—No, fuma más —dice Eldór cuando Tristan va a devolverle el porro.

Luego callan mientras esperan que les suba.

—Piénsalo —dice de pronto Eldór—. Esto fue una habitación de hotel durante décadas. Piensa en la cantidad de personas que han dormido aquí.

La voz de Eldór se va haciendo más lenta. Tristan quiere mirarle, pero nota la cabeza demasiado pesada.

—Piensa en cuánta gente habrá follado en mi habitación —oye decir a Eldór—. Mogollón de gente que ahora está muerta folló aquí en su día. Me supera la idea. Es como si hubiera una especie de río inmenso de fantasmas que atraviesa mi cuarto.

Tristan se va hundiendo en sí mismo. Como si su cuerpo fuera una piscina gigantesca y él solo fuera un cuerpo minúsculo, que contiene la respiración para flotar en la superficie pero que se hundirá en cuanto empiece a expulsar el aire.

—… podríamos hablarlo con Viktor… —dice Eldór con voz lenta y ronca, como si se estuviera quedando dormido—, participar en el próximo contenedor… si limpiamos unas cuantas casas… entonces quizá conseguirías ahorrar suficiente… yo puedo conseguir un coche… lo coges y vas a limpiar alguna casa… yo no puedo ayudarte con eso… ya sabes, por la condicional… –Tiene la boca abierta y los ojos entornados. Levanta los brazos y se mira los dos relojes, primero uno y luego el otro–. Dentro de tres meses… dentro de tres meses seré hombre libre… nada de Localizador… nada de paranoia. Tristan quiere girar la cabeza para responderle, pero cuando lo intenta se le desploma al momento sobre el hombro. ¿Desde cuándo le pesa tanto la cabeza? Le pesa que te cagas. Intenta volver a levantarla, apoyarla en la pared, pero no lo logra. Intenta sujetársela con las manos, pero también le pesan demasiado. Los brazos le cuelgan a los lados con un hormigueo de lo más agradable. Jodidamente agradable. Piensa en Sunneva. ¿Por qué tuvo que joder de tan mala manera lo suyo con Sunneva? Ella era como una luz. Hasta que la besó a ella, hasta que se acostó con ella, nunca había conocido una luz tan clara e intensa. Habría podido ser su novia. Habría podido verla todos los días y dormir a su lado por las noches, en vez de estar siempre solo.

–… sí… –oye a Eldór–, cinco… casas… cool.

Eldór habla con Viktor y Viktor dice que pueden participar en el próximo contenedor y Eldór consigue un coche grande; Tristan pregunta si al día siguiente puede salir antes del trabajo, por la tarde, y Viktor le dice que sí.

A la mañana siguiente Tristan se lleva su ropa elegante al trabajo y se la pone después de comer. Coge el bus para ir directamente a casa de Eldór y por el camino va revisando hilos y comentarios.

Hay muchísimas pruebas IRREFUTABLES de que los que aprueban el examen PERO DECIDEN NO MARCARSE entran IGUALMENTE en el registro estatal y tienen que sufrir toda clase de RESTRICCIONES y DISCRIMINACIONES como recortes de subvenciones y limitaciones de oportunidades profesionales, todo porque se niegan a marcarse!! Así es como la única y verdadera TIRANÍA de la mayoría CASTIGA CON SAÑA a la minoría. Empiezan introduciendo los TRATAMIENTOS TERAPÉUTICOS y luego los llaman CAMPOS DE FORMACIÓN, y dónde acabará todo esto?? En los CAMPOS DE EXTERMINIO!! NO!! NO PODEMOS permitir que eso suceda!! TENEMOS QUE ESTAR SIEMPRE EN GUARDIA para GARANTIZAR los DERECHOS HUMANOS!! basta ya!!

lo que hacen además es que te detienen, te meten en un cuartucho y te dicen o haces el examen o te enchironamos, y si no les caes bien o les dices que no, entonces te acusan de cualquier cosa inventada que no tiene sentido y es tu palabra contra la suya, a un amigo mío lo obligaron a hacer el examen mientras estaba totalmente puesto de OP y por supuesto suspendió y entonces convencieron a un juez para que lo condenara más tiempo y le pusiera una multa más alta

jodidos maderos de mierda

pfff pues os venís para España :-) aquí no hay mierdas de esas, la comida y la vivienda no son caras, y luego os volvéis a casa cuando hace más calor en verano ;-)

Le pide a Zoé que ponga música tranquila de piano y se queda con los ojos cerrados un rato, hasta que de pronto la música de piano es interrumpida por un anuncio y abre los ojos creyendo que va a ver la puta cara de los tíos de la APSI y nota que se le contraen todos los músculos, pero con los ojos ya abiertos ve que no son Ólafur Tandri ni Himnar Þór, sino él mismo. Su propio rostro, muy muy grande y muy de cerca. No tenía ni puta idea de que le filmarían tan de cerca. Es raro de la hostia verte a ti mismo así en una pantalla. Se desplaza hacia abajo y ve que hay comentarios sobre el vídeo, muchos, como noventa y pico. Le pide a Zoé que lea los comentarios, cierra los ojos y escucha. Alguien le desea mucha suerte, otro dice que no se lo merece, una tercera persona dice que se ve que es un chico estupendo y una cuarta, que es terrible lo que la sociedad les está haciendo a los jóvenes hoy día. Escucha comentario tras comentario y empieza a sentir un nudo en la garganta y nota que los músculos del rostro se le tensan, y casi se echa a puto llorar como un gilipollas, en pleno autobús, rodeado de gente.

Se levanta y le pide a Zoé que ponga algo más animado y se baja del bus y va a buscar la furgoneta que Eldór acaba de dejar en un aparcamiento subterráneo sin cámaras, o al menos sin cámaras a las que pueda acceder la policía.

Lleva la furgoneta hasta Kópavogur, un barrio de bloques de pisos viejos y feos, y se detiene delante de un edificio verde. Busca con la mirada la pegatina con la M gigante, pero no hay nada más que una placa oxidada en la que está grabado el nombre de una mujer que vivió allí desde 1997 hasta 2015. Enciende una holomáscara provista de un filtro que le modifica la cara. El interfono también es muy viejo. No dispone de reconocimiento facial ni de voz ni de huellas dactilares, nada de nada. Echa un vistazo a los buzones y decide que se llamará Aron Hafliði, del segundo piso, si alguien le pregunta. Está hiperalerta, tenso y concentrado, como cada vez que va a limpiar. Intenta recobrar el control de su cuerpo y dominar los temblores, cierra los ojos un instante y luego empieza por la planta de arriba, llama al timbre del 601. Nadie responde. Bien. Pulsa el del 602. Nada. Llama a todos los timbres del quinto piso. Finalmente responde alguien en el 403 y él mira directamente a la cámara al tiempo que se presenta como Aron, procurando que se vea bien su elegante camisa; dice que se le cerró la puerta al salir a coger una bolsa del coche. Levanta la bolsa de plástico que lleva en la mano.

La mujer dice Sí, claro. La puerta se abre y él entra. Toma el ascensor directamente hasta la sexta planta, donde no había nadie, y se mira en el espejo. La holomáscara le junta más los ojos, le baja la boca y le hace más ancha la mandíbula.

El viaje en ascensor le tranquiliza. Se siente bien en los ascensores. Tienen algo de reconfortante de la hostia. Cuando Rúrik y él eran pequeños, jugaban muchas veces en el ascensor de su viejo bloque; uno de ellos se montaba y el otro bajaba las escaleras corriendo, intentando ir más rápido que el ascensor, y llamando al timbre de cada planta para ralentizar el descenso. Muchas veces, cuando está estresado de cojones por el asunto del piso, le gusta imaginarse que está en un ascensor. Está en un ascensor y no puede ir más deprisa.

La cerradura es antigua y necesita menos de un minuto para entrar en la vivienda.

—¿Hola? —dice.

No hay respuesta. Cierra después de entrar, y avanza cautelosamente a oscuras. El apartamento tiene techos altos, con una escalera abierta en el centro del vestíbulo que conduce a la planta superior. Llega al salón, donde hay unas diez guitarras y varios amplificadores, todo con pinta de caro de la hostia. Pero primero desactiva la holomáscara. Luego se dirige al despacho, donde hay algunos ordenadores, un aparato de música, un dron y una impresora de las buenas; lo lleva todo al vestíbulo y después sube al dormitorio, donde encuentra ropa supercarísima y algunas joyas en la cómoda, y también arrambla con todo. Tiene que hacer varios viajes del apartamento al ascensor, y otros tantos del ascensor al maletero de la furgoneta, tratando de aparentar la mayor tranquilidad, como si entrara y saliera de su casa. Cierra el maletero y mira a su alrededor, intentando decidir si debería volver para coger las guitarras. Le parece que robar instrumentos musicales está mal, son cosas demasiado personales. Pero una sola persona no puede necesitar diez jodidas guitarras, ¿no? Eso no es bueno para nadie. Vuelve a subir en el ascensor, va directo al salón y se lleva tres, las que parecen más relucientes y menos usadas, cierra la puerta al salir y se larga cagando leches.

Lleva la furgoneta a otro aparcamiento subterráneo, donde traslada las cosas a otro vehículo que luego conduce hasta un tercer parking. Allí lo deja con todos los trastos dentro. Eldór irá esa noche a recogerlo para llevárselo al campo.

Toma la línea H, después la S, y lee los nuevos comentarios que han publicado debajo del vídeo. «Dadle una oportunidad a este pobre chico», escribe alguien. «Mucha suerte, Tristan», escribe otro. «Naturalmente lo siento mucho por este chico, pero salta a la vista que necesita ir a un psicólogo más que respirar», escribe una mujer, que adjunta un enlace con recursos y terapias a su comentario.

Se pone furioso al leerlo, clica en la foto de la mujer. Tiene pinta de ser la típica puta sentimentalista de mierda, con gafas anticuadas y mechones grises en el pelo. La bloquea aunque no la conoce de nada.

Se baja en su parada mientras sigue escuchando a Zoé leer comentarios. Dobla la esquina y casi sin querer mira hacia la casa de Ólafur Tandri. Su coche tiene ruedas nuevas. Justo entonces lo ve salir del asiento del copiloto de otro coche que está aparcado justo delante de la casa, y Tristan se esconde detrás de un todoterreno y sin pensarlo levanta el brazo, enciende la cámara y hace zoom sobre Ólafur Tandri, y graba un vídeo en el que se le ve entrando en su casa.

Tristan espera un poco antes de seguir calle abajo, pensando en lo que escribirá junto al vídeo cuando lo envíe más tarde. La última vez escribió una mierda tan bestia que hasta a él mismo le dio asco, porque hablaba de sacarles los ojos y cosas de esas. Utilizará «nosotros» como la última vez, como dando a entender que son muchos quienes lo observan y están locos, y espera que Ólafur Tandri se despierte por la mañana con un jodido dolor en el estómago y sienta que ya no está seguro.

Está a punto de llegar a casa cuando ve un coche de policía subiendo por la calle hacia él. Baja la vista e intenta caminar despacio, parecer normal. Luego oye la sirena, un solo timbrazo, no con su soniquete torturante, como para que sepa que vienen a por él y que se quede quieto en el sitio. Por su cabeza pasan un montón de pensamientos, todos a la vez: que lo han seguido desde Kópavogur. Que irá a la cárcel. Que no conseguirá comprarse un piso. Que nunca saldrá con Sunneva. Que nunca llegará a ser normal. El coche de policía se detiene delante de él. En el mismo instante en que se abren las puertas, siente un impulso desesperado de huir, desaparecer, a lo mejor no tienen su cara, solo el cuerpo. Pero los policías ya han cerrado las puertas y le miran a los ojos, él está en la acera, sin moverse, y cuando empiezan a hablarle él no oye nada, y cuando uno de los policías le agarra de la muñeca y lo arrastra hacia el coche, las piernas obedecen y camina hacia el coche y no en dirección contraria, y no se larga, no se va a casa.

13

Y llega el gran día, el día en que su clase debe hacer el examen. Vetur se queda en la cama hasta el último momento, inmóvil, en vez de desayunar fuerte como tenía intención de hacer, en vez de darse una ducha como tenía intención de hacer, se queda tumbada, tumbada hasta que no tiene más remedio que levantarse. Camina tan deprisa como puede sin llegar a correr, el cielo está blanco de nubes, el aire es húmedo, las calles están mojadas y repletas de coches camino del trabajo.

Una riada de personas entra y sale por la doble puerta, y unos metros más allá algunos coches se mueven lentamente, unos bajando al aparcamiento subterráneo del barrio y otros saliendo en dirección contraria. De repente, su subconsciente repara en un detalle que hace que el corazón se le encoja a la mitad de su tamaño en el pecho, se da la vuelta tan deprisa que siente un pinchazo en el cuello, y luego nota cómo la sangre fluye por el hombro hacia el punto de dolor; en el carril central de entrada al barrio distingue un coche, un coche negro que conoce bien; solo unos metros, veinte, tal vez treinta, separan la entrada de peatones de la de vehículos.

Es él. Está sentado tranquilamente en el Mercedes, con la mirada puesta en el coche que tiene delante. Luego, como si percibiera que alguien le está mirando, dirige la mirada hacia un lado, directamente a ella, sus ojos oscuros indiferentes, distantes. La fuerza de la gravedad se hace más fuerte, algo la arrastra hacia abajo, un hormigueo le recorre los brazos y desciende por los muslos y sube por las mejillas y la mandíbula; la expresión de Daníel pasa del desinterés a la turbación, ella aparta la mirada demasiado deprisa, como si no hubiera visto nada, está llegando a la puerta, tiene que cruzar la puerta, ya la ha cruzado, pero no experimenta una sensación de alivio como de costumbre; mira hacia atrás y ve el maletero del coche desaparecer en el subterráneo, también él ha pasado, lo que quiere decir que ese barrio ha dejado de ser seguro. Ella ha dejado de estar segura.

Pero él suspendió, tuvo que suspender, por fuerza. No volvió al colegio después de que el personal hizo el examen, renunció a su puesto a causa de una enfermedad grave, lo cual significa un suspenso, eso lo sabe todo el mundo, las evasivas significan un suspenso, las cosas de las que no se hablan significan un suspenso, y una enfermedad grave es una evasiva de la que no se habla. Sigue su camino apresuradamente, adelanta a la gente que hay en la acera, él llevaba el pelo muy corto, estaba solo en el coche, con una chaqueta elegante, debe de trabajar por aquí, debe de ir camino del trabajo, si no, ¿por qué iba a estar en el barrio a las nueve menos cuarto de la mañana?

Ya está en el colegio, de pie delante de un aula cualquiera, enciende su pantalla holográfica y clica sobre el primer periódico que aparece, ojea las noticias sin registrar los titulares; después se recompone, entra en su correo en busca de un punto de apoyo, abre un mensaje de la directora del colegio sin entender nada de lo que dice, para entonces ya son las nueve y suena el timbre de entrada a las clases. Húnbogi se acerca a ella, parada en medio de un río de estudiantes, aún con el abrigo puesto, encogida, absorta, él le dice algo.

Vetur pide a Zoé que compruebe el horario de su grupo. La primera clase es en el piso de abajo; se dirige hacia allí, respira hondo, se quita el abrigo y se lo cuelga de un brazo, se retira el pelo de la cara, entreabre la puerta, sonríe y hace una seña al chico que está más cerca para que salga; el chico mira a su compañero de pupitre con una sonrisa de preocupación en los labios y la sigue. Vetur llama a la puerta de la pequeña sala y da los buenos días al equipo examinador. El equipo la recibe con cordialidad, y luego invitan al chico a entrar y sentarse en una silla en medio de la sala. Sobre el asiento hay un fino casco de cristal.

–Normalmente lleva unos quince minutos –dice la psicóloga, y cierra la puerta; Vetur se sienta en el banco de delante de la sala y pide a Zoé que busque a Daníel en el Registro, y un segundo después se encuentra mirando una palabra que no acaba de discernir, que no comprende. Pregunta qué pone.

–Daníel Arason, aprobado –dice Zoé.

Se inclina hacia delante y se coge la cabeza con las manos, intenta relajarse, concentrarse en la respiración, cierra los ojos y aparece el Mercedes negro, Daníel está al volante y despeja el asiento del copiloto antes de que ella entre en el coche, se siente y le dé un beso.

Sabía que él nunca sería su destino final, igual que sabía que la relación con aquella mujer tan guapa tampoco sería su destino final, ni tampoco la que tuvo antes con aquella bajista tan alta. Sin embargo, permitió que las esperanzas de él fueran creciendo día tras día. Ella se alimentaba de él como un parásito, como una pulga de un estornino; él le decía que era la chica más guapa que había visto nunca, y cuando ella se miraba en el espejo veía a esa chica tan guapa, se veía a sí misma como él la veía. Y cada vez que él se abría era una victoria, la de haber conseguido que se despojara de su timidez, la de ver algo que él solo mostraba a unos pocos elegidos; y ella lo regaba como si fuera una flor, prestándole cada vez más atención para tener cada vez más acceso a su interior.

Poco a poco, él iba diciendo toda clase de cosas cuando estaban a oscuras después del sexo. Que no podía creerse que aquello estuviera pasando. Que ya había abandonado toda esperanza de encontrar a alguien. Que estaba despertando a la vida.

Siente náuseas. ¿Cuánto tiempo llevará paseándose por el barrio, pasando con su coche por delante de su puerta? ¿Y cómo es posible? No puede acercarse tanto a ella, la policía recibe un aviso cuando está a menos de doscientos metros de distancia. Pero si realmente puede acercarse tanto... ¿sería él quien intentó forzar su puerta? Siente cómo se aflojan sus extremidades. Haciendo un gran esfuerzo, envía un grama a su psicóloga y le pide que la llame en cuanto pueda. Envía gramas a sus amigas, farfullando las palabras, luego a sus padres y finalmente a la agente encargada de la orden de alejamiento, le pide que la llame lo antes posible.

A los pocos minutos baja al aula de ciencias naturales a buscar al siguiente alumno. La puerta de la sala del examen se abre, sale un chico y entra otro.

Hubo un tiempo, sin embargo, en que le miraba y pensaba: por qué no. Tenía unos unos ojos oscuros preciosos y unas manos nervudas que no le costaba imaginar sosteniendo un bebé. No había nada que les impidiera verse los viernes después de las clases para tomar una copa juntos, cenar algo y después ir a casa de ella. Nada impedía invitarle a comer al día siguiente, ir juntos a la piscina después de comer y tumbarse uno al lado del otro después de nadar, encargar una pizza y ver series en casa de ella y pasar la noche juntos como cualquier pareja de enamorados.

Pero cuando las amigas la animaban a que lo llevara a las cenas para presentárselo, vacilaba. Cuando sus padres preguntaban si le había echado el ojo a alguien, vacilaba. Cuando él la invitó a su ciudad natal a pasar el fin de semana, puso toda clase de pegas. Quizá porque sentía que algo no iba del todo bien. A veces percibía en él un atisbo de fealdad, de dureza, pues ante la más mínima discrepancia se ponía a la defensiva, y no solo a la defensiva, sino que se ponía de uñas; y ella comprendió muy pronto que no soportaba que le llevaran la contraria, y cuando estaba en desacuerdo con él sabía que era mejor no argumentar su postura, sino cambiar de tema de conversación. Él empezó a hablar cada vez peor de sus compañeros del trabajo. Decía que no podía entender cómo algunos habían podido graduarse en la universidad, que le espantaba la idea misma de que pudieran reproducirse, que cuando el subdirector Ýmir Nóri abría la boca sentía cómo todas las células de su cuerpo se suicidaban, se pudrían en su interior, y que nunca había experimentado una sensación tan fuerte de estar desperdiciando su vida como cuando comía con sus colegas y escuchaba sus vacías gilipolleces de pequeñoburgueses.

Una colega cuyo nombre no recuerda pasa con una taza de café y un tintineante manojo de llaves, afloja el paso y le pregunta si todo va bien.

—Sí, sí —dice Vetur, levantando la vista—. El periodo. Vamos, que tengo la regla, el periodo.

—Ah —dice la colega con una mueca compasiva.

Va de aquí para allá llevando a los alumnos al examen, algunos guardan silencio, otros están más alborotados. Antes de hacer una pausa para el café, Vetur les da permiso para llamar a sus padres; se esfuerza por recobrar el ánimo uniéndose a algunas conversaciones en la cafetería, y aunque tiene que pedir que le repitan algunas preguntas, responde lo mejor que puede.

Él nunca la presionaba para que le dedicara más tiempo, nunca mencionaba que no se veían entre semana, percibía que debía mantener una distancia cordial durante las horas de trabajo. Si estaba frustrado o dolido, no lo demostraba.

Al principio le gustaba la actitud indiferente, casi arrogante, de Daníel, y él mismo parecía ser consciente de que se tomaba a sí mismo muy en serio. Era evidente que toda su vida había sido un marginado, que le habían relegado, quizá no había sido víctima de bullying, pero lo que estaba claro es que nunca fue un chico popular, y a Vetur le parecía natural que esa fuera su actitud vital: hacía todo según sus propias reglas, nada le interesaba especialmente y le bastaban sus dos mejores amigos, su conexión a internet, sus videojuegos, sus series y su música. Cuanto menos se autocensuraba él en sus críticas, más disipaban las dudas de Vetur: probablemente sí que había sufrido acoso escolar o, cuando menos, había estado socialmente aislado. Él le contó la vez en que un compañero, en el colegio le estuvo aguantando la puerta abierta a todo el mundo para que pasara pero a él se la cerró en las narices. Le contó la vez en que un vicedirector le hizo un comentario (comprensiblemente) por sus constantes bajas por enfermedad. Le contó la vez que el jefe de departamento le pidió que trabajara cierto aspecto de su formación, como si no lo hubiera hecho ya hacía tiempo, como si no cumpliera con sus obligaciones.

Le veía tomarse las cosas más absurdas como ataques o burlas, observaba cómo percibía animosidad y malas intenciones en las interacciones más inocentes. Empezó a distinguir en su rostro cuándo se cerraba o no a alguien, cuándo se sentía agraviado, cómo los ojos se le quedaban como muertos, cómo sus respuestas se limitaban a frases monocordes y monosílabos. Nunca reaccionaba cuando creía que le faltaban al respeto, se limitaba a decir Vale y a marcharse lleno de desprecio y odio, hasta que el viernes le preguntaba a Vetur si había escuchado a tal decir esto y a tal decir lo otro.

Ella intentaba mostrarse paciente, ejercer de mediadora unilateral. Salía en defensa de sus colegas con sutileza, decía que seguramente no pretendían decir lo que él había entendido, que Daníel no tenía que andar dándole vueltas a esas tonterías. Después dejó de molestarse en hacerlo, empezó a guardar silencio mientras él hablaba mal de alguien y cambiaba bruscamente de tema, incluso le interrumpía, en un intento de hacerle entender, indirectamente, que parase ya. Hasta que ocurrió lo que tenía que ocurrir: un viernes por la noche él estaba sentado a la mesa de la cocina y dijo Adivina lo que ha dicho hoy Ýmir Nóri, y Vetur suspiró, dejó el cuchillo sobre la tabla de cortar y dijo ¿Qué es lo que ha dicho ahora, Daníel?, y entonces vio cómo las palabras se le quedaban atascadas en la garganta, cómo su cuerpo se ponía rígido, y luego, con una frialdad tan cordial como estudiada, respondió Nada.

Después del recreo, los alumnos tienen clase de matemáticas. Vetur abre una rendija de la puerta del aula y busca la mirada de Tildra. Le hace una seña para que la siga.

—¿Puede venir también Naómí? —pregunta Tildra.

Vetur vacila y mira a Naómí.

—Sí, claro —dice.

Las dos chicas se ponen en pie. Naómí coge su manzana.

—Estoy muy nerviosa —dice Tildra, con los hombros tensos subiendo hacia sus orejas.

Naómí no dice nada.

—No será nada —dice Vetur.

—Es tremendamente injusto para los que vivimos aquí tener que pasar por esta prueba —dice Tildra—. Si suspendemos, puede que tengamos que mudarnos. Los que no viven en un barrio marcado no tienen que preocuparse por eso.

Vetur no responde. Se dirigen a la sala. Tildra entra primero, la chica que sale vuelve a su aula de puntillas y sin hacer ruido. Vetur y Naómí se sientan en unas sillas que hay fuera de la sala. Naómí permanece inexpresiva, mirando la manzana que sostiene en las manos, hace una incisión en forma de medialuna en la piel verde con la uña del pulgar. Pasan varios minutos en silencio.

—Vetur —dice Naómí de repente, sin levantar los ojos—. No quiero hacer el examen. No voy a entrar.

Vetur se la queda mirando.

—Me temo que no es una opción —dice Vetur con toda la delicadeza posible.

—Pero tengo mucho miedo —dice Naómí, y se le quiebra la voz, los ojos se le llenan de lágrimas—. No quiero entrar. No puedo.

Vetur le pone la mano en el hombro y Naómí empieza a sollozar.

—Esto es algo que todos tenemos que hacer. Estas son las reglas en este barrio. No será nada. Te lo prometo.

—Es tan injusto —dice Naómí.

—No tienes por qué preocuparte —dice Vetur—. En el peor de los casos, solo tendrás que ir más a menudo al psicólogo.

El llanto va remitiendo poco a poco y Naómí empieza a sorber por la nariz y a secarse las lágrimas con el jersey. Se abre la puerta de la sala. Tildra ve a Naómí y la abraza, le dice que no es nada. El abrazo vuelve a desatar el llanto y, cuando se separan, Naómí se yergue, mira al techo, respira hondo y se seca las lágrimas con la mano que sostiene la manzana antes de desaparecer por la puerta.

14

Kári la llama después del fin de semana.
Dice que se ha encontrado una estilográfica en su despacho.
La pluma de Þórir. Debajo de su mesa.
—¿Y?
—¿Qué quieres decir con eso? —dice ella.
—¿Podría ser que... Þórir te esté espiando?
Kári le cuenta que el otro día había oído un rumor. Que Þórir se había atribuido el mérito de sus negociaciones. Sobre la central eléctrica en Japón.
Lo que está sucediendo es terriblemente incómodo.
—Dios. Yo lo creo —dice.
—¿Qué piensas hacer?
Kári dice que no lo sabe. Que tiene que pensarlo bien.

Todos los días hay nuevas noticias sobre Fjölnir y su historial empresarial.
Una antigua quiebra.
Una disputa antediluviana sobre cuotas pesqueras que resultó no ser un asunto penal.
Ella misma recibe llamadas de periodistas preguntando por su relación laboral con Fjölnir.
Preguntando si había notado algo turbio o sospechoso.

La medicación la hace sentirse como si se hubiera tomado dos copas de vino.

Como si todo fuera... maravilloso. Como si estuviera flotando.

Le pide a Gylfi que vaya a su casa y que haga cosas distintas a las que hacen habitualmente.

Le pide que se tumbe sobre ella y la toque por todas partes. Pero a veces resulta imposible.

Se echar a llorar por cosas absurdas. Al pensar en su padre. Al pensar en su madre. Al pensar en Breki.

Entonces deja de tomar las pastillas durante dos o tres días.

Por fin, Fjölnir le devuelve la llamada.

Dice que eso es lo que Þórir había estado esperando. En cuanto dedujo que Alli también sabía el resultado del examen, comprendió que podía filtrarlo a los medios de comunicación, pues ya no era el único que estaba al tanto. Þórir estaba feliz de la vida cuando fueron los dos a verle. Estaba corriendo una carrera de fondo.

—Dios mío —dice ella.

—Es repugnante —dice.

Fjölnir dice sí. Sí que lo es.

—No sé si quiero seguir trabajando para ese hombre —dice ella.

—A lo mejor ya es hora de ponerse a buscar en otra parte —dice ella.

—Buscar otra cosa —dice ella.

Fjölnir dice que cambiar de empresa ahora despertaría demasiadas sospechas. Que ella debería esperar al menos un año. A menos que se pasara a una empresa marcada.

—Sí, supongo que tienes razón —responde.

—Quizá debo aguantar un año más —responde.

—Aunque se me revuelvan las tripas.

Toma una decisión.

Lo consulta con Gylfi y organiza una videoconferencia con los productores de los motores de filtrado.

Les dice que han pasado ciertas cosas en la empresa. Problemas morales.

Que va a cambiar de empresa y que su nuevo empleador, que también está interesado en invertir, puede ofrecer mejores condiciones que las acordadas anteriormente.

Los propietarios de EcoZea son un hombre y una mujer jóvenes, y ambos se muestran prudentes e interesados.

Ella les hace una oferta.

Ellos dicen que tienen que volver a estudiarlo y que la informarán de su decisión, como muy tarde, la próxima semana.

Esa mañana se toma dos pastillas en vez de una.

Al atravesar el aparcamiento en dirección al edificio pintado de blanco, siente un leve mareo.

En la recepción, una inteligencia artificial la invita a sentarse en la sala de espera.

Dentro hay otra mujer de su misma edad, con un abrigo de tela de espiga.

La sala de espera es acogedora. Pintada en colores de moda.

Sofás de cuero mullido. Una espléndida lámpara de techo sobre la mesita de centro.

Se acomoda: una sensación de embriaguez que ya le resulta familiar le recorre el cuerpo.

Toca el asiento vacío a su lado.

Luz. Hay demasiada luz.

Busca las gafas de sol en el bolso pero no las encuentra.

La mujer del abrigo de espiga tiene la mirada clavada en el suelo.

En su expresión hay algo… terriblemente triste.

—Lo siento —se oye decir.

Al darse cuenta de que esas palabras van dirigidas a ella, la mujer levanta la vista y mira a Eyja.

La mujer pregunta ¿Cómo?, con una voz clara y transparente que delata sus emociones. Eyja percibe falsa cortesía, confusión e impaciencia.

—No sé, pero lo siento de verdad, sea lo que sea.

En ese momento sale una mujer joven de una salita contigua.

—¿Eyja?

Se pone en pie, siente la cabeza ligera. Camina lentamente hacia la chica.

—¿Es la primera vez que vienes, Eyja?

Eyja mira a la joven, que tiene grandes ojos azules, los dientes un poco salidos, la lengua áspera.

—Perdona… ¿qué has dicho? —pregunta Eyja.

—¿Es la primera vez que vienes? —vuelve a preguntar la chica.

Eyja observa cómo se mueven sus labios. Es como si tuviera acceso directo a la voz de la joven, como un cable conectado a un enchufe.

—¿Estás bien? —pregunta la joven, que le pasa el brazo por los hombros como si temiera que fuera a caerse.

—Sí… —dice ella—. Es solo que hoy estoy un poco… sensible.

Se frota los ojos. Tiene que concentrarse.

—Tómate todo el tiempo que necesites. Es normal estar nerviosa.

Eyja la mira. Las palabras de la mujer le resuenan dentro. Siente como un clic en su interior y de ahí brota una sensación que se va extendiendo y ampliando. No consigue identificarla. Le asalta un pensamiento, como insuflado desde fuera: «Muchas casas forman una ciudad».

—Puedes sentarte aquí, Eyja. En cuanto estés lista.

—Gracias. Muchas gracias —dice al tiempo que se sienta en una butaca de cuero enorme y la chica le quita los relojes de las muñecas para abrocharle las correas de plástico. A continuación, le pone un gran casco en la cabeza.

—Vamos a proyectar unos vídeos. No tienes que hacer nada aparte de mirar y escuchar. Aquí tienes un botón, por si necesitas parar o tomarte un descanso.

La joven sale y, unos instantes después, aparece la cara de un hombre de mediana edad en el interior del casco. Eyja puede distinguir hasta el más mínimo rasgo de su rostro: los poros de la nariz, el brillo de su piel recién afeitada, la papada. Las bolsas bajo las pestañas.

La asalta otro pensamiento: «Contexto».

El hombre la mira a los ojos con una expresión neutra. Luego, poco a poco, su mirada se va volviendo cada vez más afligida y el dibujo de su boca cada vez más triste. Empieza a parpadear muy deprisa y aparta la mirada de la cámara. Hace una mueca y rompe a llorar. Se cubre el rostro con las manos y llora.

Eyja intenta reproducir sus gestos. De sus ojos brotan dos lágrimas. Caen despacio por sus mejillas.

Dos lágrimas. Es más que la última vez.

Luego el hombre desaparece y en su lugar aparece una mujer, seguramente en torno a la veintena.

Repite el mismo patrón. Mira la pantalla hasta que empieza a llorar.

Corte. Una mujer negra de unos cuarenta años, llorando.

Corte. Un hombre asiático de unos ochenta años, llorando.

Corte. Una mujer con burka, llorando.

Cada vídeo dura en torno a un minuto. Luego aparece un niño pequeño, de unos siete años. Mira a la pantalla y empieza a sonreír. Sonríe más y más, hasta que estalla en una ruidosa carcajada. Echa atrás la cabeza y ríe con la boca abierta, dejando ver la campanilla. Y cómo se agitan las aletas de su nariz.

Corte. El primer hombre ríe.

Corte. La veinteañera ríe.

Corte. El asiático ríe. Sus hombros se sacuden a causa del entusiasmo.

Corte. Una mujer rubia de treinta y tantos años mira a la cámara y habla de repetidos abortos espontáneos y de que perdió un hijo en el parto.

Corte. Una mujer negra habla de su hija de doce años a la que diagnosticaron erróneamente una gripe, cuando en realidad padecía una forma rara de leucemia. Murió siete meses después.

Corte. Un hombre joven de pelo castaño, de origen árabe, cuenta su fuga a través del mar junto a su madre y su hermana después de que a su padre lo mataran a tiros delante de la casa familiar. Cuenta que la barca volcó y que su madre y él pasaron semanas buscando en la playa el cuerpo de su hermana de catorce años.

Ella *debería* llorar.

Ella *debería* compadecerse de ellos.

Es difícil.

Después de varias historias más, la joven vuelve y le suelta las correas. Le dice que tendrá los resultados la semana siguiente.

Se va a casa a dormir y no se despierta hasta diecisiete horas más tarde.

Casi no puede ni moverse.

Utilizando la aplicación que deforma la voz e impide rastrear las llamadas, telefonea al centro médico.

Le dice que el día anterior se tomó dos pastillas de oxim.

El médico le responde muy serio que puede dar gracias de no haber entrado en coma ni haber sufrido un ataque psicótico. Pregunta si consume diariamente.

—¿Cómo que si consumo? —repite ella.

—Acabo de empezar a tomarlas —dice.

—¿No se supone que sirven para aumentar la empatía?

El médico dice que la dosis recomendada es de una pastilla a la semana, acompañada de psicoterapia intensiva. Desde luego, el oxim incrementa la secreción de oxitocina, pero se emplea fundamentalmente para estimular que los impulsos nerviosos busquen nuevas vías en el cerebro y disuelvan las barreras que les bloquean el acceso.

El servicio de entrega a domicilio ha dejado tres smoothies delante de la puerta de su piso.

Se sienta en el sofá con un smoothie y pide a Zoé que abra su informe médico.

Transmisión emocional, alegría: Reacción normal.
Transmisión emocional, amor: Reacción normal.
Transmisión emocional, dolor: No muestra reacción.
Dolor respecto a otros del mismo sexo: No muestra reacción.
Dolor respecto a otros de distinto sexo: No muestra reacción.
Dolor respecto a otros de la misma raza: No muestra reacción.
Dolor respecto a otros de distinta raza: No muestra reacción.
Conclusión: No alcanza el nivel mínimo.

Su madre responde y ella se lo cuenta todo.

Que Þórir está intentando deshacerse de ella y que Breki la ha bloqueado.

Que ha empezado a tomar medicación y ha vuelto a suspender el examen.

—Me siento utilizada —dice Eyja—. ¿Qué puedo hacer?

Su madre no dice mucho.

Al final su madre le dice que tal vez debería verlo como una oportunidad. Que debería ir a sesiones de psicoterapia. Que no tiene nada que perder.

—Yo no tengo absolutamente ninguna necesidad de ir a psicoterapia. Si hay alguien en esta familia que necesita ir al psicólogo, esa eres tú.

Su madre calla. Bueno, dice al fin, y luego que ya es hora de que empiece a preparar la cena para su padre.

15

Cuando la policía le envía una foto del chico de orejas soplillo, Óli no reconoce su cara. Es Sólveig quien, tras mirar la foto con atención, pregunta si no se trata del chico del primer vídeo, el que tenía a su hermano en la cárcel y estaba ahorrando para un piso. Al comprobar que tiene razón, él se pone hecho una furia. Está marcando el número de Himnar cuando Sólveig le coge el brazo con suavidad y le pide que lo piense mejor.

—¿Qué tengo que pensar?

—No vayas con esto a los medios.

—¿Por qué no?

—¿No viste el vídeo? ¿No escuchaste la vida que ha llevado ese chico? Es normal que esté enfadado.

—Sólveig —dice él en tono más calmado—. Ese chico nos ha estado enviando amenazas de muerte durante semanas. Nos ha espiado. Nos ha sacado fotos. —Señala la ventana para respaldar sus palabras—. Y al mismo tiempo se muestra como objeto de compasión ante toda la nación. Sí, merece nuestra compasión, pero también es peligroso. Por eso necesitamos este sistema. Por eso es preciso que la marca se convierta en obligatoria. Para poder ayudar a chicos como ese.

—No ha sido más que una sarta de palabras vacías. No ha hecho nada.

—¡Nos rajó las ruedas del coche! ¡Las cuatro!

—Vamos, ¿cómo puedes caer tan bajo? No puedo más. No puedo más.

—¿Por qué de pronto me he convertido yo en el malo de la película? Has visto los mensajes. Dijo que nos mataría a todos mientras dormíamos.

—Está enfadado y desesperado y tiene veintiún años. Te mira a ti y ve el rostro de quien le está destruyendo la vida —dice Sólveig.

—Eso no justifica la violencia.

—No, pero explica la violencia.

—Entonces ¿se supone que tenemos que perdonarlo automáticamente solo porque lo comprendemos?

Sólveig le mira a los ojos sin mirarle realmente.

—¿De verdad has sufrido algún daño, Óli? ¿Es justo contar esta historia a los medios sabiendo que el peligro al que exponemos a ese chico será muchísimo mayor que el que hemos podido estar nosotros?

—¿Y qué quieres que haga? ¿Dejar el tema sin más?

—Eres tú quien lucha por una sociedad empática.

—Se trata de una estrategema victimista, Sólveig. Tenemos que compadecerle, esa es la finalidad de ese vídeo. Pero tú sabes tan bien como yo que basta con abrir una ventana a la casa de ese chico, mostrar sus penurias y exponer públicamente sus infortunios para que todos los vean. Pero al mismo tiempo tenemos que olvidarnos de que podría ser un peligro para sus conciudadanos, porque de golpe nos obliga a tener que ponernos en su piel. ¿Acaso no crees que yo también quiero salvarle? Claro que sí. Pero la empatía y la compasión ciegan tanto como el odio, o el miedo, o la furia, o el amor. Ciegan exactamente igual que los prejuicios. Cualquiera puede mostrar lo infeliz que es su vida. Cualquiera puede contar una historia trágica para hacernos llorar a moco tendido. Generación tras generación, se nos ha enseñado que la empatía era una especie de solución milagrosa, pero ninguna generación ha conseguido establecer los límites entre empatía y complicidad condescendiente. Esta es la respuesta, Sólveig. La solución más humanitaria. Ahora disponemos de recursos que nos permiten detectar quiénes necesitan ayuda de verdad.

Créeme, a ese chico no le va a ayudar lo más mínimo que miremos para otro lado y le abracemos y esperemos que nuestra compasión haga de él una persona mejor. No podemos dejar que los sentimientos nos gobiernen. A veces necesitamos ser fríos y pensar racionalmente qué es lo mejor en global. Ese chico es una bomba de relojería.

—Pues entonces ofrécele tratamiento psicológico.

—¿Qué?

—Ya que estás tan preocupado por él, ofrécele tratamiento, en vez de denunciarle y llevar el asunto a los medios. Yo misma me encargaré.

—Sólveig. Eso que propones no es racional.

El gesto de ella se endurece antes de apartar la mirada. Entonces llama la policía para informar de que un psicólogo ha determinado que el muchacho no representa un peligro real para Óli. Y que su detención no se prolongará.

Cincuenta y ocho por ciento a favor del sí. Magnús Geirsson pide a los partidarios del KALL que no organicen más protestas; cada vez que se producen disturbios aumenta el apoyo al marcado obligatorio. Y para respaldar su razonamiento apunta a lo ocurrido las dos últimas semanas. A su vez pide a los no marcados que compartan más vídeos. En el trabajo, en familia, con los colegas, en las reuniones sociales.

El sábado, Óli llega temprano a la oficina de Borgartún y se sienta en una amplia butaca, en un rincón apartado junto a una ventana. Busca el vídeo del chico, lo proyecta. Abajo, en una esquina, figura el número de veces que se ha compartido: 117.943. Casi ciento veinte mil. Mientras el chico habla, Óli experimenta el mismo sentimiento abrumador que siempre que escucha a personas desgraciadas. Tiene la sensación de que la cabeza de ese chico esconde una cana entre el resto del pelo y eso le irrita. Bastaría con encontrar esa cana y arrancarla de raíz, y los problemas de ese chico desaparecerían. Podría enderezarse, cerrar la boca, educarse.

«Su detención no se prolongará».

Siente chirriar la repulsa en su interior. Si él fuera una mujer, la policía actuaría de otra forma. Faltan dos semanas para el referéndum. Están perdiendo apoyo. Y a Sólveig le parece de lo más normal que el chico ese pueda ganarse el corazón y la atención de la gente con su desventurada historia, al tiempo que envía en paralelo extensas amenazas de muerte. Óli pone el vídeo por tercera vez. Ya ha visto todo eso antes. El desamparo y la turbación. La ira de la víctima. Cómo el dolor y la drogadicción reducen el campo de visión de una persona y convierten sus propios intereses en su única realidad. Es la cana que hay que arrancar de raíz. El nudo del problema. La manzana de la discordia.

Echa la cabeza hacia atrás, cierra los ojos. Se imagina a ese chico campando a sus anchas por la ciudad, haciendo daño. Lo imagina contagiando su dolor a todos los que le rodean. La imagen se amplía: ahora ve miles de cuerpos moviéndose por la ciudad, cuerpos que también contribuyen a propagar ese mismo dolor. Con un nudo invisible alrededor del cuello y una manzana pudriéndose en su estómago, van por ahí echando el nudo corredizo al cuello de sus semejantes y llenándoles la tripa de manzanas podridas. Óli llama a un amigo de la policía y le pregunta si Tristan fue uno de los jóvenes detenidos durante las protestas. Espera mientras el otro busca el expediente del chico.

—Tristan Máni Axelsson —dice al fin—. Sin antecedentes penales.

—Estupendo. Gracias.

Óli permanece sentado en la butaca, con la mirada fija en la calle Borgartún. Entra alguien con una bolsa de bollos. Otro empieza a preparar café. Poco a poco aumenta el bullicio. Las conversaciones se entremezclan hasta convertirse en un parloteo acompasado. Aunque nadie se está tomando libres los fines de semana antes del referéndum, la atmósfera es más relajada de lo habitual. Dos diputados entran a tomar un café. Comentan las últimas noticias. De pronto alguien descubre el artículo de un economista que habla de la crisis económica que la oposición no deja de pronosticar. Los diputados se van y el comité se dispone a redactar una respuesta conjunta.

El domingo por la noche van a cenar a casa de sus padres. Óli llega hacia las siete, y luego se dirigen hacia allí caminando tranquilamente. Dagný va en medio de los dos, y la columpian con una alegría impostada. No han vuelto a mencionar al chico desde el viernes. Él intenta comportarse con naturalidad, aunque sabe que Sólveig puede leerle como si fuera un libro abierto.

Dagný corre a los brazos de su abuela y Sólveig las sigue al salón. Óli entra en la cocina, donde su padre está junto a los fogones con un delantal azul, escuchando las noticias. Una de las mayores empresas financieras del país obligó a sus empleados a realizar el examen el mes pasado, y a consecuencia del mismo han despedido a un miembro de la junta directiva. La noticia lleva toda la semana circulando por los medios. El directivo despedido afirma que va a acudir a los tribunales. El presentador del informativo cuenta que el director ejecutivo de la empresa ha dicho que ya no considera que se pueda confiar en el empleado para seguir desempeñando su cargo.

—Que ya no considera que se pueda confiar —masculla su padre levantando las manos, con un cucharón en una y un tenedor en la otra. Mira a Óli—. Dime, ¿qué ha sido de confiar en tu equipo? ¿O la confianza no es más que otro concepto que vamos a desterrar?

Óli apoya la cabeza en la pared que hay detrás de él.

—Precisamente todo este asunto va de confianza —dice bruscamente su madre al entrar en la cocina—. Hay que poder fiarse de la gente.

—¡Pero eso no es confianza! —exclama su padre—. La confianza también comporta cierta ceguera. La confianza es creer en las personas. La confianza no es certidumbre. La certidumbre es certidumbre.

No es impropio de su padre preocuparse de pronto por la confianza ciega en los demás, aunque cuando conviene a sus intereses, habla de la necesidad de reforzar la vigilancia de las fronteras e incluso aboga por la pena de muerte.

—Cuando hablamos de confianza, se sobreentiende también fiabilidad, y por tanto certidumbre —dice Óli—. Un puente fiable es un puente perfectamente seguro.

—Sí, pero cuando se trata de seres humanos, el significado cambia —responde su padre, agitando la sartén con brusquedad—. Las personas no son puentes. No todas las personas están cortadas por el mismo patrón.

Ninguno tiene nada que añadir.

Óli se siente incapaz de absorber más información. Es una taza llena hasta el borde y el menor movimiento puede provocar que se derrame su contenido. Tiene la sensación de estar siempre cansado, entumecido. Cuando se mira al espejo, le perturba lo que ve. El martes se levanta con la mandíbula dolorida, y sabe que se ha pasado toda la noche rechinando los dientes. Zoé le informa de que ha tenido once minutos de sueño profundo. En la reunión de la tarde le piden que se encargue de dar la rueda de prensa. Sabe que tiene que aceptar. Pero no puede. Mira uno a uno el rostro de sus compañeros y dice que hoy es incapaz. Que tiene que irse a casa a descansar. Cuando entra en la casa vacía, se tumba en el sofá y se duerme al instante. Se despierta cuando llegan su mujer y su hija, pero permanece tumbado. Dagný va directamente al salón y se le sienta encima de la tripa, riendo y dando botes, y él la atrae hacia sí y la envuelve entre sus brazos con la esperanza de que le deje tenerla abrazada un rato, pero ella se resiste entre risas hasta que la suelta.

Sólveig está en la cocina, vaciando la bolsa de la compra. Al oír el ruido del papel, Dagný sale corriendo para ir con ella, sin duda para pedirle algo de lo que han comprado en la tienda. Él se levanta a duras penas. Le cuesta.

—Voy a ofrecerle tratamiento psicológico.

Sólveig levanta la vista.

—¿En serio?

—Sí.

Suspira satisfecha. Recorre la cocina en dos zancadas y apoya la cabeza sobre su pecho. Cuando le abraza, Óli siente que algo en su interior que llevaba mucho tiempo en tensión empieza a relajarse.

16

Finalmente, los policías dejan irse a Tristan después de revisar los mensajes y de que él confiese haberlos escrito. Tiembla como una jodida hoja. Menos mal que no se ha ido de la lengua. Estaba a punto de soltar en qué aparcamiento estaba el coche con todos los trastos del piso de Kópavogur, cuando el policía calvo empezó a hablar de Ólafur Tandri y de los mensajes que le había estado enviando. Se quedó mirando al policía calvo y dijo ¿Eh?, y entonces el policía con pelo dijo que Ólafur Tandri disponía del sistema Escolta Plus, de modo que su casa estaba vigilada. Tristan preguntó al policía con pelo si no era puto ilegal grabar a gente que simplemente había salido a dar un paseo por su barrio, y el policía calvo dijo que no era ilegal si había un delito de por medio.

—¿Un delito? ¿Qué delito? —preguntó Tristan.

El policía con pelo dijo que enviar «ese tipo de mensajes» era un delito, y que si Ólafur Tandri le denunciaba le impondrían una multa importante, y cuando le preguntó al policía con pelo cuánto era una multa importante, él no quiso darle ninguna cifra. Tristan volvió a preguntar una vez y otra de cuánto podría ser la multa, e incluso intentó adivinar la cantidad, pero el policía calvo se limitó a decir Ya se verá. Y cuando Tristan preguntó que cuánto tiempo tendría que seguir allí, el policía con pelo dijo que sería un psicólogo quien decidiría si era preciso meterle en prisión preventiva.

—¿¿Prisión preventiva?? —soltó Tristan.

—Quiere decir que si el psicólogo te considera un elemento peligroso, tendrás que pasarte unos días encerrado.

—¿Peligroso?

—¿Cómo se dice en inglés? *Dangerous* —explicó el policía con pelo.

—¡Sé qué coño significa peligroso!

—Bien. Entonces no necesitaremos un intérprete.

—¿Un intérprete?

—A veces necesitamos intérpretes.

—¿Para interpretar qué?

—Las palabras complicadas. Yo soy malísimo intentando explicarlas.

—¡Yo no necesito ningún puto intérprete! ¡Soy islandés!

—Sí, claro, chaval —dijo él—. Los demás también.

Cuando entró la psicóloga, pecosa y de pelo castaño, guapa a rabiar, miró a Tristan con unos ojitos tan bondadosos que él ya no pudo levantar los suyos de la mesa. Dijo que se llamaba Dröfn y le preguntó si había pensado en hacer el examen de empatía. De ese modo, seguramente no sería necesaria la prisión preventiva.

Él intentó explicar lo mejor que pudo que No, no podía ni pensar en hacer el examen, que era del todo imposible, que si hacía el examen estaría traicionando todo aquello en lo que creía, a sí mismo, a su hermano y a todos sus amigos. Nunca cumpliría esas amenazas que puso en los mensajes. Era solo que hacía unos tres meses había visto a Ólafur Tandri entrando en su casa, y entonces le entraron unas ganas terribles de escribir gilipolleces, pero gilipolleces que nunca haría de verdad; sencillamente le hacían sentirse un poco mejor, eran una vía de escape, porque Ólafur Tandri se le aparecía todo el rato en los anuncios mientras estaba viendo vídeos, cada puto día, joder, no podía abrir nada en Zoé sin escuchar su puta voz diciéndole que «se activara» o que «pensara en su futuro».

Dröfn le animó a seguir hablando con una actitud tan amable que Tristan se lanzó, le dijo que él nunca había empezado una mierda, nunca había sido el primero en pegar a nadie, ni una sola vez, ni siquiera cuando su hermano Rúrik lo presionaba para hacerlo, porque su hermano Rúrik siempre estaba montando broncas con otros chavales para mejorar su reputación pero él no soportaba meterse en peleas, le resultaba asqueroso pegarse, y por eso jamás empezaría una pelea en serio con el tío ese de la APSI. Pero sí, le había rajado las ruedas y las pagaría. Es que estaba rabioso. Pero nunca haría de verdad nada realmente malo.

−Te creo, Tristan −dijo Dröfn−. El otro día vi tu vídeo. Voy a escribir en mi informe que eres una persona fiable. Pero tienes que prometerme que no volverás a acercarte a Ólafur Tandri ni a su familia. Si lo haces, tendría serias consecuencias. A partir de ahora tendrás que dar un rodeo para no pasar por delante de su casa. Ólafur Tandri dispone de todos los recursos para hacer que te condenen.

−Lo juro −dijo Tristan, y la psicóloga hizo un gesto tan afectuoso que él se sintió explotar de agradecimiento, y sigue muriéndose de puto agradecimiento en ese momento, mientras entra en el barrio de Laugarnes. Le castañetean los dientes y le tiemblan las putas piernas, pero está puto agradecido que te cagas.

Al llegar a casa llama a Eldór y le cuenta lo que ha pasado. La cara de Eldór llena la pantalla pero ve que detrás de él hay un resplandor, lo que quiere decir que está en el balcón.

−Joder. ¿Crees que les habrán autorizado a mirar nuestros mensajes? Yo estoy con la condicional, tío.

−No. Solo los que le envié al tío de la APSI.

−Vale, vale −dice Eldór−. Acabo de volver del campo, el coche está en lugar seguro. Viktor ha dicho que el contenedor saldrá el jueves. Que nos pagarán la semana que viene.

−¡La semana que viene! Así nunca voy a conseguirlo, joder.

−¿Por qué no?

−Porque el referéndum es el sábado de la semana que viene. Así que solo tendré unos días para comprarme un piso, si es que con el dinero de Viktor me llega, y encima tendré que pagar no sé qué mierda de multa si el tío de la APSI me denuncia por los mensajes que le envié.

—¿Por qué tienes que comprarte la casa nueva antes del referéndum? Aunque salga adelante lo de marcarse, pasará algún tiempo hasta que tengamos que hacer de verdad el examen.

—Pero si sale lo de la marca obligatoria y hay que pasar el examen para poder comprar o conseguir un préstamo o lo que sea, entonces ya no podré seguir negándome.

Eldór mira más allá de la cámara mientras piensa.

—A lo mejor deberías hacer el examen.

—¿Qué? No. Pero ¿qué dices?

—Sé que es una puta mierda. Pero... a lo mejor apruebas el examen. Entonces te darían un préstamo y podrías comprarte el semisótano.

—Planta baja.

—Tristan, lo siento, tío, pero tienes que salvarte tú a ti mismo, joder. Puedes ir mañana al banco y hacer el examen, sin tener que marcarte ni nada de eso. Ahí lo dejo. Si fuera tú, yo lo haría.

Llama a su padre y le pregunta si existe alguna posibilidad de que le preste dinero y su padre dice que no. Llama a Sölvi, pero también le dice que no. Los dos creen que está pidiendo dinero para trex, aunque él les repite una y otra vez para qué necesita el dinero. Piensa en llamar a Magnús Geirsson y busca su número, pero a la hora de llamar, se raja.

Le llama un asesor de carne y hueso del banco. Tristan intenta explicarle la situación y el asesor asiente a la cámara, pero dice que en realidad él no puede hacer nada, que Tristan podría intentar presentar una oferta más baja por el piso. Por qué no, nunca se sabe.

—Vale. Sí. ¿Lo intentamos?

—Naturalmente —dice el asesor, y le propone un precio estimado a partir de sus ahorros y de las comisiones—. Si rechazan esta oferta, no se desanime: vuelva a ofrecer la misma cantidad la siguiente vez, y, si no funciona, también la siguiente.

—Vale —dice Tristan—. Gracias de verdad. Esto me ayuda un huevo.

Aun así está la hostia de nervioso antes de llamar al de la inmobiliaria, de modo que toma más trex de lo habitual, lo cual es una estupidez que te cagas porque tiene que ahorrar, pero es que no puede superar el bajón que le entra cuando piensa en lo que le dijo el policía, que Ólafur Tandri puede denunciarle y que a lo mejor tendría que ir a la cárcel o pagar mogollón de pasta. Llama y dice, con toda la tranquilidad y cortesía de que es capaz, que quiere hacer una oferta por el piso.

—Una oferta por el piso, sí —dice el agente inmobiliario.

—Exacto.

—Estupendo. Ahora mismo te envío el formulario de ofertas de compra. Rellénalo, fírmalo y vuelve a enviármelo.

Tristan oye la notificación que indica que acaba de recibir el formulario. Lo proyecta sobre la mesa de la cocina, lo rellena de inmediato con los dedos y lo envía. Luego saca una mierda precocinada del congelador, la calienta y la devora como si llevara meses sin comer nada.

Está tumbado en el colchón de su cuarto jugando a City-Scrapers y no responde cuando su madre le telefonea. Luego le llega un mensaje. Es de Sunneva. Le pregunta qué está haciendo. Tristan se incorpora. Es la primera vez en tres meses que contacta con él. Son las doce y media, seguro que quiere saber si puede ir a su casa. Le dice que está en casa y le pregunta que dónde está ella. La respuesta tarda mucho en llegar, y Tristan se imagina que estará borracha en alguna fiesta y que unos putos gilipollas estarán intentando aprovecharse de ella y que él tendrá que ir a salvarla y llevarla a su casa y que la meterá en su cama y la echará el edredón por encima como en una película de cine, y luego él se irá a casa y ella se despertará al día siguiente y se sentirá enormemente agradecida y empezarán a salir juntos.

«Puedes venirte aquí si quieres», añade él.

Se queda mirando el nombre en la pantalla, y espera. Al cabo de unos minutos, vuelve a tumbarse en el colchón e intenta olvidar que le ha enviado algo y continúa jugando al City-Scrapers.

Si Viktor no hubiera sido un puto matón, quizá seguirían juntos. La conoció en una fiesta en casa de uno de sus antiguos amigos del insti. La invitación fue todo un subidón para él. Sus colegas llevaban más de medio año sin hablarle después de que la cagó robándole a uno de ellos, así que se puso su ropa elegante y se peinó (eso fue antes de raparse) y, pese a que había estado ahorrando todo lo que ganaba currando como un cabrón, por el camino paró en un cajero para sacar pasta. Cuando llegó sus colegas estaban en la cocina, y él fue directo a ellos y les dijo Hola, y ellos le dijeron también Hola, todos menos el amigo al que Tristan le había robado, que no dijo nada, y luego se quedó allí escuchándolos hablar y riéndose cuando ellos reían, y en un momento dado el amigo que le había invitado dijo delante de todos que estaba encantado de volver a verle y los demás asintieron.

Así que Tristan les habló de su trabajo en el puerto de Sundahöfn y de que estaba intentando superar su adicción (lo que tal vez no era del todo cierto, aunque sí que *quería* dejarlo) y que era terriblemente jodido, y luego miró al amigo al que había robado y dijo Perdona, Örvar, y sacó el dinero del bolsillo y los chicos dijeron Nooo, que no hacía falta, pero él dijo Que sí, *me* hará sentirme mejor, de modo que le dejaron que se lo devolviera y luego brindaron por él. Después se sintió aliviado de la hostia, como si de golpe se hubiera quitado diez toneladas de encima, así que cuando más tarde esa noche conoció a Sunneva estaba de lo más contento y no podía dejar de sonreír. Era la mejor versión de sí mismo y fue capaz hablar con ella como una persona normal. Los dos rieron y hablaron mogollón de rato de mil cosas, hasta que todo el mundo decidió bajar al centro y entonces Sunneva le preguntó si él también se apuntaba, y él dijo Bueeeno, no estoy marcado, y ella dijo ¡Bah, yo tampoco!, y se echó a reír de un modo increíblemente bonito, y más tarde ella le preguntó si quería ir a su casa y él no entendía qué estaba pasando mientras iban caminando despacito, juntos, con un frío gélido, sus putos ángeles de la guardia se estaban portando de la hostia esa noche.

Una semana después fueron a dar una vuelta por el centro y se comieron un helado y volvieron a casa de ella (de sus padres, pero ella vivía en el sótano, que tenía su propio baño y todo), y Tristan recuerda haber pensado, cuando volvía a su casa caminando tranquilamente el día después, que si él se portaba lo mejor que pudiera con ella quizá las cosas podrían seguir así, que podrían verse todos los fines de semana y luego podrían ir quedando más a menudo hasta que al final empezaran a salir juntos, y entonces él podría dormir con ella todas las noches y despertarse con ella todas las mañanas.

Le estaba mandando un grama desde el trabajo cuando por puta casualidad se presentó el de control y pidió inspeccionar el contenedor que se suponía que no tenía que inspeccionar, lo que dio pie a una investigación policial. Por suerte no pillaron a nadie, pero Viktor acusó de todo a Tristan, aunque había hecho exactamente lo que tenía que hacer, había distraído al de control en el momento justo e informó a los otros cuando el pedorrero inspeccionó uno de los contenedores normales. ¿Cómo iba a saber que el tío de control volvería? No pasaba nunca. Pero de pronto bajó a hacer otra inspección y señaló el contenedor procedente del campo, que estaba lleno de mierda robada en vez de productos islandeses de exportación. Tristan no pudo hacer nada y tampoco hizo nada malo. Pero Viktor le miró a la cara y le soltó que sería él quien tendría que responder ante los tipos que reclamaran su dinero por ese contenedor de los cojones. Tristan los había visto, eran unos tipos muchísimo más adictos que él, de modo que dijo Vale, ¿qué tengo que hacer?, y Viktor dijo Tienes que llenar otro contenedor, te doy quince días. Quince días. Era totalmente imposible y Viktor lo sabía. Esos contenedores estaban repletos de muebles y motos y repuestos de automóviles; para llenar uno de esos hacía falta más o menos el botín de unos veinte chavales durante un par de semanas. De modo que Tristan se tomó quince días libres para dedicarse a limpiar una puta casa detrás de otra, y fue entonces cuando su úlcera empeoró un montón y el nudo de la boca del estómago se le transformaba en un dolor que le subía hasta el pecho y no le dejaba respirar hondo para llenar de aire los pulmones. Y después de dos semanas de ese infierno había conseguido llenar ni medio contenedor y Viktor le dijo que tendría que pagar la diferencia, porque si no les diría a esos tipos quién había jodido el negocio, y Tristan no tuvo más remedio que darle la pasta a Viktor. Era el sueldo de tres meses o así, un dinero que Tristan no podía permitirse el lujo de perder si quería comprarse un piso. Y entonces se dio cuenta de que tenía que largarse de ese trabajo. No podía correr el riesgo de volver a encontrarse en esa situación.

Pero eso no fue lo peor: lo peor fue que mientras andaba metido en todo ese jaleo cometió el puto error de no hablar con Sunneva. No le salía estar alegre ni divertido, y siempre que ella le enviaba algo él intentaba responder, pero todo lo que escribía o grababa le sonaba fake y forzado, porque se encontraba fatal, así que no le mandaba más que un par de palabras. Al final, cuando ya le había pagado a Viktor el medio contenedor y se había tomado unos días para recuperarse de la úlcera, le mandó un mensaje diciendo que sentía haber estado tan distante las tres últimas semanas. Había estado liadísimo, con un follón de la hostia. ¿Le apetecía que quedaran? Y pasaron dos días sin que ella respondiera, y él volvió a decirle que lo sentía y que se había comportado como un idiota, pero que estaba totalmente colado por ella.

Entonces ella respondió: «Si me engañas una vez, culpa tuya; si me engañas dos, culpa mía»; y después de eso dio igual lo que Tristan le escribiera o le mandase, ella nunca respondía. Una vez, en enero, ella le envió un grama hacia las dos de la madrugada preguntándole completamente borracha, con la cara demasiado pegada a la cámara, dónde estaba, Tristan no lo vio hasta el día siguiente, y entonces se peinó y se puso una camisa y se pasó mogollón de rato enfocándose bien con la cámara del reloj para enviarle un grama, diciéndole que se había vuelto loco de alegría al ver su mensaje y preguntándole si quería que quedasen esa semana, pero nunca recibió respuesta.

Pasa una hora y luego otra. Sunneva no responde. Entonces llama alguien y él se incorpora de un salto en la cama.

Su madre. Pone el teléfono en silencio.

Al cabo de un rato se despierta en el colchón, vestido y con los cascos puestos. Sunneva no ha respondido, pero su madre le ha llamado varias veces seguidas y le ha enviado gramas en los que dice que tiene que hablar con él, y está tan puto histérica que Tristan se estresa pensando en que a lo mejor ha pasado algo malo. A Rúrik, o quizá a su hermana. De modo que le devuelve la llamada.

Al principio no entiende nada de lo que le dice. Solo grita palabras como Increíble, Es que no me lo puedo creer, Una cosa así, Y Rúrik, y sigue gritando y Tristan tiene que esperar hasta que al fin es capaz de hablar con normalidad.

—¡Qué va a decir Rúrik! ¡Y tu padre! ¡Y qué crees que hará Sölvi cuando lo vea! No me lo creo, Tristan. No me creo que hayas podido hacer eso.

—¿Qué es lo que he hecho?

—¡Me presentas como un monstruo! ¿Qué crees que va a decir la gente?

—¿De qué coño estás hablando?

—¡Del vídeo, Tristan! ¡De ese vídeo espantoso!

—Ah, eso.

—*¡Ah, eso!*

—Tuve que hacerlo. Necesitaba el dinero.

—Es que no doy crédito. No me puedo creer que hayas hecho eso.

—¿Y qué coño iba a hacer? Tengo que comprarme un piso antes del referéndum. No puedo vivir en tu casa.

—¡Claro que puedes vivir conmigo y lo sabes!

—No, ya no soy bienvenido en tu barrio.

—Tristan —dice ella—. Hazlo. Haz el examen. No es más que un examen de nada, no tienes nada que perder. Aquí hay una habitación para ti. Tu hermana te echa de menos. Te admira muchísimo. Ella te escucha. Yo no puedo apañármelas sola.

—¡No! ¡Ya te lo he dicho un millón de veces, joder! Fuiste tú quien lo decidió, no yo.

—¿De dónde habéis sacado esa cabezonería, tú y tu hermano? Yo no soy tan cabezota. Y tu padre tampoco. Sois tercos como mulas, los dos.

Suspira de una forma de lo más dramática.

—Tienes que hablar con tu hermano —dice su madre—. Rúrik se pondrá hecho una furia cuando se entere de que has hablado así de él en público.

—Sí, sí.

—Te lo digo en serio, Tristan.

—¡He dicho que sí! ¡Sé muy bien que se pondrá furioso!

—Yo no pienso mediar entre vosotros. No puedes acudir a mí para que arregle este asunto.

—Ahora me tengo que ir.

—Tristan...

—Luego te llamo —dice él—. Adiós.

El agente inmobiliario le llama el lunes para decirle que han rechazado su oferta. Le envía una contraoferta.

La contraoferta es demasiado elevada. Se da cuenta inmediatamente. La rechaza y le pide a Zoé que busque viviendas que se ajusten al precio sugerido por el asesor del banco. Zoé le informa de que en la capital no hay ninguna propiedad a la venta por esa cantidad, pero le presenta las más baratas. Hay cinco, dos de ellas en escaleras marcadas. Todas del mismo valor que la planta baja que le gustaría comprar, y todas son semisótanos, estudios de entre veinticinco y treinta y dos metros cuadrados. Pide a Zoé que reserve visitas para las tres que no están marcadas.

Va a hablar con Viktor y le pide trabajar solo de tarde durante los próximos días. Viktor dice que sí, pero que lo tendrá que recuperar. No comenta si ha visto el vídeo del KALL en el que Tristan decía que estaba buscando un trabajo nuevo. A lo mejor no le parece demasiado importante.

Cuando sale del aparcamiento subterráneo Tristan está sudoroso y jodidamente paranoico, y hace una parada para tomar otro trex. Espera hasta que se le tranquiliza el cuerpo, hasta que se relaja. Luego enciende la holomáscara y llama a los timbres de un viejo bloque de pisos de Grafarholt, hasta que alguien le deja entrar. Los apartamentos de arriba tienen una especie de sistema de alarma rudimentario, así que continúa probando, y al llegar al apartamento de la planta de abajo ve que no tiene seguridad extra, ni ultracerraduras ni pegatinas.

Después carga las cosas en la furgoneta y la lleva hasta otro aparcamiento, e informa a Eldór antes de coger el bus para ir al trabajo. ¿Por qué no le ha llamado aún la policía? Eldór y Wojciech están en el V2, de modo que va al V1 para trabajar con Oddur e intenta no pensar en esa puta multa que tendrá que pagar si Ólafur Tandri decide denunciarle, ni tampoco en cuánto será.

Buenos días, amigos, os habeis enterado de lo que paso esta semana, bueno, pues paso que la policía le pego cinco tiros a un hombre no marcado en Estados Unidos. Que estaba haciendo?

Pues estaba buscando su carnet de conducir en el coche. Y eso es lo que empezara a pasar aqui si no tenemos cuidado, la poli no necesita mas que una foto de tu cara, pasarte por su base de datos y, si no estas marcado, tendran catorce veces mas miedo por su propia vida y catorce veces mas probabilidades de dispararte. Es eso lo que queremos? NO. Tenemos que luchar para que las autoridades no puedan clasificarnos en ciudadanos de primera y de segunda. La vida de las personas marcadas no son mas valiosa que las nuestras. Hemos nacido todos en este planeta. Tenemos exactamente el mismo derecho que los demas a ser libres, y merecemos la misma confianza. Pero no, resulta que nosotros tenemos que esforzarnos para conseguirlo. Tenemos que sonreir y rebajarnos y ser siempre humildes y asquerosamente educados, aunque tengamos un mal día. Porque si no nos arrodillamos ante ellos es que somos peligrosos.

El dolor de estómago le está matando. ¿Por qué no le hace efecto el puto trex? Hoy se ha tomado dos, es más de lo que debería tomar. Trabaja hasta las cinco y decide ir a pie a casa, para no tener que pasar por delante de la casa de Ólafur Tandri, cuando recibe una llamada de un número desconocido.

—¿Diga?

—Sí, hola, ¿hablo con Tristan Máni?

—Ajá.

—Hola. Soy Ólafur Tandri.

Tristan se detiene en mitad de la calle.

—¿Sigues ahí?

—Sí.

—Bien. Mira, he tenido unos días para pensar un poco en este asunto y he tomado la decisión de no denunciarte por las amenazas.

—¿En serio?

—Sí. Si te comprometes a acudir a diez sesiones de psicoterapia y a hacer el examen de empatía.

—Ni lo sueñes.

—No tienes que marcarte. Solo tendrás que presentarte en el centro. Las sesiones serán gratuitas. Y el examen solo servirá para que el psicólogo evalúe tu estado.

—Prefiero pagar una multa antes que hacer ese puto examen.

—Tristan —dice Ólafur Tandri—. He conocido a cientos de jóvenes de tu edad y se me da bastante bien detectar quiénes aprobarán y quiénes no. Tu aprobarás seguro. No me cabe la menor duda. No hay ninguna razón para complicar más las cosas.

Tristan mira el bloque de pisos que tiene más cerca. Las cortinas de las ventanas parcialmente cubiertas con láminas de efecto espejo son de esas colgantes con distintas formas que están de moda.

—¿Tristan?

—Yo… ¡no! ¡Joder, no es justo!

—Te ayudará. Te lo prometo.

—¿Por qué no me dejáis todos en paz? ¿Por qué no puedo vivir en paz?

—Porque vives en sociedad junto a otras personas. Es el sacrificio que todos tenemos que hacer para poder disfrutar de lo bueno que nos ofrece.

—¿Y si yo no quiero vivir en sociedad? ¿Adónde coño puedo ir?

—Tristan —dice Ólafur Tandri en un tono jodidamente calmado, como si Tristan fuera retrasado o algo por el estilo—. Seguro que te han dicho toda clase de cosas sobre la marca y el Registro. Que el gobierno está monitorizando los resultados y que la policía está obligando a la gente a examinarse contra su voluntad. Eso no es así. El examen es para ayudar a las personas a comprenderse mejor a sí mismas. Tú no enviarías mensajes como esos si no te sintieras tan mal. Si suspendes el examen, algo que estoy convencido de que no pasará, entonces te ayudaremos a aprobarlo. Y podrás comprarte una casa y retomar tus estudios y llevar una vida normal.

—Dile eso a mi puñetero hermano. Fue a psicoterapia y lo único que consiguió fue convertirse en un puto adicto. Y yo también.

—Comprendo perfectamente que estés furioso —dice Ólafur Tandri—. Si estuviera en tu lugar, yo también lo estaría. Pero hay quienes dicen que la adicción es un síntoma del problema, no la causa. Que las personas que abusan de sustancias deben plantearse si por debajo de su adicción no se esconde algún otro problema más serio. El primer paso es hablar con un psicólogo y tener oportunidad de poner las cartas sobre la mesa, contar lo que te angustia. Entonces podéis empezar a determinar juntos cuál es el problema principal. Podría tratarse de un trauma del pasado, o de un problema de autoestima, o de una dificultad para establecer vínculos afectivos con las personas más cercanas. Tus amigos y tu familia.

Tristan le escucha. Piensa en su madre y en su hermana, y en el dormitorio que han preparado para él en su casa. Luego piensa en Rúrik.

—No tienes que contestarme enseguida —dice Ólafur Tandri—. Tómate unos días para pensarlo. ¿Qué me dices?

—Yo... no quiero saber nada.

—¿De qué? ¿De si apruebas? Ni siquiera tendrás que ver los resultados si no quieres, Tristan. Puedes limitarte a hacer el examen, ir al psicólogo y después de las diez sesiones de psicoterapia seguir con tu vida. —Ólafur Tandri espera, pero al ver que Tristan no dice nada, añade—: ¿Lo pensarás? ¿Eh?

—Vale. De acuerdo.

—Muy bien. Espero tu llamada en unos días.

17

Alexandria está muy alterada, a ratos alegre y a ratos rabiosa, desde hace un mes se le caen mechones enteros de pelo y está cada vez más desesperada al ver los matojos de pelos que se quedan en el cepillo –tiene que dejar de peinarse, no puede seguir así–, pero cuando no se peina el pelo se le pone asqueroso y ella se pone imposible, no oye lo que le dice la gente porque está totalmente absorbida por los enredos apelmazados de su melena, que está más lacia y deslustrada cada día que pasa, como una madeja de lana basta. Lleva casi un mes despertándose muchas veces por las noches, acurrucada como si la asustara dormir, a las dos y algo, a las tres y algo, a las cuatro y algo, a las cinco y algo; Naómí la mira con asco y desprecio, sin darse cuenta de que su mirada y su actitud hacen diana en sus puntos más sensibles, que su confianza en sí misma tiene el tamaño de un insecto y da igual que emplee su voz más dulce o el minucioso cuidado con que escoge sus palabras, da igual que se esfuerce por cocinar para ella o que organice veladas para que pasen tiempo juntas, su hija prefiere encerrarse en su dormitorio, no quiere verla, no quiere abrazarla, no quiere hablar con ella ni escucharla ni mirarla. A veces le entran ganas de gritarle a su hija que le dé un respiro, joder, decirle por todo lo que ha tenido que pasar en la vida y todo lo que ha tenido que hacer para conseguir un refugio para las dos, pero sabe que esas cosas no se le pueden decir a una hija de catorce años, así que calla y le grita hacia sus adentros mientras clava la mirada en el suelo, esperando a que su hija crezca, que madure, que acabe la adolescencia y también, ojalá, el desprecio. Aparte de la angustia y el estrés y la pérdida de pelo, tiene remordimientos de conciencia desde que fue al colegio a hablar con esa profesora, ¿por qué tuvo que hacerlo?, como si no hubiera tenido bastante con haber expuesto su situación de vulnerabilidad ante la directora; y además ahora no sabe si la profesora había comprendido que aquello había sido una conversación confidencial, porque a Alexandria no se le ocurrió decirle que lo que hablaran debía quedar entre ellas dos, olvidó la regla número uno: *pedir siempre confidencialidad*, porque si no lo haces será culpa tuya si se divulga tu vida privada, eso es algo que hay que aprender en una isla pequeña, y más aún cuando vives en una ciudad pequeña en una isla pequeña. Antes protegía la información sobre su vida privada como un auténtico perro guardián, no dejaba escapar nada, jamás, sobre todo desde que Karen Lind, que se suponía que era su mejor amiga, les contó a todo el mundo con quién había perdido la virginidad en el primer semestre del instituto, un cotilleo que probablemente ella habría sobrellevado mejor si aquel chico *hubiera sabido* que era su primera vez; pero no, no había sido el caso, y ella se había burlado al ver que él vacilaba, como para desviar la atención de su persona, dándoselas de experta en la materia. Desde entonces siempre había sido muy cuidadosa con su vida privada, pero después de su relación con Sölvi era como si se hubiera reventado un dique, no tiene filtro, y no hay nada capaz de hacer que mantenga la boca cerrada, en cuanto se produce algún silencio ella lo llena de palabras, lo suelta todo y luego se tiene que pasar varias semanas recluida en casa, recomponiéndose. La profesora no tenía por qué saber que ella había suspendido, no tenía por qué saber que Sölvi no podía entrar en el barrio, pero estaba tan angustiada por la idea de tener que volver a mudarse de casa, por haber empezado a perder un montón de pelo, que necesitaba encontrar algún consuelo; la directora se había mostrado de lo más amenazante, así que confió en que la tutora tendría una actitud más receptiva, más comprensiva, pero no fue así, los ojos de la mujer se fueron endureciendo en cuanto dejó caer que había suspendido, notó cómo su sonrisa se volvía rígida, igual que su esbelto cuello. Y ahora, cuando por fin termina la espera, cuando por fin les llega un correo diciendo que Naómí ha aprobado y que les aguardan tiempos mejores, entonces ve *eso*: estaba mirando ropa por internet cuando de pronto apareció un vídeo de Tristan contándole a todo el país su vida familiar, hablando de ella y de Sölvi y de Rúrik, y respondiendo tan mal a esas preguntas horribles y confusas que la gente leerá entre líneas algo aún peor, pensarán que *ella* es el origen de todos sus problemas, que ellos se habían comportado mal porque *ella* los había descuidado, que fue por culpa de *ella* por lo que Rúrik había llegado a convertirse en lo que era ahora, porque ella lo había mandado a los psicólogos y a tomar la medicación que a fin de cuentas no era tan buena en vista de lo que había pasado, pero cómo demonios iba ella a preverlo, no era adivina ni vidente, le habían dicho que el trex produciría la hormona que libera el cerebro cuando los individuos experimentan amor e intimidad a otras personas y que esa hormona tendría efectos positivos sobre su sistema nervioso. Cómo iba a saber ella que era tan adictivo, que el trex sería declarado una droga al cabo de pocos años, los médicos le habían dicho que le haría bien a su hijo y ella se había limitado a escucharlos; y al principio Rúrik había hecho progresos, grandes progresos, y sacó mejores resultados en el examen después de estar tomando trex durante un año, y también lo trataba una psicóloga excelente; y además en aquella época Sölvi tenía un trabajo estupendo que le gustaba y en el que ganaba un buen sueldo, gracias a lo cual las peleas por asuntos de dinero disminuyeron muchísimo, y él bebía menos y ella compraba menos cosas para intentar sentirse mejor. Sölvi ya no se ponía hecho una fiera cuando ella llegaba de tiendas ni él se lanzaba inmediatamente a sacar los recibos de las bolsas y a preguntarle cómo se le había pasado por la cabeza comprar una mermelada tan cara o un pollo entero, aunque fuera viernes y llevaran toda la semana sin hacer una comida decente, solo pasta con jamón o con salchichas y pizzas congeladas y sándwiches de queso, y cuando Sölvi estaba muy agobiado por el dinero se cabreaba si ella compraba leche para los cereales del desayuno, porque no había ninguna diferencia entre echarles leche o agua, y ahí sí que no, entonces ella no podía contenerse y le gritaba que se echara él agua en los cereales, pero que sus hijos nunca tendrían que rebajarse a eso. Pero durante aquel año no tuvieron esas discusiones, aquel fue un buen año, fue la época en que Sölvi cobraba un sueldo decente y se sentía a gusto en el trabajo, y Rúrik, que por entonces debía de tener dieciséis años, empezó a descansar mejor, y ella también empezó a descansar mejor; y fue en aquel año cuando ella aprobó el examen por primera vez, después de haberlo suspendido cuatro años antes y haber perdido su empleo en el Ayuntamiento, y ahora sabe que se debió a que estaba emocionalmente bloqueada por la convivencia con Sölvi. Tardó mucho tiempo en darse cuenta de que ella no era mala persona, sino que estaba viviendo un bloqueo emocional porque su cerebro estaba siempre a la defensiva, a pesar de que le había pegado una sola vez, pero ya no podía relajarse cuando estaba cerca de él, su cuerpo ya no podía confiar en él después de aquella noche en que ella salió a divertirse con sus amigas y prometió volver a casa antes de la medianoche; se había pasado todo el día sacándose leche para que Sölvi pudiera darle de comer a Naómí si se despertaba. Por aquel entonces la pequeña estaba empezando a comer papilla, que no siempre digería bien, lo cual hacía que no parara de llorar hasta bien entrada la noche; y eso fue lo que sucedió aquella noche, justo la noche en que ella se olvidó de mirar la hora en el bar y su móvil se había quedado sin batería, eso fue antes de que todo el mundo pudiera permitirse el lujo de comprarse un sistema holográfico como Zoé o Alexa o Siri. Recuerda haber cantado a gritos con sus amigas en la pista de baile y que luego fueron a la barra, donde había un hombre maduro que las invitó a todas a una copa. Alexandria tuvo la sensación de que el hombre hablaba más con ella que con sus amigas y eso le encantó, nunca se había sentido tan fea como aquel año dándole el pecho a Naómí, además tenía la sensación de que su barriga nunca volvería al estado de antes, como había pasado cuando tuvo a los chicos, de modo que absorbió con fruición la atención que le prestaba aquel hombre, riendo y sonriendo a todo lo que decía, cuando de pronto Sölvi estaba allí mismo, detrás del hombre, y ella tuvo tanto miedo que no pudo hacer más que coger el abrigo y seguirle sin despedirse, y cuando preguntó quién estaba en casa cuidando a los niños, él le dijo que los chicos estaban en casa con Naómí, unos críos que tenían ocho y once años, y ella le preguntó cómo se le había podido pasar por la cabeza coger el coche para ir de Fossvogur hasta el centro y dejar a unos críos de ocho y once años solos con un bebé de siete meses, que si de verdad era tan idiota como parecía, y que el desvío a casa era por otro sitio, y fue entonces cuando él hizo un giro de ciento ochenta grados y entró en el parking subterráneo. Ella le preguntó qué coño estaba haciendo, aunque sabía exactamente lo que pensaba hacer antes de que abriera violentamente la puerta del coche y la sacara y le cubriera el cuerpo de golpes, unos golpes que su cuerpo no ha olvidado nunca, ni por un solo segundo, en los siguientes doce años, pese a que él mantuvo la promesa que le hizo tres días después, cuando volvió a casa temblando, acompañado por su mejor amigo, y le dijo que nunca volvería a hacerlo. No, el cuerpo no olvida nada y el de ella se estremecía cada vez que Sölvi hacía un movimiento brusco, y por esa razón Sölvi tampoco consiguió olvidarlo nunca y la despreciaba por ello, la odiaba por recordarle lo que había hecho, así que también empezó a hacer lo que Tristan mencionaba en esa horrible entrevista (cómo había podido hacer eso), poner a los chicos en su contra. Todo lo que ella hacía era histérico, estúpido y ridículo, y cuando Sölvi se burlaba de ella los chicos asentían, y cuando eran Tristan o Rúrik quienes se burlaban de ella él asentía, y ella se volvió apática y empezó a comprar compulsivamente y a comer lo que fuera para intentar sentirse mejor, lo cual ponía furioso a Sölvi porque cada año debían más dinero, y Sölvi la insultaba todos los días sin faltar uno y aprovechaba cada nueva oportunidad para socavar su autoridad delante de los chicos, lo que tuvo como consecuencia que ella estallara cuando tenía que imponerse de verdad, como cuando prohibió a los chicos que siguieran holgazaneando por las calles hasta más de las diez o cuando los obligaba a estudiar para los exámenes, y entonces ella se plantaba en medio de su cuarto y les gritaba, esa era la única manera de hacerse respetar, era lo único que se tomaban en serio, el único límite que ellos no transgredían nunca... hasta que aquel año de bonanza llegó a su fin y Sölvi perdió su buen trabajo y Rúrik se hizo adicto al trex y dejó de ir al colegio sin decírselo, y se puso a vender trex para costearse su adicción, y Tristan hacía todo lo posible para imitar a su hermano mayor, que era igualito a su padre, mientras que Tristan se parecía más a ella, era más sensible y cariñoso y tranquilo. Quizá fue por eso por lo que se centró de tal manera en intentar que Rúrik recuperara el equilibrio emocional, pues sabía que si el hermano mayor se descarriaba, el pequeño le seguiría; pero, claro, no consiguió nada, Rúrik estaba cada vez más y más rabioso cada año que pasaba, y aunque ella sintió que el mundo se derrumbaba cuando el chico se marchó de casa antes de cumplir los dieciocho, también representó cierto alivio para la familia; y aunque el mundo se volvió a derrumbar cuando lo detuvieron por vender trex, en retrospectiva tampoco fue tan malo, porque ahora tiene una buena psicóloga y medicamentos nuevos que contrarrestan los efectos del trex, de modo que quizá sea mejor persona cuando salga de prisión el año que viene, y quién sabe si por fin podrá aprobar el examen; y entonces es posible que Tristan deje esa cabezonería absurda, que le viene por culpa de Rúrik, es como si Tristan viera el examen como una traición a su hermano, como que no puede dejarlo solo; del mismo modo que Tristan sintió que ella le había traicionado mudándose a ese barrio marcado, aunque ella le había suplicado con lágrimas en los ojos que hiciera el examen para poder irse con ellas cuando tuvieron que huir de Sölvi. Pero si la marca obligatoria se convierte en realidad, Tristan no tendrá más remedio que hacer el examen, y entonces comprenderá que él también es normal, porque claro que es normal, y cuando lo haga podrá volver a vivir con ella; ella, que se había pasado una buena temporada yendo sin parar de una constructora a otra, no se conformaba con menos de tres dormitorios, le daban igual las vistas o el ruido o las incomodidades, lo único que buscaba era un piso en ese barrio que contara con tres dormitorios, aunque tuvieran el tamaño de un sello de correos. Y si Rúrik aprobaba el examen el próximo año y se venía a vivir con ellos, entonces ella dormiría en el salón, así que se pasó horas buscando en internet hasta que por fin encontró un sofá cama barato, solo para mantener abierta la posibilidad de tener a todos sus hijos con ella otra vez. Los chicos quizá podrían terminar el instituto y estudiar en la universidad o alguna formación profesional, dejar atrás el pasado y empezar de nuevo. Pero ahora Naómí acabará viendo ese vídeo, y Alexandria está convencida de que oír una versión tan fragmentaria de su vida familiar provocará que su hija se vuelva aún más rebelde, aunque la chica sabe perfectamente cómo habían sido las cosas y por qué se habían tenido que ir a vivir a un barrio marcado, y por qué ella había cambiado la cerradura al día siguiente de que la agente de policía fuera a su casa a informarle de lo que Sölvi le había hecho a esa pobre mujer con la que salía desde hacía tiempo y que lo había denunciado por intento de asesinato; y ella miraba los labios de la agente y sentía como si las frases que pronunciaba fueran granadas de mano a las que habían quitado la anilla y caían sobre la mesa de la cocina en medio de las dos, y la explosión le golpeaba en el pecho y la onda expansiva se propagaba por su cuerpo, órgano a órgano, atravesándole el corazón y los pulmones y el estómago; y cuando la policía se fue, se sintió como si tuviera lentes de cámara en vez de ojos, y siguió sintiéndose así durante muchas semanas, también cuando Sölvi fue condenado a dieciocho meses de prisión; ella tenía la impresión de nada de que aquello la afectaba de verdad, que no tenía nada que ver con su vida, y cuando pidió el divorcio y la custodia la asistente social le dijo que la ayudaría mucho estar marcada, pero, claro, entonces suspendió. Mientras la asistente social intentaba buscar una solución para su caso, la psicóloga, Gréta, le explicó que casi todo lo que se había desajustado en su vida era consecuencia de la violencia, una violencia que seguramente tenía sus raíces en sus exparejas, los padres de sus hijos, a los que probablemente había elegido por influencia de sus propios padres; y durante los meses siguientes se sintió como un volcán que volvía a activarse después de muchos siglos y que podía entrar en erupción en cualquier momento, sufría ataques de llanto y de ira y episodios de depresión; y empezó a escribir después de atiborrarse a comer o compraba compulsivamente y también escribía cómo se sentía justo antes de hacerlo, y poco a poco empezó a revivir sentimientos hacia sus hijos, amor y remordimientos y vergüenza, sentimientos enterrados bajo las ruinas de su vida; hasta que un buen día Gréta, la psicóloga, le preguntó si quería volver a hacer el examen de empatía para comprobar sus progresos, y esta vez lo aprobó, su puntuación quedó justo por encima del mínimo, y Gréta le dijo que eso no era más que el principio, que ahora el objetivo principal era conseguir la estabilidad emocional, de modo que en cuanto obtuvo el divorcio vendió la casa, y su mitad llegó para la entrada de ese piso en el barrio marcado, y el día en que se mudaron se sintió como si por fin comenzara a vivir la vida que quería vivir. Una nueva vida. Pero, por desgracia, la vida no funciona así, la vida no se detiene cuando todo va bien, no se pueden superar las debilidades psicológicas, solo vas superando los días, uno a uno, y el resto no es más que una lucha eterna, como fregar o hacer las demás labores domésticas, pero ella no lo sabía entonces, y cuando se desvaneció la euforia de haber comprado el piso nuevo, volvió a sentir el ansia de comprar y de comer compulsivamente, y para más inri cuando Sölvi salió de la cárcel la denunció por incumplimiento del convenio, su abogado la trató como si fuera una delincuente, y de repente era ella la que ejercía violencia y no la que protegía a su hija, pero el juez, gracias a Dios, le dijo a Sölvi que si pretendía solicitar la custodia de Naómí tenía que someterse a una evaluación psicológica y realizar el examen, a lo que él se negó tajantemente, de eso ni hablar. Dijo que su cerebro no era asunto de nadie, que él no le había hecho nunca nada malo a su hija y que nunca lo haría, pero que en cambio Alexandria era una madre incompetente, que la niña resultaría seriamente perjudicada si a él no le concedían la custodia, y que el juez no tenía más que mirar a sus hijastros, que estaban los dos enganchados a las drogas. Alexandria, dijo, era incapaz de cumplir los requisitos básicos de una madre, no podía mantener un hogar, ni mandar a la niña al colegio a sus horas, ni ayudarla con los deberes; y el juez se limitó a guardar silencio, y después pasaron varios días hasta que por fin, gracias a Dios, su veredicto fue a favor de ella; pero, pese a todo, ni Tristan ni Naómí le dirigían la palabra, e incluso pudo percibir la decepción de Gréta, porque había recaído después de todo el estrés por la batalla por la custodia. La psicóloga opinaba que no estaba mejorando de forma continuada; y poco después Alexandria dejó de escribir sus sentimientos cuando compraba compulsivamente o comía en exceso para sentirse mejor, y también empezó a faltar a las sesiones con Gréta, porque la psicóloga se daba cuenta de todo; hasta que un día Gréta la reprendió y le dijo que se estaba abandonando, como si fuera una niña pequeña en vez de una mujer de cincuenta y un años, y Alexandria salió de la consulta y ya no volvió más, porque no iba a tolerar que la trataran así y desde entonces está muerta de miedo por la posibilidad de volver a suspender, de no superar el examen cuando tenga que hacerlo, que es dentro de cinco meses, porque en ese barrio hay que repetir el examen anualmente, no basta con aprobarlo una vez para estar seguro para siempre. Pero, por suerte, Náomí lo ha aprobado, de modo que tienen otros cinco meses más; y sabe perfectamente que tiene que volver a ir a un psicólogo, que no puede seguir así más tiempo, pero cada vez que se pone a buscar uno nuevo se queda paralizada, pende sobre ella como una bombilla fundida, sabe que tiene que comprar una nueva pero no consigue obligarse a hacerlo, se queda sentada en la oscuridad como si en el fondo esperara que otra persona lo hiciese por ella, que llamara a la puerta con una caja de bombillas nuevas, dejándola totalmente asombrada y feliz y agradecida; y su salvador cogería un taburete de un rincón de la cocina y cambiaría la bombilla, y de pronto ella quedaría bañada en una luz deslumbrante y pasearía la mirada por la estancia iluminada y pensaría: Pues no era tan difícil, yo misma podría haberlo hecho hace mucho.

18

Daníel ya no está bajo vigilancia.

—¿Por qué no? —pregunta Vetur—. Hace diez meses que conseguí la orden de alejamiento. Me dijeron que estaría un año entero bajo vigilancia. Un año son doce meses.

—Aquí pone que se sometió a evaluación psicológica hace cuatro meses —dice el asesor legal—, tras haber aceptado seguir un tratamiento. Un especialista ha dictaminado que no existe riesgo de que vuelva a cometer ninguna infracción. La orden de alejamiento sigue en vigor, pero ya no está obligado a llevar el Localizador. No puede acercarse a menos de doscientos metros ni puede tener contacto contigo de ninguna clase.

—Pero estaba a mucho menos de doscientos metros.

—Comprendo. ¿Intentó contactar contigo?

—No.

—¿Parecía estar siguiéndote?

—No.

Vale. Probablemente no fue más que una casualidad. A fin de cuentas, esta es una ciudad pequeña y esas cosas pueden suceder. Pero hablaremos con él.

Ha vuelto a la casilla de salida. Llama al colegio para avisar de que está enferma. Tiene la sensación constante de que Daníel se encuentra debajo de la ventana de su habitación, que cualquier crujido es un ruido de pasos; y cada vez que oye chirriar de neumáticos en la calle no puede evitar echar un vistazo al aparcamiento desde detrás de la cortina. Incluso vuelve a envidiar a los que tienen pistolas, ella, que toda la vida ha sido contraria a las armas de fuego; habla con una amiga tras otra, y también con sus padres; por las tardes su madre va a casa a llevarle comida caliente y a masajearle la espalda, pero en cuanto se marcha vuelve a sentir la necesidad de controlar dos veces todas las ventanas, la puerta de la calle y la del balcón, después se toma un ansiolítico, se acomoda en el sofá cama del salón y se duerme.

—Tengo que mudarme —dice—. No puedo seguir viviendo aquí. No puedo seguir muriéndome de miedo todos los días en mi propia casa. ¡Yo soy una persona despreocupada! ¡Soy una persona desenvuelta!

—Sé que es difícil —dice su psicóloga—. Pero él lleva muchos meses sin contactar contigo. Seguramente fue un encuentro fortuito. Además, ahora sabemos que no tiene una disfunción moral seria. Eso son buenas noticias.

—¡Eso no quita lo que hizo!

—Desde luego que no. Pero, bueno, antes creíamos que era imposible razonar con él. Ahora esa posibilidad parece mucho más factible.

—¿*Razonar con él?* ¿Quieres que *razone con él?*

—Eso depende de ti. Y es lo que probablemente te recomendarían otros psicólogos. No cabe duda de que ha buscado ayuda. Quizá te vendría bien ver cómo ha mejorado, a lo mejor eso te ayudaría a pasar página. Él no sufre ningún trastorno moral. Ha aprobado el examen.

—¡Me da exactamente igual si ha aprobado el examen o no! ¡Llevo más de un año sin poder dormir como es debido!

—En tal caso, tienes dos posibilidades: o sigues trabajando en el colegio de Viðey, o te mudas a algún sitio donde puedas sentirte más segura física y psicológicamente.

—Pero si me voy a otro sitio, sentiré que he perdido —dice Vetur—. Y que él ha ganado.

—De ninguna manera. No es culpa tuya si sientes que él amenaza tu seguridad. Simplemente estarás tomando las medidas adecuadas para garantizar tu seguridad, y si eso significa que tienes que mudarte, pues lo haces y punto. Por voluntad propia.

Vetur se hunde en su asiento.

—No puedo hacer eso.

—Claro que puedes —dice la psicóloga—. Tengo plena confianza en ti. Intenta mirar a tu alrededor, buscar otras oportunidades. Ese puesto de profesora no era más que un trabajo provisional, ¿no? ¿O cómo lo llamaste una vez?

—Una calle adyacente.

—Exacto. ¿No querías especializarte en ética?

—Claro que sí, me quiero especializar en ética y participar en comités y opinar y esas cosas. Pero ya no estoy segura de nada. Ya no sé ni qué es arriba ni qué es abajo.

Su padre la lleva en coche al trabajo. Al abrir el buzón de correo, descubre que el registro ya es accesible a través de la red interna del colegio. Echa un vistazo a la lista de sus alumnos. Todos han aprobado. Se reclina en la silla. Una parte de ella estaba convencida de que Naómí suspendería.

Su primera clase del día es con los de secundaria y los chavales van entrando en el aula con aire alegre y distendido, visiblemente aliviados; uno dice Yo tenía un agobio que me moría y otro replica No me digas, y las risitas que estallan en la clase no son como los pedernales que se golpean uno contra el otro en una isla desierta, sino como cuando echas aceite en una barbacoa y de pronto surge una gran llamarada que se apaga casi al instante. Vetur se traba delante de los alumnos, pierde el hilo una y otra vez, uno de ellos lo comenta y todos se echan a reír, y ella intenta reír también. La siguiente clase va un poco mejor que la primera, y la tercera aún mejor, y cuando está cerrando con llave el aula al salir, oye que alguien dice Hola detrás de ella; se da la vuelta y es la madre de Naómí, quién si no.

—Hola —dice Vetur.

Salta a la vista que Alexandria se ha esforzado por arreglarse un poco, va maquillada y ha intentado recogerse mechones de cabello en un moño; tiene los puños apretados, como si esperase algo.

—Perdona, debería haberte avisado de que iba a venir. ¿Podemos hablar un momento?

—Sí —dice Vetur, volviendo a abrir la puerta del aula y sujetándola para que entre Alexandria.

—Bueno, es que quería, eh, bueno, quería asegurarme de que la conversación que mantuvimos la otra vez era estrictamente confidencial. —Alexandria intenta reír—. No es que piense que te gusta cotillear, de ninguna manera. Mi psicóloga no hacía más que decirme que tenía que aprender a confiar en la gente, y sé perfectamente que tiene toda la razón, pero es que me paso las noches sin pegar ojo imaginándome lo que ocurriría si todos sus compañeros de clase se enteraran de que el año pasado no superé el nivel mínimo del examen y de que el padre de Naómí es un hombre violento.

Alexandria vacila, esperando que Vetur diga algo, pero es como si desconfiara del silencio, así que sigue parloteando y quejándose de la sociedad marcada y de los prejuicios, y de pronto Vetur percibe algo en esa mujer que la repele, y al instante se da cuenta de lo que es: es esa desagradable manera de compadecerse de sí misma, esa autocomplacencia enfermiza. Esa mujer es incapaz de ver las cosas desde el punto de vista de los demás, porque no es capaz de mirar más allá de su ombligo.

—… y te dan la mano más y menos y…

—Más o menos.

Alexandria se queda callada.

—Más o menos, ¿qué? —pregunta al fin.

—Se dice «más o menos». Cuando es solo una de las dos cosas se utiliza «o». O una, u otra. No se dice «y», porque eso implica que son las dos cosas a la vez. Está mal dicho. —Pronuncia la última frase más fuerte de lo que pretendía—. Alexandria. Lamento tener que recordártelo, pero en este barrio hay ciertos valores que es necesario respetar. En especial, la transparencia y la confianza. Somos una *comunidad*. No una suma de muchos individuos defendiendo cada uno sus propios intereses, sino una *comunidad*. No puedes entrar en un lugar con los zapatos sucios y ponerte a criticarlo todo y a todos, y tampoco puedes esperar recibir un trato de favor en calidad de víctima, exigiendo a los demás que se afanen en hacerlo todo porque tú ni te tomas la molestia de poner nada de tu parte.

—Sí, lo sé —dice Alexandria, mirándose los pies—. Tienes toda la razón. Lo sé perfectamente.

Le recuerda a un parásito.

—No me parece normal que haya personas que puedan campar a sus anchas por este barrio —continúa Vetur—, sin permiso ni conocimiento de nadie, cuando resulta que suspendieron hace poco y a lo mejor siguen siendo inestables, y que esas personas además puedan ponerse a criticar a todo y a todos, y permitirse decirnos lo que es una relación sana y lo que es una relación tóxica. La gente tiene derecho a saber esas cosas. Tiene que estar en condiciones de poder reaccionar.

Alexandria la mira con los ojos muy abiertos y espantados.

—¡Él no te define a ti! —exclama Vetur—. ¡Ya estás segura! ¡Tienes otra oportunidad! ¡Y sin embargo ahí estás, sin hacer nada, esperando que os echen a ti y a tu hija!

Vetur oye pisadas en el pasillo. La puerta del aula se abre.

—Te aconsejo que tomes las riendas de tu propia vida —dice Vetur—. Y por el amor de Dios, ve a un psicólogo.

Deja a Alexandria sola en el aula, va a la sala de profesores a recoger su abrigo y abandona el colegio. Escanea a los transeúntes que se mueven por delante de ella y no ve ninguna chaqueta elegante, ni el cabello oscuro de Daníel, y entonces recuerda algo que le dijo la psicóloga mucho tiempo atrás, que debía mantener la compostura, mostrarse intocable, porque Daníel se alimenta de su inestabilidad emocional, de su atención constante, así que aminora el paso, se yergue e intenta adoptar una expresión alegre, transmitir la sensación de que está fantásticamente bien, feliz y contenta; ser víctima es una elección, y sonríe levemente, como si acabara de recordar algo divertido, mientras pasa con brío por delante del 104,5 sin echar un vistazo al interior para comprobar si está Daníel. Entonces ve a un hombre muy alto en la acera, a cierta distancia delante de ella, con la cartera en bandolera y un abrigo ligero al hombro, y hace bocina con las manos y lo llama. Húnbogi gira la cabeza y ella corre hacia él.

–Hola –dice Vetur, jadeante–. ¿Vamos a tomar una copa?

–Sí, claro –responde él, y van al 104,5, donde no hay el menor rastro de Daníel; se sienta en el mismo sofá junto a Húnbogi, más cerca que de costumbre; él se percata y se altera un poco, como si esa cercanía fuera una especie de combustible, y Vetur nota que se toma más libertades que nunca, como mirarle los labios, sonreírle cuando ella habla, incluso tomarle el pelo.

Se toman otra copa, y después una tercera, se preguntan bromeando qué es más agradable, secarse con toallas suaves o con toallas ásperas: él creció con secadora y ella con tendedero. Ella pregunta por qué está soltero y él se ríe y dice que es una pregunta indiscreta, pero responde que hace relativamente poco salió de una relación de seis años, que la ruptura fue de mutuo acuerdo.

–¿Y tú? –dice él, girándose hacia ella–. ¿Por qué no andas con nadie?

–¡Porque los demás van muy despacio! –responde ella, y él niega con la cabeza la cabeza riendo, con ojos inquisitivos–. Por eso ando sola.

Húnbogi se reclina en el asiento fingiendo una expresión dolida que la hace soltar la carcajada; deciden quedarse un rato más y piden algo de comer, y uno de ellos comenta que sería prudente no beber más, que mañana hay clases, y entonces piden agua con gas, y ella lo mira mientras habla, embebiéndose de los más mínimos detalles de su anatomía, las mandíbulas, los tendones del cuello, los hombros esbeltos y musculosos, y cuando él menciona un disco de hace mil años, ella dice que lo tiene en formato físico (es mentira) y que por qué no van a su casa a escucharlo.

Así que poco después se van caminando a su casa, un poco achispados, y ella finge rebuscar entre los discos de su abuela —«Qué raro, a lo mejor se lo he prestado a alguien»–, y luego pone otra cosa en el tocadiscos y se sienta en el sofá de tres plazas con Húnbogi, tan cerca de él como en el 104,5, y los dos permanecen en silencio mientras ella se va acercando cada vez más, con el corazón latiéndole cada vez más deprisa, y entonces traspasa el umbral, le besa una vez y espera junto a su rostro hasta que él le devuelve el beso. Luego se van alternando, besándose el uno a la otra hasta que es imposible saber quién besa a quién, y ella empieza a respirar más rápido y él comienza a respirar más rápido y mete las manos por debajo de su camisa, la abraza por la cintura, se inclina sobre ella en el sofá, acaricia su cadera y desliza la mano hasta la cara interior de sus muslos, hace tanto tiempo que Vetur no tenía a nadie tan cerca, demasiado tiempo, desde que…

Daníel está de pie junto a ella, la observa, la mira. Ella está acostada en la cama, debajo del edredón. Sabe que bajo el edredón hay un cuerpo que se puede mover, que ella *es* ese cuerpo que se puede mover, pero el cuerpo está paralizado, ella ya está segura, él está a punto de agredirla. El pecho se le encoge hasta formar una bola. Intenta resistirse llenando de aire los pulmones. Lejos, muy lejos, en el sofá de su casa, alguien pregunta si le pasa algo.

—Vetur –dice la voz–. ¿Estás bien?

Húnbogi se incorpora apoyando un codo en el respaldo del sofá, la observa. Ella se escabulle de debajo de él, corre hacia la puerta, agarra el pomo, la llave no está echada, por qué demonios no está cerrada, echa la llave, se dirige a la ventana y hace un barrido con la mirada por el aparcamiento a través de las lamas. Se inclina sobre la encimera de la cocina unos segundos, luego abre el grifo, deja correr el agua fría y se moja la cara.

—Vetur –dice Húnbogi, acercándose a ella en la cocina, y al escuchar su nombre aprieta los labios, las lágrimas brotan sin que pueda hacer nada por impedirlo y algo se rompe en su interior, rompe a llorar encima del fregadero, consciente de que Húnbogi está a su lado desconcertado. Él le acaricia suavemente la espalda, pero no pregunta nada. Al poco, ella consigue articular en un sollozo Perdóname, Húnbogi. ¿Puedo pedirte que te marches?, y él dice Sí, claro.

Cuando ya se ha puesto los zapatos y la chaqueta, la mira muy preocupado.

—¿Ha sido por algo que he hecho?

—No, para nada —dice ella, secándose las lágrimas.

—Vale. Aun así, me gustaría muchísimo que volviéramos a vernos —dice él, y vacila con la mano en el pomo de la puerta—. No puedo dejar de pensar en ti.

Vetur intenta sonreír, asiente con la cabeza mientras cierra la puerta tras él, y echa la llave tan silenciosamente como es capaz. Luego deja que el llanto se apodere de ella.

Ojalá pudiera dar marcha atrás, ojalá hubiera adoptado un tono afable y hubiera continuado ejerciendo de mediadora unilateral en nombre de sus colegas, siendo siempre diplomática, y se hubiera ido volviendo poco a poco más fea, más difícil, más aburrida, entonces tal vez Daníel no se habría sentido rechazado ni se hubiera obsesionado con ella. Vetur ya lo había hecho antes, había dejado a algunas personas sin necesidad de romper formalmente, pero en aquella ocasión no quiso esperar, miró fríamente a Daníel a la cara y le dijo que lo mejor sería que se fuera a su casa. No estaba de humor para aguantar aquello. Él se levantó, con la espalda inusualmente erguida y se fue.

Fue como si le hubieran clavado una llave entre las costillas para que saliera todo lo que llevaba dentro; Daníel le escribió que llevaba muchos años trabajando en el colegio, y que durante todo ese tiempo los demás profesores le habían tratado como si fuera un pobre miserable, como una mierda, como un bicho raro, se burlaban de él y lo imitaban delante de sus narices, como si no tuviera bastante con ser el objeto de la mofa y tuviera también que burlarse de sí mismo, ser cómplice del acoso a sí mismo; y entonces llegó Vetur tan campante, y tras solo unos meses trabajando en la escuela se puso a decirle que se estaba imaginando cosas, que eran malentendidos, que no sabía distinguir entre una relación sana y una tóxica.

Él le preguntó si se daba cuenta de lo mal que le hacía sentirse cuando le decía esas cosas, cómo iba a empezar ahora a dudar de la realidad, de todas las tropelías que había tenido que soportar a lo largo de los años; pero viniendo de ella era insoportable, porque estaba enamorado de ella, se había enamorado de ella antes de que le hablara por primera vez, antes incluso de que ella reparara en su existencia.

Vetur había pisado una mina. Le dijo que hablarían al día siguiente, cuando estuviera más tranquilo, pero al llegar al colegio se enteró de que había llamado para decir que estaba enfermo. Más tarde fue con unos compañeros hasta Ármúli, donde el centro había pedido hora para que el profesorado se sometiera al examen de empatía. No veía a Daníel por ningún lado, aunque eso tampoco quería decir nada: en la sala del examen no podía entrar más que una persona por vez y en la sala de espera solo había espacio para unas cuatro o cinco.

Esa misma noche empezó otra vez con los mensajes. Que si no se daba cuenta de lo cruel que era, que era una agresión hacerle sentir así, angustiado por su propia inseguridad, haciéndole dudar de la verdad y de la relación entre ellos. ¿De verdad era tan fría, tan egocéntrica, como para no poder ponerse en sus zapatos? ¿Es que le era totalmente indiferente? ¿Es que si por ella fuera él podría tirarse por el acantilado más cercano?

Vetur le rogó que parase. Que dejara de escribirle. Le pidió otra vez que se tomara un tiempo para asimilar la ruptura y entonces podrían hablar los dos, cara a cara, como adultos, cuando los dos estuvieran más calmados, cuando ninguno de los dos estuviera dominado por la furia ni fuera incapaz de razonar. Confiaba en que, con esto último, Daníel se daría cuenta de que con sus ataques la estaba empujando a ella también a la ira y que era preciso que diera un paso atrás.

El silencio solo duró un día y medio. Así que esa era su verdadera naturaleza, le escribió de madrugada. De modo que así estaban las cosas. Le dijo que ella era exactamente igual que el resto de mujeres, que había permitido que un hombre se arrastrara detrás de ella, que la necesitara, que la idolatrara, solo para superar su propio complejo de inferioridad, pero ¿a costa de quién? A costa de él. Todo sería a su costa. Él seguía metido en la mierda mientras ella continuaba con su vida como si no hubiera pasado nada.

Que la odiaba, le escribió. Que desearía que no existiera, que no hubiera nacido.

—Ese hombre es extremadamente peligroso —le dijo su madre—. Llama a la policía.

—Solo necesito hablar con él e intentar que se tranquilice.

—Eso no servirá de nada —dijo su madre—. Solo estarías siguiéndole el juego. Vamos a llamar ahora mismo a la policía.

La policía le recomendó que instalara el sistema Escolta, lo cual hizo a regañadientes. No le tenía miedo, no en ese sentido. No le haría nada, lo conocía bien. Le dijeron que debía conservar todos los mensajes que le enviara y mantener el Escolta conectado en todo momento. De ese modo la policía tendría acceso a su ubicación y al material grabado. Si más adelante necesitaba pruebas para solicitar una orden de alejamiento, le pondrían una cámara y una grabadora de sonido en las muñecas. Si sentía amenazada su integridad física, solo tendría que decir Nueve nueve nueve y la policía acudiría rápidamente.

Vetur llamó al padre de Daníel, que no le dijo gran cosa: le dio las gracias por haberle llamado y le pidió disculpas por la conducta de su hijo. El padre no tenía idea de si había ocurrido algo parecido con anterioridad, iría a verle y hablaría con él.

Los siguientes días transcurrieron en silencio. Daníel no acudió a trabajar y el profesorado recibió una notificación de que quienes no habían podido presentarse al examen esa semana tenían que realizarlo las próximas dos semanas si querían renovar el contrato para el siguiente curso académico. Vetur intentó calmar su angustia preparando un discurso para Daníel. Ensayó delante del espejo y paseándose de aquí para allá en su apartamento; le diría que le comprendía, que le apreciaba, que no había tenido la intención de hacerle sentir de esa forma.

Se quedó dormida con el discurso dándole vueltas en la cabeza.

Más tarde se despertó. Miró el reloj: no eran más que las cinco y media. Se puso de costado. De repente se percató de que el tráfico sonaba demasiado fuerte, se oía demasiado; una corriente de aire frío atravesó el dormitorio, levantó la cabeza de la almohada y entonces lo vio, plantado a los pies de la cama, mirándola.

El pecho de Daníel subía y bajaba. Tenía una mirada enfermiza. Pensamiento: «Va a matarte». Y antes de que pudiera hacer nada, su cuerpo se contrajo en una bola dentro del pecho. La diminuta bola no tenía cerebro ni miembros ni voz. La diminuta bola solo tenía dos ojos y un latido, y no podía hacer nada más que seguir inmóvil, indefensa, esperando que sucediera lo que tuviera que suceder.

Laíla:

El límite entre dar consejos y la manipulación no está nada claro. Nuestra relación se ha caracterizado siempre porque tú me pides consejos y yo te los doy. Con ello me has concedido una especie de derecho de voto en tu vida. Al llamarme cada vez que debes tomar una decisión importante, me has dado el poder para inmiscuirme. Lamento mucho lo que dices sobre las preguntas: que sientas indiferencia por mi parte. Naturalmente que me importa mucho tu vida y a partir de ahora intentaré demostrártelo. Pero tengo que decir que lo que escribiste en tu última carta es muy injusto. Dices que en muchas ocasiones a lo largo de los años me has pedido que dejara de hablarte con condescendencia, lo cual es simple y llanamente falso. Hasta ahora nunca te había oído reprocharme nada semejante. Si te he hecho sentir pequeña, te pido disculpas, faltaría más. No fue mi intención. Pero no puedes acusarme de haberte herido continuamente, cuando nunca me has culpado de nada hasta ahora.

Los valores sociales se reblandecen y endurecen alternativamente. Como la grasa. Como el aceite o la mantequilla. Se calientan y se funden hasta que adoptan una nueva forma y entonces se solidifican. De repente, las fotos de perfil en las redes sociales se convierten en símbolo de narcisismo, que es un síntoma de falta de empatía. De repente, las discusiones son sinónimo de agresividad y estupidez, lo que es también un síntoma de falta de empatía. El cambio es tan rápido que nos produce tortícolis. Tan rápido que quienes son un poco más distraídos solo se dan cuenta del cambio cuando les regañan por estar desinformados. ¿Y qué sucede entonces? Los desinformados se ponen a la defensiva y los bien informados lanzan nuevos ataques. Así ha sido siempre.

Naturalmente, soy favorable al avance que representa la nueva tradición del debate. Naturalmente, yo al igual que tú, quiero intentar evitar ese sistema beligerante de defensa y ataque, para que la gente pueda hablar y debatir. Naturalmente, quiero que nos dejemos de esas interminables discusiones en las que están en juego el honor, la reputación y la imagen del individuo, donde solo existen victoria y derrota, y las dos partes acaban marchándose hechas una furia.

La semana pasada, Róheiður llegó del colegio y me dijo Mamá, ¡hoy he cambiado de opinión!, como si se hubiera encontrado dinero por la calle. Puede que su generación todavía tenga que trabajar a fondo en todo esto, pero puede que al final esa idea acabe echando raíces: la de que equivocarse no es una derrota, sino una victoria. A lo mejor eso hará que las generaciones futuras se escuchen, que se acabe poniendo el acento en el progreso colectivo y no en la gloria individual. Personalmente, soy escéptica. La tendencia a no querer estar equivocados está demasiado asociada al poder y la fuerza. Si observamos a los otros primates, como los chimpancés o los gorilas, vemos que el macho alfa es quien lo decide todo. El chimpancé alfa consigue el poder gracias a la misma combinación de factores que el ser humano: superioridad física, inteligencia y alianzas. Los demás chimpancés se doblegan y acatan. Es algo intrínseco a la naturaleza de nuestra especie. Encumbramos a un líder y sus ideas porque creemos que al hacerlo defendemos nuestros intereses. Y en cuanto se cuestionan esas ideas, empieza la lucha por el poder.

Pero, como tantas veces antes, el ser humano intenta elevarse por encima de su naturaleza animal y practicar eso que se llama «civilización». En todas partes escucho las mismas frases huecas. Que todo debe contemplarse desde una amplia perspectiva. Que nada es completamente blanco o negro. Y estoy de acuerdo. Pero en cuanto me aventuro en la zona gris, en esa famosa tierra de nadie, el debate se vuelve inmediatamente blanco o negro, a favor o en contra. En cuanto no estoy de acuerdo sin fisuras con el pensamiento políticamente correcto, me convierto en «un lobo con piel de cordero».

¿No es eso lo que hiciste tú? En cuanto mostré una mínima reticencia y no me sumé al coro general, no pudiste respaldar tu postura con argumentos, y lo que hiciste en su lugar fue recurrir al arma que tenías más a mano, que era criticar el propio debate y a mí personalmente. Paraste el juego e intentaste sacarme tarjeta roja. Pero el balón sigue aún allí, Laíla, abandonado en el terreno de juego. ¿Y si le das un buen puntapié? Así los extremos no estarían tan alejados el uno del otro. Porque es precisamente en esos momentos, en los que me aventuro en la zona gris, cuando noto realmente la total falta de diálogo que reina en nuestra sociedad. Entonces siento la existencia de los dos polos. El polo Norte y el polo Sur. La brecha se ha hecho tan grande que cada polo habla su propio idioma. Ante una misma palabra, cada uno le asigna el significado que más le conviene. Todos se señalan unos a otros, todos son víctimas, todos son culpables. La gente se niega en redondo a escuchar a la otra parte. Ay, ya he perdido la cuenta de los mensajes de personas muy inteligentes que aseguran que van a bloquear a todos aquellos que tengan ideas distintas a las suyas. O que dicen: «Si sigues por ahí, haz el favor de borrarme de tu lista de amigos». Esa conducta me parece muy peligrosa. Prestar atención únicamente a tus propias ideas, sin escuchar jamás a quienes no están de acuerdo contigo. No es honesto. Aparentar espíritu crítico y luego comportarse de ese modo. No se puede adoptar realmente una postura sin escuchar los argumentos en contra.

Porque lo cierto es que en el debate se olvida a veces lo perezosos que somos en el fondo. La mayoría de nosotros nos parecemos. No tenemos ganas de reunir la información por nuestros propios medios, de forjar nuestras propias ideas. Es más cómodo seguir a los líderes para que nos persuadan. Imitar sus imprecaciones, compartir su indignación. Así nos ahorramos tiempo. Así nos ahorramos el trabajo y el incordio de tener que comprender todos los puntos de vista de una misma cuestión.

¿No te has dado cuenta de lo incómoda que te sientes cuando alguien está en desacuerdo contigo? ¿Y del alivio que sientes cuando alguien comparte tu misma opinión?

Pero la cuestión es esta: que yo sea partidaria del examen de empatía no significa que no pueda criticarlo. El ser humano tiene muchas caras: puedes enviarlo a infinitas sesiones de psicoterapia y enseñarle a ser cortés y bueno y a librarse de todos sus vicios; puedes edificar una sociedad transparente y civilizada de plexiglás, donde todos tengan «herramientas» para vivir una vida «sana». Pero, por debajo de todo eso, la naturaleza se abre camino; bajo la piel suave se esconde un animal voraz y fiero que solo piensa en una cosa: sobrevivir. ¿Nunca te has topado con la crueldad que hay en ti? ¿Nunca te has sentido invadida por la cólera, incluso por la agresividad, cuando escuchabas a una persona que lo está pasando mal, tal vez paralizada por la depresión, y que necesita aferrarse a ti? ¿No es esa la expresión más descarnada del espíritu gregario? Es parte de nuestra naturaleza no querer vivir en el mismo rebaño que quienes amenazan nuestro sustento, con quienes frenan nuestro avance.

Durante muchísimo tiempo, la sociedad ha hecho esfuerzos por discernir el lado oscuro del ser humano. La palabra «discernir» implica cierta discriminación: intentamos separar una cosa de otra —lo oscuro de lo luminoso, lo feo de lo bello, el humano del animal— para aislarlo y deshacernos de aquello que nos desagrada. La palabra latina *comprehendere*, «comprender», es su opuesto: significa tomar conjuntamente. «Com-» indica esa idea de hacer algo juntos, y «prehendere» significa asir, coger algo. Tú dices que el contexto de las palabras, la manera en que se emplean, son fundamentales para su significado. Estoy plenamente de acuerdo contigo y vuelvo a pedirte disculpas si te he hablado con condescendencia. No lo hecho adrede. Pero, al mismo tiempo, quizá necesitemos una lente más amplia y un contexto mayor para comprender lo que está sucediendo. ¿Por qué sientes tú que yo te hablo con superioridad y yo siento que te hablo como a una igual? Lo único que se me ocurre, y espero que no me lo tomes a mal, es que se debe a que mi autoestima es más fuerte que la tuya. Lo cual parece indicar que, aunque tú me dices a mí palabras igual de hirientes —por ejemplo, que soy un «lobo con piel de cordero»—, las mías parecen tener un efecto mucho mayor sobre ti. Y no puedo evitar la sensación de que eso es injusto.

TEA

19

Alguien llama al timbre, Eyja mira el interfono y ve que se trata de un joven al que no conoce y que espera en el portal.

Seguramente un vendedor de algo.

Regresa al salón sin responder, se acurruca en el sofá y vuelve a proyectar la pantalla.

Poco después oye un ruido sordo. Como si algo hubiera golpeado contra la ventana de la entrada.

Luego un leve chirrido. Seguido de algo que se rompe.

Mira a su alrededor: los vasos vacíos de los smoothies, las botellas de vino y los envases de comida que vendrán a recoger más tarde. Agarra un cuchillo sucio.

—112 —le susurra a Zoé con el reloj pegado a la boca.

Responde una voz digitalizada, pregunta en qué la puede ayudar.

—Alguien ha entrado en mi apartamento.

La voz digitalizada pregunta si tiene Escolta, porque así podrán acceder a su ubicación y a una cámara de vídeo.

Responde que no, da en voz baja su dirección y se esconde detrás del sofá; un segundo después entra en el salón un chico bien vestido.

Lleva una de esas… cómo se llaman.

Una holomáscara.

Avanza con cautela por el espacio diáfano.

—DETENTE —grita ella, saltando desde detrás del sofá y blandiendo el cuchillo.

El ladrón da un respingo, se lleva una mano al pecho, retrocede, tira un cuadro que cuelga en la pared detrás de él y sale corriendo.

Ella oye los pasos alejándose escaleras abajo.

Le tiembla la voz cuando le pide a Zoé que llame a Breki. El número sigue fuera de servicio, lo que quiere decir que no la ha desbloqueado.

Se conecta a la cuenta falsa que ha utilizado para controlarlos.

Acerca la muñeca a su cara y enciende la cámara. Al ver su propia imagen en la pantalla, se derrumba.

—Breki, llámame, por favor. Es urgente —dice entre lágrimas.

Llama a sus amigas mientras se dirige al vestíbulo y descubre que la ventana de al lado de la puerta está rota.

Las amigas contestan una tras otra.

—La entrada está llena de cristales rotos —solloza.

Le preguntan todas al mismo tiempo qué ha pasado.

Se aleja de la puerta de entrada abierta, se encierra en su dormitorio y echa el pestillo.

Consigue contarles más o menos lo sucedido, y ellas esperan en línea hasta que llegan dos agentes de policía, un hombre y una mujer.

Ella repite lo sucedido. Describe al intruso mientras los agentes graban su testimonio.

Luego preguntan cuál es el sistema de seguridad que utiliza. Si había pensado en instalar Escolta o en marcar el piso.

—No —responde ella sin mirarlos.

Siente la garganta dolorida de llorar y tiene los ojos hinchados.

La mujer se sienta a su lado y le pregunta si tiene algún motivo para no hacerlo.

—No me gusta sentirme vigilada —responde.

—No quiero tener un lector de reconocimiento facial que lo grabe todo. Quién entra y quién sale.

—Yo creo en la libertad individual.

La agente dice que es una postura comprensible. Pero que entonces está indefensa ante situaciones como esta. Se producen muchos robos en viviendas no marcadas.

—Sí, claro, así que es culpa mía —dice Eyja, que por fin levanta la mirada.

—Es culpa mía por no contar con un sistema de seguridad.

—Es culpa mía que alguien se meta en mi casa y amenace mi vida, y también es culpa mía que me despidieran, y que mi marido me engañara con otra, y que mis padres nunca hayan mostrado el menor interés por mí.

—Pues echadme la culpa.

—De todos modos acabaréis haciéndolo, tarde o temprano.

De ninguna manera, dice la mujer policía.

Que el único responsable ahí es el ladrón. Que lo único que quería decir es que la próxima vez se podría evitar que el intruso llegara tan lejos.

—¡Esta puta sociedad se está yendo a la mierda! —balbucea Eyja.

—¡Ya no estás segura en ningún sitio! —balbucea.

—¿Y por qué no hacéis nada vosotros? —gime.

La mujer policía la abraza y le repite una y otra vez que tranquila, que todo está bien. Dice que es una reacción natural, primero el shock y después las lágrimas. Que no tiene por qué avergonzarse.

La agente continúa hablando, diciendo tonterías sobre asaltos, traumas y la sensación de seguridad.

La voz de la agente de policía se vuelve abrumadora, sonidos penetrantes que la avasallan.

No puede pensar.

—Ahora quiero estar sola —dice de pronto, y la mujer policía calla.

—Gracias por vuestra ayuda.

La agente le pregunta si está segura, si va a venir alguien para estar con ella. ¿Su pareja, algún familiar? ¿Hijos?

—Sí, todos están de camino.

La agente se pone en pie. La anima a instalar un sistema de seguridad y a buscar asistencia psicológica de apoyo postraumático.

Por fin llama. En cuanto oye su voz empieza a sollozar otra vez.

—Breki —dice ella.

—No sé qué hacer.

Llega al cabo de una media hora. Lleva chaqueta, vaqueros y gafas de sol.

Ella está sentada en el sofá, envuelta en una manta.

Al cruzar la puerta y pisar los cristales rotos, Breki pregunta qué demonios ha pasado.

Ella corre hacia él y se echa a llorar.

Él la abraza y ella solloza con el rostro hundido en ese pecho tan familiar.

Por un instante, el presente se funde con el pasado.

Como las esquinas de una funda de edredón que se juntan al doblarla.

Todo lo sucedido entre medias desaparece en los pliegues.

Siente cómo él aspira su olor.

Tu olor, dice él. Dice que nota su olor en todas partes.

Ella levanta la vista y él la mira a los ojos, y luego él se suelta despacio del abrazo.

Con reticencia, le parece a ella.

Él le pregunta si quiere tomar algo. ¿Agua? ¿Té? ¿Café?

Ella niega con la cabeza. Se ajusta la manta alrededor del cuerpo. Se seca la cara con la mano libre.

Él pasea la mirada por el salón. Mira los envases de comida y las botellas.

Pregunta si Inga Lára, Natalía y Eldey están de camino. Vuelve a preguntar qué ha sucedido.

—Yo… —dice.

—Þórir me ha despedido y luego ha entrado un ladrón.

Breki enarca las cejas. Se pasa la mano por el pelo, se detiene en la coronilla y se masajea el cuero cabelludo.

Pregunta por qué la ha despedido Þórir. Los dos han trabajado siempre muy bien juntos.

—Me negué a acostarme con él —dice ella, sorbiéndose los mocos.

¿Qué?, dice Breki. Pregunta si lo que acaba de decirle es verdad.

—Claro que te estoy diciendo la verdad.

—Þórir vino a la puerta de mi habitación del hotel durante un viaje de trabajo a Toronto y me despidió dos semanas después.

—¿Por qué no te iba a contar la verdad?

Porque, dice Breki, tiene tendencia a mentir sobre las personas que la abandonan.

Porque él mismo ha escuchado mentiras sobre él por todas partes.

Las personas más impensables parecen creer que la engañaba con Katrín.

Está muy enfadado. Permanece plantado delante de ella con una mano en la cintura, como hace siempre que se enfada.

—Breki… —dice ella.

¡*Ella* le engañó *a él*!, grita.

¡Conoció a Katrín *muchos meses* después de irse de casa!

Dice que Katrín estuvo a punto de perder el trabajo por sus putas mentiras y por todos los embustes que ha soltado sobre ella.

Se cubre la cara con las manos. Dice que no puede creer que se haya dejado engañar para volver aquí otra vez.

¿Qué va a decir su psicólogo?

—¡Estaba furiosa contigo! —dice ella.

—¡Perdóname!

Sí, dice Breki, igual que estaba furiosa con todos sus ex.

Exactamente igual que estaba furiosa con su padre. Y mentía diciendo que le pegaba cuando era pequeña.

—¡Es como si lo hubiera hecho! —dice levantándose del sofá.

—¡Y es como si tú me hubieras engañado!

—¡El dolor era exactamente el mismo!

Breki la mira, abre la boca como si fuera a decir algo, pero niega con la cabeza y se marcha hecho una furia.

¡Ay!

Está sangrando. Se acerca el dedo a la cara. Entorna los ojos.

Mierda de vista. No ve nada.

Se palpa el dedo y retira la esquirla.

Barre los trocitos de cristal con las manos y los va echando en uno de los envases de comida sucios.

Cuando ya ha metido la mayor parte de los añicos en el envase, lo agita y observa que los cristales están manchados de sangre.

¡Estupendo!

Pone la tapa sobre el envase, que está cubierto de una capa reseca de salsa de color naranja.

El taxi llega al poco de llamarlo.

El conductor intenta entablar conversación. Al principio, ella trata de darle a entender con monosílabos que no está de humor para charlas. Pero él es curioso.

Pregunta y pregunta y pregunta.

—No estoy de humor para charlas —suelta ella con un hipido.

De pronto, se encuentran delante de la torre de oficinas.

Que muy pronto será su *antiguo* centro de trabajo.

—Espérame aquí —dice, con el envase de comida en la mano, y cierra la portezuela de golpe.

Entra sin ningún problema.

No consigue librarse del maldito hipo. En el ascensor intenta contener la respiración. En el séptimo piso tiene que coger aire.

Sale en el noveno.

Su despacho no está cerrado con llave.

Claro ¡no tiene nada que ocultar!

Saca unos cuantos trocitos de cristal del envase y los lleva al baño, los lava con jabón en el lavamanos.

Luego se arrodilla debajo de su escritorio y extiende la mano.

—Que todos los espíritus malignos... —dice esparciendo los añicos por el suelo.

Se golpea en la cabeza con la mesa al incorporarse.

—¡Ay!

Entonces se fija en el perchero que hay a la derecha.

De él cuelga un abrigo.

Un abrigo negro.

Se acerca al abrigo y echa unos cuantos cristales rotos en el pliegue de la manga enrollada.

La presiona un poco para evitar que se caigan.

De vuelta en casa, mira el reloj.

¡No es nada tarde! ¡Solo son las ocho!

Abre otra botella y llama a la policía.

—Hola, buenas noches —dice cuando responden.

—Esta mañana han venido a mi casa.

—Por un allanamiento. Alguien entró por la fuerza.

—Creo saber quién fue.

Después todo se seca.

La cabeza, seca.

El cuerpo, seco.

La piel. La boca.

Intenta moverse y se da cuenta de que está desnuda.

Abre los ojos y ve que está sola.

Zoé está sin batería.

Vuelve a cerrar los ojos y recuerda vagamente un cuerpo encima del suyo ayer, y la lengua amasadora de Gylfi. Tumbada en la cama, intenta recordar el día de ayer.

¿Fue a trabajar?

¿Por qué?

Llaman al timbre.

Es un hombre barrigón. Pelo corto, canoso.

Dice que trae un cristal nuevo para la ventana del vestíbulo.

¿Había encargado un cristal nuevo? No lo recuerda. Pero sí, probablemente sí.

Ahora le llega un recuerdo vago.

Él señala la bandeja con tres smoothies que hay en el suelo delante de la puerta principal, y pregunta si eso tiene que estar ahí.

Ella coge la bandeja sin responder.

Luego, el hombre se la queda mirando.

Señala la ventana con el dedo índice y pregunta si ha sido por lo de las noticias. ¿Ese malnacido le había roto la ventana?

—¿Qué noticia?

El hombre le dice que tal vez la ha confundido con otra persona.

Se siente incómodo y murmura algo por lo bajo.

Ella se da la vuelta y cierra la puerta entre el pasillo y el vestíbulo.

Entra deprisa en su dormitorio y conecta a Zoé.

El reloj se enciende al momento. Proyecta su portal y se hunde en la cama mientras una sucesión de mensajes y vídeos se acumula ante sus ojos.

Þórir le ha enviado un grama.

Sus amigas le han enviado gramas.

Fjölnir y Kári también.

Su madre le pide que la llame.

Entra en la primera página de información que se le viene a la cabeza y de pronto descubre su propia cara, con una foto de la empresa de fondo.

20

Tristan corre como si sus putas piernas lo arrastraran escaleras abajo hasta el sótano, donde se cambia de chaqueta; después corre hasta la furgoneta y conduce directamente hasta el aparcamiento subterráneo. Allí cambia de vehículo y se dirige a otro parking subterráneo, y luego sube al centro comercial que hay encima del aparcamiento y se cambia de ropa en el lavabo, se quita la camisa elegante y se pone un grueso jersey de lana y unos pantalones más cómodos. La camiseta interior que llevaba bajo la camisa está tan empapada que la tira a la basura, luego mira la camiseta dentro del cubo y cambia de opinión, la saca del cubo y la mete en la mochila.

Se echa agua en la cara y se seca con el jersey. La luz del lavabo es demasiado brillante. De un blanco cegador. El puto estómago le está matando. Nota un sabor metálico en la boca y escupe, y sobre el lavamanos blanco cae sangre. Se lleva un susto de cojones al verla y las pulsaciones se le ponen en ciento setenta y Zoé suelta un pitido y él se sienta en la tapa del inodoro.

—Al final, todo sale bien —dice, imaginando que está en el ascensor de su antiguo bloque y que no puede hacer nada, no puede ir más deprisa que el ascensor, el ascensor es el que le transporta, está seguro durante unos cuantos segundos, nadie entra, nadie sale—. Estoy en un ascensor —dice, tomando aire—. Estoy en un ascensor —dice, soltando el aire.

Cuando sale del edificio, baja corriendo las escaleras y espera en una calle amplia y concurrida a que llegue el bus de la línea H. Cuando por fin llega, se sitúa cerca de la salida, aferrado a una de las agarraderas de plástico que cuelgan del techo. Siente la presencia de las cámaras de vídeo en el autobús, ellas saben dónde está y adónde va. Cuando se baje, le estará esperando un coche de policía y todo habrá puto acabado.

—Perdona —dice alguien.

Mira a su alrededor y ve a un anciano que podría ser su abuelo. El hombre se inclina hacia él como si fuera a contarle un secreto.

—Solo quería decirte que me alegro muchísimo de que hayáis tomado esa iniciativa, tú y los demás chavales. Contar vuestras historias. Es importantísimo. Que la gente comprenda vuestra situación, que tenéis las manos atadas. Era algo necesario y hasta imprescindible. Te animo encarecidamente a seguir adelante.

—Gracias —balbucea Tristan, pero no llega al final, la ese casi no se oye.

El anciano levanta el pulgar, luego el H se detiene y el viejo se apea con prudencia.

—Zoé —dice Tristan—. ¿Qué significa «animar encarecidamente»?

—Animar encarecidamente —dice Zoe en sus oídos—. Estimular, incitar, alentar, decirle a alguien que continúe con su buen trabajo.

Cuando llega a los muelles, encuentra a Eldór en el V1. Le cuenta que la furgoneta está vacía y que lo deja para siempre.

—¿Qué? ¿Por qué? —dice Eldór, sin apartar la vista del contenedor que está dirigiendo con el control remoto.

Tristan le explica lo sucedido y Eldór ríe a grandes carcajadas cuando Tristan le cuenta lo de la cincuentona que le amenazó con un cuchillo y cómo las tetas se le salían de la bata.

—Pero llevabas máscara y guantes y todo, ¿verdad?

—Pues claro, ¿te crees que soy tonto?

—Entonces no pasa nada, tío.

—No puedo más. Tengo la sensación de que la policía ve cada puto paso que doy. Hay cámaras por todas partes. No tengo los putos nervios para esto. He empezado a escupir sangre, joder.

—¿Qué? ¿Sangre?

—Sí.

—¿Crees que podrías tener... alguna enfermedad o algo?

—Sí, hace mucho tuve una infección bacteriana en el estómago, y la úlcera empeora por el trex y el estrés y no sé qué hostias. Ya no aguanto más.

—Joder.

—Sí.

—¿Y qué piensas hacer?

—No lo sé. Pero no voy a seguir limpiando casas.

Después del trabajo, Viktor le dice que entre en su coche, Tristan sabe que le va a dar pasta. Se montan en el coche.

—¿Qué, cómo va tu búsqueda de un nuevo trabajo?

Lo dice sin mirar a Tristan. Mira el parking donde están aparcados, tranquilo, sereno.

—Viktor. Lo siento, en serio. Sé que soy un puto desagradecido de mierda. Pero es que ando siempre estresadísimo, sobre todo después de lo del contenedor de noviembre. Tengo que buscar algo más tranquilo.

Viktor sonríe, pero Tristan no se fía lo más mínimo de su sonrisa. Es la misma que le dirigió a Wojciech cuando este le pidió un tiempo.

—No has respondido a mi pregunta. ¿Qué tal va la búsqueda de un nuevo trabajo?

—Mal.

Viktor asiente y le da a Tristan un pequeño sobre. Tristan lo coge y se lo mete en el bolsillo.

—Me debes una —dice Viktor.

Entra en casa renqueando por el dolor. Su estómago no aguanta ni una mierda más. Los pinchazos son puto insoportables. Como si se hubiera tragado una cuchilla de afeitar o algo. Intenta respirar hondo, pero es como si sus pulmones hubieran encogido y no les entrara tanto aire como antes. Cuenta el dinero que le ha dado Viktor. Debería llegarle, pero solo si Ólafur Tandri no le denuncia. Piensa en la puta vieja de esa mañana y en la jodida suerte que ha tenido de que no le hayan pillado, de que nunca lo hayan pillado, aunque ha limpiado mogollón de casas. Se promete a sí mismo que no volverá a robar nunca más. Pero bueno, ya se lo ha prometido antes muchas veces.

Cuando se despierta, está tumbado en su cama. Ya es casi por la mañana. El estómago sigue jodido, le duele al tragar, pero los pinchazos han desaparecido. Desayuna todo lo despacio que puede y luego se toma un trex. Al poco comienza a hacerle efecto.

Faltan una semana y un día para el referéndum. Ocho días. Ocho putos días.

Va al trabajo e intenta pensar lo menos posible, y al día siguiente (siete días), va a ver pisos. El primero se encuentra en algún lugar de Fossvogur y tiene todo, está muy bien; el segundo está en Hafnarfjörður y no es tan bonito, pero también está bien. Hace ofertas por los dos y se fuma el costo que Eldór le da el domingo (seis días) para desconectar, para hacer pasar el tiempo, y cuando se despierta el lunes (cinco) la almohada está empapada de babas. A mediodía llama a las dos inmobiliarias, que todavía no han enviado las ofertas a los propietarios, pero le prometen que tendrá una respuesta a lo largo de la semana.

El martes (cuatro) llama una y el miércoles (tres) llama la otra. Las dos inmobiliarias le dicen lo mismo, que su oferta ha sido rechazada y que ahí tiene la contraoferta. Las dos son demasiado altas. Al recibir la segunda respuesta empieza a darle patadas a un contenedor con todas sus fuerzas, y Wojciech se gira al oír el estruendo metálico.

Dentro hay algo que está a punto de ceder, como una caja de cartón mojada que se está rompiendo por el fondo y deja caer todo lo que hay dentro. Empieza a temblar. Imagina que se queda sin casa, que se convierte en un sintecho, en un yonqui tirado en la calle. Conoce a chavales que han acabado así, chavales de su entorno, tiene conocidos que han acabado en la calle, los ha visto descalzos y ensangrentados por el centro de la ciudad.

Ólafur Tandri le llama cuando está en el trabajo. Tristan se queda paralizado, mirando el nombre en la pantalla. Espera hasta que deja de sonar.

Después del trabajo va a visitar el último piso. Está en Hverfisgata, al lado de donde vive Eldór, también en un antiguo hotel. Tiene solo una habitación, con una pequeña cocina en un rincón. Pero cuando el agente inmobiliario le abre la puerta, el piso está asqueroso que te cagas, tiene un olor nauseabundo y todo lo que tendría que ser blanco es marrón, y está justo a la altura de la calle, así que los coches hacen un ruido de la hostia. Hay un agujero en el plato de la ducha y oye un ruido de arañazos que sale de ahí.

Se detienen, Tristan mira al agente inmobiliario y el agente inmobiliario se limita a dar un golpecito con el pie al plato de la ducha. Los arañazos cesan, se hace el silencio, pero entonces aparece un puto rabo enorme por el agujero, y Tristan y el agente inmobiliario intentan mantener la calma, pero salen del baño cagando leches.

—Supongo que no habrá problema en que hagas una oferta más baja del valor prefijado —dice el agente—. Lleva en venta mucho tiempo.

—¿Ah, sí? —dice Tristan, mirando a su alrededor—. Vale. Es bueno saberlo.

Se sienta en el colchón de su casa. Le pide a Zoé que haga la llamada.

—Hola, estoy liado. Luego te llamo —dice Rúrik.

—¿Estás cabreado conmigo?

—¿Tú qué crees?

—Tuve que hacerlo.

—No tenías por qué hacer una gilipollez así.

—Perdona. Estaba agobiadísimo. No tenía ni idea de lo que me preguntarían —dice él—. Pero he encontrado un piso para nosotros.

—¿Para nosotros? Yo no tengo un puto céntimo, Tristan.

—¿Crees que no lo sé? Pero en algún sitio tendrás que vivir cuando te suelten. Tiene solo una habitación, pero hay sitio de sobra para los dos. Podemos poner dos camas pequeñas, una a cada lado...

—No —dice Rúrik—. No. Vete a vivir con mamá y termina el instituto.

—No puedo vivir allí, lo sabes perfectamente.

—Claro que puedes vivir allí. Haz el examen, busca ayuda para dejar el trex y termina el instituto.

—Siento haber hablado de ti en ese vídeo. Es que me entró el pánico.

—Tristan, no cambies de tema y deja de meterte en mis asuntos como siempre.

—¡Pero tenemos que comprarnos un piso si queremos sobrevivir, joder!

—¿Tú te crees que eso va a pasar? Siempre podremos encontrar un sitio donde dormir.

—No, Rúrik, en serio. Créeme. No te imaginas la cantidad de gente que está tirada en la calle. Tienes que creerme, joder.

—Joder, Tristan, te crees que me vas a decir tú a mí cómo están las cosas. De eso sé mucho más que tú. Si tienes que encontrar una habitación de aquí a fin de mes, conozco por lo menos un par de hoteles que alquilan habitaciones a tíos no marcados como nosotros.

—Sí, vale, ¿y luego qué? Si dentro de un año esos hoteles deciden marcarse, después ya no podremos comprar un apartamento.

–Por supuesto que podremos comprar un apartamento. Mira que llegas a ser tonto a veces.

–Puede que los bancos acaben cambiando las normas y no le den préstamos a la gente que no apruebe el examen.

–Deja de ser tan puto infantil. Los bancos *quieren* tu dinero. ¿Por qué iban a impedir que miles de personas les regalen su dinero?

–Bueno, nunca se sabe. Tenemos que protegernos. Sobre todo tú.

–¿Sobre todo yo?

–Sí, ya sabes, por el examen y eso.

–Deja de preocuparte por mí, joder. Estoy trabajando para arreglar mis mierdas. Y tú tienes que hacerlo también. Haz el examen. Vete a vivir con mamá. Deja de currar en el puerto.

–Pero…

–Tengo que dejarte –dice Rúrik–. Ya hablaremos. –Y cuelga.

Tristan se toma dos trex de golpe y luego se fuma los porros de Eldór tumbado en el colchón, y siente cómo su cuerpo se aligera, muy lentamente, como si se elevara. Por un rato, su corazón deja de ser un puto contenedor gigantesco y su cuerpo vuelve a convertirse en esa inmensa piscina en la que puede flotar, su alma es gaseosa, y piensa en ese asqueroso piso de Hverfisgata con la rata y el pestazo, tiene que hacer una oferta, sí, hará una oferta mañana y llamará a Ólafur Tandri para decirle que acudirá a las putas sesiones de psicoterapia a condición de que no tenga que pagar ninguna multa. Es la única forma de conseguirlo, tiene que conseguirlo, tiene que montarse un piso con Rúrik, sí, pintarlo y cambiar el plato de la ducha y quizá también el suelo o lo que sea para eliminar el olor, en internet tiene que haber algún vídeo que te enseñe a cambiar suelos, y después puede centrarse en encontrar un nuevo curro, y cuando tenga un nuevo curro seguramente dejará de estar tan estresado y podrá centrarse en dejar el trex, sí, no le vendría mal pedir ayuda para eso, no tiene por qué hacer el examen para conseguir tratamiento, y al final, cuando haya dejado el trex, a lo mejor podrá acabar el insti, podría estudiar algo que le permita trabajar en casa para no tener que toparse nunca más con ese Iii Iii Iii, y cuando esté de nuevo en el instituto a lo mejor podría llamar a Sunneva y explicárselo todo, y ella quedaría con él y volvería a confiar en él, y comenzarían a salir juntos y él podría besar esa luz todas las noches, está en el camino correcto, está pasando, lo va a conseguir, claro que lo va a conseguir, pero qué música es esa, la música lo envuelve, e intenta levantar la cabeza pero no tiene fuerzas, la música sigue aumentando de volumen, sale de sus propios relojes, y entonces se proyecta una pantalla por encima de él, una luz roja parpadea y Zoé dice algo sobre su ritmo cardíaco, y entonces comprende que la música son sirenas, sirenas gozosas, maravillosas, divinas, y giran a su alrededor como las cuchillas de una picadora o una trituradora o lo que sea eso que convierte la comida en puré o el café en polvo, y se hunde en el sonido, y va pasando a través de la picadora mientras las sirenas, esas afiladas cuchillas, le machacan y trituran.

21

Zoé le dice que salga y haga ejercicio. Zoé le dice que se asee. Zoé le dice que se alimente, que beba agua, que sus índices de progesterona y estrógenos están muy bajos, y que debe ser cuidadosa con su toma de decisiones y con las relaciones sociales. Húnbogi le envía un mensaje para preguntarle si ya está más tranquila. Cuando Vetur empieza a ser capaz de pensar de nuevo con claridad, le vuelven fragmentos de la semana pasada, uno por uno, los dientes de Naómí, los hombros de Alexandria, el primer plano de Húnbogi justo antes de besarla; le da vueltas a las cosas que dijo y se muestra implacable consigo misma, se ve cada vez más desagradable, ordinaria y violenta.

Llama a la directora del colegio y presenta su dimisión como profesora de estudios sociales del colegio de Viðey.

—¿Estás segura, Vetur? —pregunta la directora—. Todos estamos encantados de tenerte aquí, tanto el profesorado como los padres, las madres y los alumnos. Si lo que necesitas es una baja por enfermedad, entonces podemos arreglarlo.

—Muchas gracias, pero sí, estoy totalmente segura. Perdona por haber faltado tantos días por enfermedad. Volveré al colegio el próximo lunes y terminaré el semestre.

Tiene que hablar con Alexandria y Naómí, pedirles disculpas. Pero lo va postergando, y pide una consulta telefónica con su psicóloga; le cuenta lo que ha pasado, haciendo cuanto está en su mano por no ser indulgente consigo misma. Comentan juntas su conducta, las causas de cada una de sus reacciones, cuáles fueron transferencias y cuáles válvulas de escape emocional, y al cabo de una media hora las dos guardan silencio.

—Vetur —dice al fin la psicóloga con prudencia—. ¿Es posible que estuvieras esperando una confrontación con Daníel?

—Quizá. De un modo inconsciente.

—Ya —conviene la psicóloga—. Creo que, en cierta manera, necesitas empezar a hacer el duelo por esta historia. Lo más importante es que retomes el control de tu propia vida.

—¿Y cómo lo hago?

—Probablemente, lo mejor sería cambiar de entorno. ¿Por qué no te vas a hacer el doctorado a algún sitio en el extranjero?

—Pero si lo hago, ¿no estaría huyendo de mis problemas?

—No necesariamente. Estás recuperándote de un trauma. Mantienes una fuerte vinculación afectiva con tus familiares. Por su parte, está claro que Daníel está recibiendo ayuda profesional para solucionar sus problemas.

—Eso no significa que ya no sea peligroso.

—Desde luego que no. Sin embargo, superó el examen de empatía, y eso ya es algo.

—Pero cuando vuelva después de hacer el doctorado, ¿tendré que confiar sin más en que no lo volverá a hacer? Es como construir una casa en la ladera de un volcán.

—Sí —dice la psicóloga, mirando más allá del objetivo de la cámara—. Pero la gente lo hace, pese a todo. La gente construye todos los días casas en las laderas de los volcanes.

Vetur puede sumergirse en el recuerdo como en una bañera caliente, sentir la textura de la almohada en su mejilla cuando se da la vuelta en la cama, justo antes de verle de pie ante ella. Tiene el pelo sucio y pegado a la cabeza. Es la primera vez que repara en ello. Su pecho sube y baja. Tiene una mirada enfermiza. Pensamiento: «Va a matarte». De repente, la realidad se desintegra a su alrededor. La luz la deslumbra. El tiempo se ralentiza. El espacio se fragmenta en detalles nimios. Respiración fuerte. Espalda rígida. Le oye decir: «Perdóname por despertarte» y «Quería darte esto».

Él señala la cómoda que hay junto a la puerta del dormitorio. Hay un ramo de rosas. Baratas, de gasolinera. Le oye decir: «Llevo cuatro días sin dormir». Después empieza a hablar agitadamente y en ese momento el recuerdo se nubla. El año que ha pasado ha acabado por enturbiar su discurso. Las frases se funden unas con otras, se convierten en una única línea, como el fulgor de una bengala girando hasta formar un círculo: «Perdóname, no estaba en mis cabales, no consigo dormir, te quiero muchísimo, no me puedo creer que haya echado a perder lo nuestro, tú eres lo mejor que me ha pasado, tú haces que me sienta normal, desde pequeño siempre he sentido que algo no iba bien, cada vez que hacía nuevos amigos tenía miedo de que vieran lo idiota que soy y dejaran de hablarme, a ti no puedo perderte, Vetur, te quiero tanto, eres lo mejor que me ha pasado nunca, dejaré de hablar mal de la gente a sus espaldas, iré al psicólogo, trabajaré para solucionar mis problemas, en realidad no pensaba nada de lo que dije, no estaba en mis cabales».

Al terminar su discurso, él da unos pasos hacia ella. Al instante, ella siente cómo se contrae su cuerpo. Se aleja y retrocede hasta el otro lado de la cama, se incorpora a medias. Tiene algo en el pecho. Algo tan pesado que no le deja hablar.

Él se detiene y la mira a los ojos. Toda una amalgama de emociones desfila por su rostro: impotencia, desesperación, recelo.

—Vetur, haré lo que sea, estoy muy avergonzado, me aterroriza que la gente se aleje de mí, no quería decir nada de lo que escribí, te quiero.

—Chsss —dice ella en un murmullo indistinto—. Déjalo ya —susurra, y se da cuenta de que esas no son las palabras adecuadas, que debería decir algo diferente, que él se tiene que ir y que ella le tiene miedo, pero esos pensamientos no llegan a ella en palabras sino en corrientes eléctricas que atraviesan su cuerpo y su cráneo. Señala la puerta del balcón e intenta encontrar los sonidos que puedan transmitir el sentido exacto de sus pensamientos.

—Adiós —susurra ella, señalando en dirección al balcón—. ¡Adiós!

Y entonces él se vuelve loco. Se tira de los pelos y sus manos se convierten en puños, grita y rompe a llorar. Dice: «¡No puedo volver atrás!». Dice: «¡Nunca me recuperaré!». Dice: «¡No puedo irme así sin más y encontrar otra novia como tú! ¡No sobreviviré a esto! ¡Es que no lo entiendes!», y por alguna razón incomprensible, Vetur se echa a reír, una temblorosa risa nerviosa, su cerebro está enviando las órdenes equivocadas a su rostro; y el de Daníel se distorsiona, y Vetur retrocede a un rincón mientras las carcajadas se apoderan de ella, y entonces es como si Daníel tuviera que hacer algo con la furia que inunda su cuerpo, da una patada a la silla del escritorio, que choca contra la pared, y vuelve a mirar a Vetur, separa los labios para decir algo pero entonces se echa a llorar de nuevo, y abre los brazos y da unos pasos hacia Vetur, que recuerda entonces que el sistema Escolta está encendido, porque la policía le recomendó que lo instalara. «Nueve nueve nueve», dice ella, y en ese mismo instante empiezan a ulular sirenas en sus dos muñecas, esas sirenas son lo más duro de su recuerdo, unas sirenas que encarnan el descontrol y la desesperación. Daníel se tapa los oídos, ella pasa corriendo junto a él, sale en tromba por la puerta principal y empieza a aporrear la puerta de los vecinos, desde el rellano mira atrás y ve a Daníel, que, tras observarla desde dentro del apartamento, se da media vuelta, trepa a la barandilla del balcón y salta a la hierba de abajo.

Los vecinos la hicieron pasar. La llevaron al sofá mientras lloraba conmocionada y llamaron a la policía y a sus padres. La policía fue, le tomó declaración y luego le pidió autorización para usar las imágenes captadas por sus relojes. Lo tenía casi todo grabado: cómo metió el brazo por la ventana del balcón para abrir la puerta por dentro, cómo se quedó quieto en el umbral para observarla mientras dormía, cómo fue hasta la cómoda y colocó las rosas. Y cómo se puso rígido al ver que se había despertado. Al día siguiente Vetur le denunció, y emitieron una orden de alejamiento para las cuatro semanas siguientes y se informó a Daníel de que no podía acercarse a menos de cincuenta metros y no podía ponerse en contacto con ella de ninguna forma. A Vetur le dijeron que Daníel tendría que usar Localizador, lo cual permitiría a la policía el acceso directo a su ubicación, y durante las próximas cuatro semanas recibirían un aviso si se acercaba demasiado. Vetur se quedó en casa de sus padres, y su padre la estuvo llevando al trabajo y yendo a recogerla hasta que acabaron las clases una semana después, y cada día que pasaba se recuperaba más, creía que aquello había terminado, convencida en lo más profundo de su ser de que él había cruzado esos límites sin querer, así que finalmente regresó a su apartamento y cada tarde invitaba a sus amigas o a familiares para que le hicieran compañía. Y entonces le vio en el Mercedes negro al otro lado de la explanada, y aquello fue lo que de verdad desencadenó el trauma.

No volvió a verle después de la segunda orden de alejamiento, pero era incapaz de librarse de la sensación de que él estaba allí, en alguna parte, justo en el margen de su visión periférica, en el límite de los doscientos metros, observándola, esperando. Necesitó muchos meses para volver a dormir sola en casa, y muchos más para pasear de nuevo por el barrio en pleno día. Compró unas pesadas persianas venecianas y cubrió todas las ventanas. Y se habituó a la oscuridad.

Pasa la semana. Recibe llamadas de partidarios y detractores de la marca que la exhortan a votar el sábado. Vienen sus amigas, pasan las tardes con ella. Estalla otra protesta en la plaza Austurvöllur y la ve en las noticias, pero apenas le presta atención, como si aquello no fuera con ella. El viernes llama a Húnbogi y le cuenta todo, desde lo de Daníel hasta lo del estrés postraumático y lo de Alexandria. Húnbogi escucha sin preguntar nada y ella le pide disculpas por su comportamiento.

—No tienes por qué, en serio. No te preocupes —dice él.

—Me avergüenzo muchísimo. Me siento como si te hubiera tragado y vomitado un segundo después.

—Un símil elegante.

—Me gustas mucho —dice Vetur.

—Tú también me gustas —dice Húnbogi.

—¿Te vienes a mi casa?

—¿Ahora?

—Sí.

—No, pero iré antes de las once.

—¿Cuándo?

—Mañana.

—Vale.

Después de despedirse de Húnbogi, mira a su alrededor. El piso está bastante limpio, gracias a que su madre viene todos los días a poner orden, limpiar la cocina y pasar la aspiradora. Pero está oscuro, solo un pálido rayo de luz crepuscular consigue abrirse paso entre la persiana veneciana y el marco de la ventana. Vetur se acerca a la ventana de la cocina y mira las lamas. Fuera hay una puesta de sol increíble, el cielo está azul violáceo y las nubes son de un rojo ardiente, y todo ello se refleja en la valla de cristal plateada casi translúcida que rodea la ciudad y dibuja un bucle suplementario en torno al barrio de Viðey. Sube la persiana y la luz del crepúsculo inunda la cocina por primera vez en muchos meses.

Vetur se aparta de la ventana y sale de la cocina caminando de espaldas con los brazos cruzados.

—Voy a confiar en ti —le dice a la cocina.

Da media vuelta y pasea la vista por el salón.

—Voy a confiar en ti —le dice al salón.

Después dirige la mirada hacia el dormitorio. Se acerca muy despacio y se detiene en el umbral. Contempla la habitación, contempla la cama y la mesilla de noche, la cómoda, el perchero, las persianas que ocultan la puerta del balcón y la ventana del dormitorio. Cierra los ojos, inspira profundamente, suelta el aire e intenta relajar el cuerpo. Durante un año entero ha estado durmiendo intranquila en esa cama, despertándose sobresaltada una y otra vez para mirar hacia el balcón. Ha luchado contra ello, ha hecho todo lo posible y más para no perder la cabeza, para no ser derrotada ni por Daníel ni por sus propios miedos.

Busca en su cuerpo la fuente de esa desazón y la encuentra en mitad del pecho, esa bola dura como una piedra, con un latido diferente al del corazón, con otra frecuencia y de distinta manera. Inspira y se relaja, espira y se relaja, e imagina que esa relajación se transforma en confianza, y que esa confianza es un ácido que disuelve la bola. Imagina el crepitar provocado por el ácido sobre la bola, la espuma y las burbujas. Luego abre los ojos. No se siente bien ahí. Asocia ese cuarto con inseguridad.

—No confío en ti —le dice al dormitorio.

En cuanto lo dice, se desgarran las costuras de su miedo.

—Voy a venderte —dice, y el desgarrón se convierte en agujero.

—¡Me voy a mudar! —dice riendo. Mira el reloj. Le pide a Zoé que llame a su madre, y le cuenta la noticia sin moverse del umbral. Su madre dice Estupendo, un poco más entusiasta de lo debido, como si llevara mucho tiempo esperándolo, y que mañana mismo pueden llamar a una inmobiliaria. Después de la conversación telefónica, Vetur recorre el apartamento, alegre, liberándose de la tensión, y se pone a pensar adónde podría trasladarse. De repente le viene una antigua sensación: libertad, infinita libertad infantil… como estar en un muelle y contemplar cómo se confunden el mar y el cielo. Se dirige hacia el baño para desvestirse cuando de pronto oye algo, un crujido que procede del vestíbulo. Se queda paralizada y mira instintivamente el pomo de la puerta principal, que permanece inmóvil. No sucede nada. Respira aliviada y sigue en dirección al baño, pero entonces vuelve a oírse el ruido, un chirrido metálico. Vuelve a mirar el pomo y no, no se está imaginando nada, es real, el pomo dorado de la puerta emite un leve crujido. Gira muy despacio, con un ruido sordo, traza un semicírculo y vuelve a su posición.

22

siempre supe que había algo raro en ella

enviad inmediatamente a ese mal bicho al agujero de donde
ha salido a ser posible a perpetuidad más vale no correr el
menor riesgo!!

Saldría muy caro meterla en prisión. Mientras que una bala de
fusil solo son unas 250 coronas :-)

«que en los últimos años se ha especializado en inversiones
verdes»!!! Aquí lo tenéis: el sistema hace aguas.

Válgame el cielo. Es que se pierde la fe en la especie
humana al leer algunos de los comentarios. Leed el artículo.
Lo único que dice es que esa pobre mujer fue despedida
poco después de que su empresa fuera marcada. Eso no
demuestra nada. Que la despidieran no demuestra que
suspendiera el examen, y aunque así fuera, eso no quiere
decir en absoluto que haya cometido un delito! Pensad en
ello, por favor.

Una oveja negra menos. Ese es el motivo por el que tenemos
que votar todos sí a la marca este sábado.

Þórir le envía un grama. Está sentado en su despacho, con
las vistas a su espalda, y mira a la cámara.

Le da las gracias por los trocitos de cristal y por su colaboración.

Dice que se ha puesto en contacto con EcoZea y les ha informado de los cambios.

Le desea que sea feliz. Y ahí termina el grama.

que ha hecho ella??? no lo dice en ningun sitio,,, los medios se creen que gobiernan el país los medios de comunicacion islandeses están llenos de prejuicios dios mio que pena me da esa pobre mujer totalmente inocente

Finalmente consigue ponerse en contacto con EcoZea e intenta explicarles la situación, pero la oportunidad ya ha pasado. Dicen que lo sienten mucho, pero que ya no están interesados.

Hola, Eyja, probablemente no te acordarás de mí pero trabajamos juntas una breve temporada en B&R hace mucho tiempo. Es horrible ver cómo el tribunal de la opinión pública calumnia y despoja a la gente de su honor. Me acuerdo de ti en estos tiempos tan difíciles. Un saludo cordial, JHJ

Gylfi no responde ni sus llamadas ni los mensajes que le envía.

No la conozco de nada pero se la ve muy normal y simpática. Esa es la verdad.

Inga Lára dice que podría irse una temporada al extranjero. A algún sitio al sur.
Donde haga buena temperatura y no la conozca nadie.
Natalía dice que es una idea estupenda.
Conoce a una mujer que tiene una villa preciosa en una isla griega.
Puede ponerla en contacto con ella.

Hola, Eyja, solo quería que supieras que no estás sola. Serás cálidamente bienvenida a nuestras reuniones cuando lo desees. Saludos, Magnús Geirsson.

Llama Fjölnir.
Le propone crear una empresa con Alli y con él.
Los tres formarían un equipo fantástico.
Conocen el mercado como la palma de su mano.

Joder, qué bien estaremos cuando ese examen permita desenmascarar a toda esa chusma. No deberían poder actuar impunemente en nuestro país.

Llama su madre. Oye a su padre al fondo diciendo que no malgaste saliva con ella.

Querida Eyja, es muy duro ver que te tratan tan injustamente. Hazme saber si puedo ayudarte de alguna forma. Eldey.

Gylfi le envía un mensaje.
Dice que su mujer se ha enterado de lo suyo.
Una amiga suya ha reconocido a Eyja en los periódicos.
Los vio en un restaurante y luego irse juntos en un taxi.
Dice que va a intentar arreglar su matrimonio.
Le pide perdón.
Que desea que todo le vaya muy bien.

Esa mujer trató horriblemente mal a un amigo mío cuando estaban en la universidad. Pocas veces me alegrado tanto como cuando lo dejaron.

Breki no llama.
Breki no responde.

mardita caseria de brujas es una mierda

El coche se detiene y Zoé la informa de que ha llegado.

¿Dónde está ella?

Sí, es aquí.

La barandilla está hecha de algo que parece... tela plástica.

Desagradable.

La escalera está en silencio.

Tiene que dejar el frasco de perfume en el suelo enmoquetado para buscar las llaves.

Le da sin querer al interruptor y se queda paralizada cuando se enciende la luz.

Espera una eternidad. Una eternidad.

Hasta que la luz vuelve a apagarse.

Encuentra la llave correcta. Aquí está.

¿Por qué no funciona?

Vuelve a intentar girar el pomo.

Mira a su alrededor.

¡Joder!

Se ha equivocado de planta.

Recoge el frasco de perfume del suelo y se dispone a subir al piso de arriba cuando se tropieza con el cinturón de su bata de seda.

Intenta poner las manos pero las tiene ocupadas con las llaves y el frasco, así que adelanta los codos torpemente y se golpea en la cabeza con un escalón enmoquetado.

Está tirada en la escalera.

Su cuerpo está en una postura absurda, pero se queda ahí tirada de todas maneras.

Los pensamientos la atosigan, pero imagina que lleva un casco que la protege.

Las emociones la atosigan, pero imagina que lleva una armadura que la cubre por entero y les impide el acceso.

Permanece tirada en la escalera.

Después. Muy despacio. Pone los codos debajo del cuerpo y se incorpora.

Se acerca lentamente a su apartamento.

Al apartamento de *ellos*. De Breki y de la Foca.

Mete la llave con delicadeza en la cerradura.

Sí, ahora va como la seda.

Aguza el oído antes de abrir una rendija de la puerta que da al vestíbulo.

Guiña un ojo para intentar ver mejor.

Localiza el abrigo y rocía el interior del cuello.

Entonces oye algo.

Alguien dice ¿Hola? dentro del apartamento.

Es Breki.

Es Breki.

Es Breki.

Deja la puerta abierta y se lanza escaleras abajo.

Se enciende la luz de la escalera.

Cuando llega al piso de abajo, aparece un policía delante de la puerta principal.

¡Joder!

Intenta dar media vuelta, pero oye a Breki en el piso de arriba. Grita por la escalera preguntando quién anda ahí.

El interfono emite un fuerte zumbido, el policía empuja la puerta principal y entra en el portal.

—Buenas noches —dice ella con su sonrisa más amable, y pasa a toda prisa por su lado.

Breki vuelve a preguntar quién anda ahí.

Ella acelera el paso y el policía dice Un momento.

Ella abre la puerta interior y luego la de la calle.

Sale al exterior.

Empieza a alejarse a zancadas, pasa por delante del coche de policía.

Alguien dice Oye, y la llama amiga.

La agarran por el brazo.

—No soy tu amiga.

Es otro policía.

Una mujer policía.

Le dice que se tranquilice. La sujeta.

—Suéltame.

—¡Que me sueltes!

Intenta arañarla, pero la agente le retuerce el brazo.

Cae de rodillas.

El policía la coge del otro brazo.

—Pero ¿qué os creéis que estáis haciendo?

Breki lleva una camiseta y unos vaqueros. Está descalzo.

Detrás de él hay una mujer joven. Cabello pelirrojo claro y cara bonita.

No es la foca, es otra.

La mujer joven está asustada. Tiene los brazos cruzados sobre el pecho.

—¿Quién es esa? —pregunta.

—¿Ya has cazado otra puta foca? —añade, riéndose de Breki.

Breki tiene una expresión grave en el rostro.

Dice que es una vecina.

Se vuelve hacia la vecina y le pregunta qué está pasando.

El agente pregunta cuál de ellas es Vetur.

—*Vetur* —dice Eyja.

—¿A quién coño se le ocurre ponerle a una hija *Vetur*? —dice Eyja.

Vetur, la vecina, finge no oírla. Dice que ha llamado porque alguien había intentado abrir la puerta de su casa. Y no era la primera vez.

La mujer policía mira a Eyja, le pregunta si la pueden soltar.

La mujer policía le pregunta si se va a comportar.

—No tengo tres años —responde.

La mujer policía le dice que no ha oído lo que ha dicho.

—¡Que no tengo tres años!

Luego suspira.

—Está bien, está bien —dice—. Me comportaré.

Los dos policías la ayudan a ponerse en pie y le sueltan los brazos.

Breki pregunta qué lleva en la mano.

—Nada.

Breki le pregunta si ha robado algo.

—¡No, esto es mío!

La agente le pide que les enseñe lo que lleva en la mano.

Vetur, la vecina, sigue de pie en la entrada con los brazos cruzados.

—Le tienes mucho miedo a algo —le dice Eyja.

Breki pronuncia su nombre.

Ella le mira a los ojos.

Suspira y le muestra la mano abierta, donde tiene el frasco de perfume y las llaves de su apartamento.

23

El lunes, a cinco días para la votación, se pronostica un cuarenta y nueve por ciento a favor del sí. Se quedan mirando las cifras sumidos en un profundo silencio. Las reuniones son rápidas. También las comidas. Y las conversaciones. Sus ropas quedan empapadas en sudor.

No tiene noticias del chico.

—No va a responder —dice Óli el martes por la mañana.

—Dale dos días más —dice Sólveig, cortándole la comida a Dagný en su plato violeta—. Habrá pasado una semana. Si el miércoles no ha respondido, lo llamas tú.

—Está dándome largas. Está ganando tiempo.

—Por Dios, Óli. ¿Qué es lo peor que podría pasar? El referéndum no se ganará ni se perderá por este asunto.

—Su entrevista ha tenido más de cien mil visualizaciones, Sólveig. La gente tiene derecho a saber.

—¿A qué hora es el debate de esta tarde?

—No cambies de tema.

—Vale, pero ¿a qué hora es?

—Después del telediario. A las siete y media.

—Sabemos —dice Magnús Geirsson cuando el moderador le da la palabra— que la marca obligatoria va a provocar una crisis económica. Sabemos que la marca obligatoria constituye una violación de la Declaración Universal de Derechos Humanos. Sabemos que la marca obligatoria tendrá consecuencias desastrosas para los grupos más vulnerables. Nuestra sociedad nunca ha conocido una tasa de violencia doméstica tan alta como la de ahora. Lo mismo sucede con el paro. Sucede cada vez con más frecuencia que la policía es declarada culpable de discriminación por cuestiones raciales y de perfil. Esto no puede continuar. *No puede continuar.*

Golpea con el puño sobre la mesa para dar más énfasis a sus últimas palabras. El moderador se gira hacia Salóme, que sonríe e inclina ligeramente la cabeza antes de tomar la palabra.

—Gracias por tu intervención, Magnús —dice Salóme—. Como tantas veces anteriormente, parece que basamos la defensa de nuestras posturas en informaciones totalmente diferentes. Hasta donde yo sé, nuestra economía prospera en las condiciones actuales. La corona islandesa nunca ha sido tan fuerte. La deuda nacional ha caído a un mínimo histórico. Islandia está abriéndose un hueco en el panorama internacional del comercio ético y verde. Por otra parte, estamos asistiendo por primera vez en la historia de nuestro país a un cambio en el reparto de poder. Comprendo a la perfección que tus partidarios, que evidentemente tienen intereses que proteger, estén nerviosos. Por fin disponemos de una herramienta fiable para determinar quién es digno de confianza para los intereses económicos del país. La población ya no quiere tener nada que ver con un puñado de individuos que han sido condenados uno tras otro por múltiples transgresiones morales con perjuicio de la nación. No queremos que esa situación continúe. Nosotros queremos una sociedad mejor. Merecemos una sociedad mejor.

Hace una breve pausa dramática, pero mantiene un dedo levantado para conservar el turno de palabra.

—En lo tocante a los grupos más vulnerables, solo diré esto: los miembros de la Asociación de Psicólogos de Islandia hemos trabajado día y noche, en estrecha colaboración con el Sistema Nacional de Salud Mental, para reforzar las infraestructuras en el área de salud mental, con el fin de que ninguna persona quede abandonada a su suerte. Tenemos centros de rehabilitación. Tenemos opciones de tratamiento individualizado. Tenemos personal de apoyo y psicólogos, psiquiatras y neuropsicólogos a disposición de todo el mundo y sin coste alguno. Es evidente que estamos en un momento decisivo en la historia de nuestro país, y por desgracia no me sorprende en absoluto que haya individuos violentos que actúan de manera desesperada dentro de sus propios hogares. Pero imaginemos que, dentro de muy poco, pudiéramos saber dónde están esas personas y ofrecerles nuestra ayuda. Podríamos ponernos en contacto con su entorno para ayudarlos también, ya fuera con carácter temporal o no. Podemos cambiar el mundo para hacerlo mejor.

Después del debate le llama su padre.

—Menuda inútil esa mujer, tu jefa. Te ponías malo solo de oírla.

—¿Salóme? —dice Óli—. Y nosotros que estábamos tan contentos con ella.

—¿De verdad crees —pregunta su padre— que la clase gobernante se va a desprender de su poder así sin más? ¡Esos buscarán algún resquicio para que las cosas sigan como están, como si no hubiera pasado nada! Tienen el poder, el dinero y la voluntad, y eso no se lo va a quitar ningún jodido sello de moralidad, lo ponga quien lo ponga. Es una ingenuidad creer que esto cambiará algo.

—Esto afectará a los préstamos bancarios y a la obtención de licencias públicas, pero sobre todo a las transacciones comerciales. A las acciones y las obligaciones. Por no hablar de los consumidores.

—¿Y es que no ves lo que pasará entonces? Los que suspendan y pierdan sus negocios aparecerán en la prensa contando sus dramas e intentando explicar por qué son como son, y una gran parte de la población se mostrará dispuesta a apoyarlos y subvencionarlos porque sentirán lástima por ellos, y repetirán hasta la saciedad que si se recuperan todos vivirán mejor. Eso no es más que una gran farsa de mierda.

–Pero al menos podremos identificarlos y aconsejarles, y ellos por su parte podrán buscar ayuda y, con un poco de suerte, se recuperarán por sus propios medios y esfuerzos –dice Oli–. Estamos en una etapa dolorosa del proceso. Son los dolores del crecimiento. Los cambios no pueden producirse sin fricciones.

Su padre resopla.

–Imagínate el futuro, dentro de cinco años, de diez años –continúa Óli–. Nos habremos habituado a una forma de sociedad en la que las personas serán como los coches. Tendrán que pasar una revisión una vez al año para garantizar que no constituyen un peligro para la circulación. Si algo no funciona, habrá que repararlo. Es así de simple.

–Pero las personas no son como los coches, Óli.

–Todos obedecemos a ciertas leyes. A cierta mecánica.

–Mira, Óli, haz lo que quieras. No se puede hablar ni contigo ni con tu hermana.

El martes amanece brumoso. Óli se olvida de comer. Se sobresalta con cada llamada, cada mensaje. Graba un grama para mandárselo al chico, pero lo borra. Redacta un comunicado de prensa para enviárselo a los medios en caso de que al día siguiente el chico se niegue a recibir tratamiento psicológico. A medida que avanza la jornada, su ira no hace más que aumentar. Está enfadado con el chico por su falta de consideración, y está enfadado consigo mismo por permitir que sea él quien controle el desarrollo de los acontecimientos, y está enfadado con Sólveig por haberle puesto entre la espada y la pared.

–¿Qué tal ha ido el día? –pregunta Sólveig con indiferencia cuando él llega a casa.

–Ese chico no me va a llamar –dice, esforzándose por mostrarse sereno.

Sólveig levanta la vista.

–¿Todavía sigues pensando en eso?

–Pues claro que todavía sigo pensando en eso.

Sólveig va a decir algo, pero Óli la interrumpe:

–Mira, no digas nada. No estamos de acuerdo.

Se da media vuelta y se encierra en el baño antes de que ella pueda decir nada y abre el grifo la ducha. Aumenta la temperatura del agua y la presión del chorro hasta que ya no puede aguantar más. Cuando sale del baño, Sólveig ya ha apagado las luces y está acostada.

Miércoles: cuarenta y siete por ciento a favor, cuarenta y ocho por ciento en contra. Óli se encierra en un despacho y llama al joven. Espera hasta que deja de sonar. El chico se está escondiendo. Está esperando al referéndum. Está convencido de que Óli no va a hacer nada. En ese momento ve a Salóme a través de la pared acristalada.

–Salóme –dice él por la puerta entreabierta–. ¿Puedo hablar contigo un momento?

Dos horas después, está todo publicado en los principales medios: fotografías de las ruedas rajadas y de la X roja en la puerta de su casa, capturas de pantalla de las amenazas y las fotos que el chico tomó a través de su ventana. Los periodistas llaman. Óli dice que siente compasión por ese chico. Dice que lo comprende, en cierto modo. Pero que comprender a la gente no es lo mismo que ayudarla. Este suceso solo pone de relieve la necesidad del nuevo futuro por el que están luchando. Un futuro en el que personas como Tristan puedan tener acceso a recursos de verdad.

Al principio se siente como si se hubiera quitado un peso de encima. Esa historia no será noticia de primera plana. Será solo un guijarro más en un gran montón de piedras. Pero luego ve que la noticia va escalando puestos en la lista de las diez más leídas: del noveno puesto al octavo, y después al séptimo. Los informativos dicen que no consiguen contactar con el chico. Óli no cree que el chico o Magnús Geirsson vayan a hacer declaraciones sobre el tema. Aplaza durante horas el momento de volver a casa. Hacia las diez, cuando Himnar se despide de él, da gracias por volver a disponer de su propio coche. Cuando por fin se va poco después de la medianoche, la noticia se ha convertido en la más leída en el principal medio de comunicación del país. Se desviste a toda prisa y se mete debajo del edredón. En la oscuridad vislumbra la forma del hombro de Sólveig. Está despierta.

En cierta ocasión, en un congreso en Estados Unidos, conoció a un psicoanalista canadiense que le dijo que, si los padres no explicaban sus problemas a sus hijos, estos acabarían metiéndose en las mismas situaciones o parecidas a fin de intentar comprender lo que había sucedido. Estaban todos de pie en torno a una mesa alta redonda, con copas de champán y el psicoanalista lo dijo medio en broma, como respuesta a algo que había dicho alguien. Óli se rio junto a los demás. Para él, el psicoanálisis pertenecía al campo de la literatura, no de la psicología. Pero ahora, mientras mira el hombro de Sólveig, se da cuenta de que podría estar mirando el hombro de su propia madre. ¿Se hará Dagný algún día las mismas preguntas que Óli? ¿Por qué su madre no había abandonado a su padre? ¿Por qué lo soportó todo, día tras día, decenio tras decenio? Se mueve en la oscuridad: le besa el hombro antes de tumbarse de espaldas y cerrar los ojos.

Lo despierta el sonido de una llamada y su mano busca los auriculares en la mesilla de noche.

—¿Lo has visto? —pregunta Himnar.

—¿El qué?

—El chico ha sufrido una sobredosis. Los médicos no excluyen un intento de suicidio.

—¿Qué chico?

—Tristan Máni.

Óli se sienta en la cama.

—¿Ha... *muerto*?

—No, está en coma inducido, con respirador.

—Dios mío.

—Sí. ¿Podrías volver a la oficina? Seguro que los medios empezarán a llamar.

—Ya basta —dice Magnús Geirsson en las noticias del mediodía—. Ya es hora de que la población afronte el hecho de que la obligación de marcado es una ideología que no funciona. No podemos justificar el sacrificio de vidas humanas a cambio de una falsa sensación de seguridad.

—Es una tragedia espantosa —dice Óli—. Desde la Asociación de Psicólogos de Islandia queremos transmitir a Tristan Máni nuestros más sinceros deseos de recuperación.

—Solo estaba enfadado —dice la madre del chico—. Jamás habría llevado a cabo sus amenazas. Nunca ha soportado los conflictos. Todo esto del examen se le había hecho una montaña, y además se negó a venirse a vivir conmigo al barrio de Viðey. Estaba decidido a comprarse un piso para poder vivir según sus propios términos.

—Queremos implementar una infraestructura que nos permita identificar y acoger a esos chicos —dice Salóme—. Para que no vuelva a suceder jamás algo así.

Las redes sociales arden. Los partidarios del sí afirman que la marca habría podido evitar el triste destino de ese pobre chico. Sus opositores acusan a Óli y a la obligación de marcado, y difunden de forma masiva la entrevista con Tristan. Óli está sentado en la sala de reuniones, donde él y el comité electoral siguen atentamente el flujo de comentarios que no para de crecer. Él personalmente recibe decenas de mensajes de todo tipo: de apoyo, de ánimo, de acusación, de odio.

Hacia las dos, los medios informan de que una gran muchedumbre está empezando a concentrarse en la plaza Austurvöllur.

—Son miles —dice un periodista—. Los conductores de las calles aledañas hacen sonar sus cláxones sin interrupción. Se oyen ruidos de sirenas desde todas direcciones, así como gritos y cánticos, e incluso hay quienes utilizan sus relojes como megáfonos. Ya hay dos detenidos por intentar arrojar cócteles molotov contra el edificio del Alþingi.

Poco después se oye un fuerte golpe en la ventana de la sede de la APSI de Borgartún. Óli necesita unos momentos para distinguir el amasijo que chorrea por el cristal: cáscaras y restos de huevo. Se levantan y se acercan a toda prisa a la ventana. No hay mucha gente delante del edificio, solo cuatro tíos desaliñados y dos mujeres. Gritan y levantan el puño cuando los miembros del comité aparecen en la ventana. Ya ha pasado otras veces. Una porción minúscula de los manifestantes acaba yendo a por ellos, en vez de ir al Alþingi.

Uno de ellos sostiene un cartel enorme pintado a mano. Otro enciende una sirena. Un hombre de mediana edad echa el brazo hacia atrás, aprieta los dientes y lanza otro huevo con todas sus fuerzas. Impacta justo delante de la nariz de Salóme, que se aparta instintivamente de la ventana. Llama de inmediato a la policía y luego va a avisar a los demás miembros del comité electoral. La policía les dice que cierren todas las puertas y que no entre ni salga nadie del edificio.

Se trasladan a una sala interior de las oficinas y siguen las noticias con expresión tensa mientras crece el estruendo en la calle. Óli llama a Sólveig, pero no responde. Le envía un grama y le explica la situación.

–Las manifestaciones no son la solución –dice Magnús Geirsson–. Ahora hay que mantener la calma y ejercer nuestro derecho a voto el próximo sábado.

–Se han movilizado todos los efectivos de la policía y de las fuerzas de seguridad –anuncia el jefe nacional de la policía.

La pequeña multitud concentrada en la sede de la APSI en Borgartún va aumentando. Óli calcula que serán en torno a unas treinta personas. Himnar y Salóme toman el mando. Salóme está en contacto directo con la policía, mientras que Himnar se coloca junto a la ventana y va informando del curso de los acontecimientos. Hacia las tres aparecen cinco policías en el exterior e intentan disolver al grupo de manifestantes, que se limitan a alejarse un poco de la entrada del edificio y continúan profiriendo insultos y lanzando huevos. En las oficinas proyectan dos pantallas, una al lado de la otra: una con un medio de comunicación importante y otra con una retransmisión en directo desde la plaza Austurvöllur. Óli ve su nombre y el del chico aparecer una y otra vez en los análisis y comentarios de los periodistas.

Pero ¿acaso no es él la víctima aquí? ¿No fue *él* quien sufrió amenazas? ¿Acaso no se había visto obligado a intentar arreglar la situación mientras el chico se hacía el inocente? ¿Cómo iba a prever que el chico intentaría quitarse la vida? La retransmisión en directo muestra a un grupo de antidisturbios protegiendo el edificio del Alþingi. La turba escupe, da patadas. El fragor es un denso muro de sirenas, gritos y ruidos de cristales rotos. De repente, los manifestantes forman una cadena agarrándose por los brazos e intentan abrirse paso a través de la línea de seguridad para entrar en el edificio. Los antidisturbios retroceden un poco, pero consiguen resistir y rechazar el avance de la muchedumbre con ayuda de sus escudos protectores transparentes.

De vez en cuando se estrella otro huevo contra los cristales de la oficina. Sus colegas miran a Óli de reojo.

En la pantalla se ve a un hombre enmascarado que se separa del resto y arroja una botella de cristal verde por una de las ventanas de la vieja casa de madera adyacente al Alþingi. La gente estalla en vítores y otro hombre sigue su ejemplo, y luego un tercero. Unos instantes después empiezan a brotar columnas de humo negro por las heridas abiertas de la casa. Los antidisturbios cargan contra la muchedumbre. Algunos se lanzan directamente contra los incendiarios para reducirlos. Se producen violentos enfrentamientos entre los manifestantes y las fuerzas de seguridad, que se van recrudeciendo a cada segundo que pasa. De pronto, se ve una especie de cajitas salir volando desde detrás de los escudos. De ellas brota una densa niebla blanca. La masa retrocede, los gritos y las sirenas llenan la plaza. Alguien cae al suelo. Al fondo, la casa de madera arde como una tea.

Tea:

No tenía intención de responderte. Y como sé que necesitas tener siempre la última palabra, no responderé a tu próxima carta. Si quieres que nos veamos, siempre puedes llamarme. Pero estas últimas semanas no he podido pensar en ti sin ponerme furiosa. Tan furiosa que me han entrado ganas de poner fin a nuestra amistad y no volver a dirigirte la palabra. Mi psicóloga opina que debería romper toda relación contigo, que nuestra amistad se ha vuelto tóxica. Y a veces esa es la impresión que me da a mí también. Pero, por muy furiosa que esté, pensar en esa posibilidad me parte el corazón. Imaginarme una vida sin acceso a ti, ni tú a mí. La mera idea toca todas las cuerdas luminosas que han resonado entre nosotras a lo largo de los años: el afecto, la risa, el cariño, la confianza y la seguridad. La ponzoña presente se olvida de inmediato: la rivalidad y la envidia y la lucha por el poder. Y las frases. Esas breves frases que se han ido haciendo cada vez más y más hirientes cada año, cada decenio que pasa, hasta que la ponzoña ha llegado a la sangre y amenaza la vida.

¿Cuál es el valor de la amistad? Y diría más: ¿cuál es el valor de una amistad que nos lleva a despojarnos de la máscara? Hemos dejado de disfrazarnos la una ante la otra. No nos sonreímos con fingida cortesía. No camuflamos nuestros sentimientos. Hemos traspasado el umbral de la intimidad tras el cual no existen ni el disimulo ni los filtros. Nos hemos convertido en dos cúmulos de saliva que, al descubrir su propio reflejo en los ojos de la otra, vemos el cúmulo de saliva que ve la otra y nos hace sentir como un cúmulo de saliva, lo cual nos transforma en un cúmulo de saliva. Y por eso empezamos a detestarnos a nosotras mismas cuando estamos en compañía de la otra, porque no queremos vernos reducidas a meros cúmulos de saliva. Y al final acabamos odiándonos la una a la otra por hacernos sentir así.

También mi madre perdió amigas. Su mejor amiga de la infancia rompió su relación con ella a la edad que tenemos nosotras ahora. Cuando muchos años después se encontraron por casualidad en un festival, bajo un sombrío cielo de agosto, la amiga fue directamente hacia ella y la abrazó. Te quiero, dijo la amiga. Yo también te quiero, dijo mi madre. Fueron las únicas palabras que intercambiaron. Y luego siguieron cada una su camino. Mi madre lloraba al contármelo. Me dijo: Ella me conoce mejor que tú, Laíla. Yo asocio cada relación de mi vida con una determinada risa. Mi hermano me hace reír de una manera, y tú de otra, y tu padre de otra, y lo mismo sucede con mis compañeros de trabajo o con mi grupo de senderismo, y todas esas risas son tan diferentes como numerosas. Pero a veces tengo la sensación de haber perdido mi risa más sincera cuando la perdí a ella.

A pesar de la agresión y el dolor que me produce, me siento así. Como si fuera a perder mi risa más sincera al perderte a ti. Pero entonces me pregunto: ¿Podemos reírnos todavía? ¿Podemos seguir haciendo aflorar lo más luminoso la una de la otra? Tenemos la duda y el dolor y la ponzoña. Una parte de mí no cree que podamos dar marcha atrás. Que es imposible recuperar la intimidad. Aunque nos disfrazásemos ahora, siempre descubriríamos los restos de saliva que hay bajo los disfraces. Tú dirás algo que me hará daño, y yo responderé algo que te hará daño a ti, y volveremos a ponernos a la defensiva bajo el absurdo pretexto de que estamos hablando de la marca obligatoria.

Tal como yo lo veo, este es el quid de la cuestión: esto no trata de política. Sino que trata de nuestra relación. De la manera en que te permites hablarme, y de la manera en que yo me permito hablarte a ti. Me he estado planteando las mismas preguntas una y otra vez. Si podemos, y cómo, recomponer nuestra amistad. Si la clave está en la empatía. He intentado imaginarme un futuro en el que tú utilizarías lo que sabes de mí para determinar si lo que te dispones a decirme podría herirme o no. O en el que tú te preguntarías cómo te sentirías si yo te dijera lo mismo a ti, y al final las dos evitaríamos decirlo. Al imaginarme ese futuro, me doy cuenta con estupefacción de lo cruel y desconsiderada que has sido tantas veces. Al decirme todas esas cosas que a ti misma te harían daño.

Entonces lo he visto claro. En mi última carta te pedí que me hablaras como te hablarías a ti misma. Y ahora he comprendido que es ahí donde radica el problema: que tú me hablas como si yo fuera tú. Me sermoneas como si te sermonearas a ti misma. Con una crueldad y un autoritarismo despiadados.

Querida Tea. No sé lo que nos deparará el futuro. Pero solo quiero pedirte una cosa: háblame como si yo fuera yo. Teniendo siempre en cuenta que muy probablemente yo reflejaré tus actos. Que responderé a la crueldad con crueldad, a un ataque con un contraataque, y al amor con amor.

Te quiero.

Laíla

24

La ventana del dormitorio tiene las persianas bajadas, pero puede oír que el cielo es de un azul ártico. La banda sonora: aviones, gorriones, rumor de tráfico. Oye también a Óli y a Dagný en la cocina: una cuchara toca un cuenco, una silla araña el suelo. Mira la hora (las ocho y media) y levanta un poco la cabeza de la almohada. Proyecta las noticias: sesenta y seis detenidos en los disturbios, cuatro heridos graves. Cambia de opinión, apaga la pantalla y se levanta. El cuarto de baño está al otro lado del pasillo. Se queda un momento en la puerta entreabierta y luego intenta cruzar rápidamente sin hacer ruido.

—¿Sólveig?

Se fuerza a mirarle a la cara. Necesita de toda su energía para mantener un semblante inexpresivo de ojos vacíos. Sabe que si su mirada delata sus sentimientos no habrá vuelta atrás: las mejillas seguirán a los ojos, la boca seguirá a las mejillas y las palabras seguirán a la boca. Pese a todo, tendrá que concederle ese único día.

—Presentaré mi dimisión el lunes —dice él—. Independientemente del resultado del referéndum de hoy. Voy a dejarlo.

Le observa. Está estresado. Hay tensión en su cuerpo, una súplica en la mirada. Su hija está viendo un programa infantil y se balancea distraída en su sillita, vestida solo con el body, la espalda arqueada.

—Te quiero —dice él.

Ella abre la puerta del baño, entra y cierra con pestillo. Se sienta en el váter, se cubre la cara con las manos. El deseo, piensa, es cuando coinciden anhelo y sufrimiento.

Él no era su tipo. Por lo general, no le gustaban los chicos que les gustaban a todas las chicas. No obstante, lo observaba desde lejos: su pausada forma de hablar, su actitud reservada pero resuelta. Por las noches lo imaginaba en la cama con ella, abrazándola. Entre los doscientos alumnos que conformaban su promoción, estaba claro que él llegaría a donde quisiera. Participaba activamente en todas las clases (lo que sin duda le habría resultado un tanto repelente si no estuviera tan colada por él) y en las fiestas hablaba sin parar, con quien estuviera dispuesto a escucharle, de las posibilidades que ofrecía el futuro. A nadie le extrañó que en tercero se presentara para presidente de la asociación de estudiantes de Psicología. A nadie le extrañó que al acabar sus estudios se metiera en política, en la APSI.

La inmensa mayoría de los estudiantes de clínica eran chicas y Sólveig no era la única que le había echado el ojo. Poco antes de que él empezara a fijarse realmente en ella, se había pasado una hora entera durante una fiesta en el dormitorio con una chica de su curso, que le estuvo contando con todo lujo de detalles todas sus interacciones con él; la chica le daba un significado especial a las cosas más insignificantes: que él una vez él le había ofrecido llevarla en su coche (con otras dos chicas), que se había reído con sus chistes y que incluso la había elogiado por una idea que había tenido. La chica parecía estar en la frontera entre la esperanza y la capitulación. Sólveig la escuchó en silencio y decidió (no por primera vez) dejar de pensar en Óli. Esa noche se fue a casa con un estudiante de medicina al que no conocía para exorcizar sus deseos con otro cuerpo.

Todavía hoy sigue sospechando que no habría pasado nada entre ellos si ella no hubiera dejado expresamente de mirarlo.

A veces se imagina un largo pasillo con varias puertas abiertas, y que cuando ella cerró la suya, Óli inconscientemente sintió curiosidad y llamó a su puerta.

Seca ese cuerpo al que todavía no se ha acostumbrado del todo, aunque ya han pasado tres años desde el parto. Cuando hace varias semanas se le cruzó por la cabeza que (quizá) debería enseñárselo a alguien nuevo (en un futuro lejano), su satisfacción corporal retrocedió muchos miles de pasos.

Al salir del baño, padre e hija están en el salón.

—Vuelvo hacia las cuatro y te relevo —dice ella desde el vestíbulo.

—¿Adónde vas?

—A trabajar, tengo cita con un paciente.

—¿Cómo? ¿En sábado?

—Sí.

—¿A qué hora terminarás? Podemos pasar un rato aquí tranquilamente y luego ir a votar juntos, ¿no? —Ella nota que él intenta que su voz suene alegre, optimista.

—No, id vosotros. Yo iré por mi cuenta.

No se precipitó. Cuando él la invitó a salir, ella se dominó, tuvo cuidado en no dar demasiado, unas cuantas migajas aquí y allá. Él se mostraba curioso y observador, preguntaba con tacto e intuición, y Sólveig se dio cuenta de que llegaría a ser un buen psicólogo. Se contagió de su ambición y su confianza en el futuro. Cuando le decía que quería fortalecer los eslabones más débiles de la sociedad, ella quería lo mismo. Eso fue antes de conocer directamente a los eslabones más débiles.

Sólveig intentó gestionar sus expectativas. En ese momento, mientras ella seguía siendo solo una puerta entreabierta, él estaba prendado de ella, pero Sólveig era consciente de que si no mantenía cierta disciplina aquello no duraría mucho. Ella lo sabía: el deseo se alimenta de la distancia. Nunca (… casi nunca) quedaba con él dos noches seguidas, y procuraba que se vieran en pequeñas dosis, limitadas a unas seis (ocho) horas cada vez, y después de acostarse no se quedaba mucho tiempo en casa de él. Él intentaba activamente impedir que se fuera, llevarla otra vez a la cama. Cuando la abrazaba totalmente vestida bajo el edredón, ella sentía que todo su cuerpo se relajaba. Se permitía quedarse allí unos minutos, hasta que Óli empezaba a agitarse en un duermevela y ella se escabullía de la cama y salía de la habitación.

Cuando él le pidió formalizar su relación, Sólveig creyó que la estaba dejando. A los diez meses le propuso por primera vez irse a vivir juntos, ocho meses después se lo propuso otra vez. Ella inventaba toda clase de excusas: que tenía que concentrarse en los estudios (lo cual era cierto: el amor consumía mucho tiempo), que el contrato de alquiler estipulaba que era solo para una persona, que todavía no se sentía preparada. A sus padres les encantaba psicoanalizarla delante de Óli, por fin tenían un cómplice ideal. Cada vez que los invitaban a cenar se dedicaban a explicar, utilizando ejemplos extraídos de su infancia, que Sólveig necesitaba siempre un largo tiempo de reflexión —a fin de cuentas era capricornio— y después le preguntaban a Óli entre risas cómo él, un sagitario, podía estar con una persona tan tranquila y equilibrada. Un día él respondió con una pregunta: Los signos del zodiaco se parecían un poco a los subrayadores, resaltaban solo unas cuantas frases en un texto más amplio, ¿acaso no eran una clasificación injusta de los espíritus más complejos y contradictorios? Fue al volver a casa después de esa cena, cuando Sólveig, en un arrebato de locura, le propuso que se fuera a vivir con ella.

En cuanto entra en el coche, su semblante se ensombrece. Se mira en el espejo: es solo hoy, y luego se acabó. Se dirige sin pensarlo hacia donde dijo que pensaba ir: al trabajo. Su consulta está en Suðurlandsbraut. No tiene ninguna cita y Óli lo sabe. Se compra algo para desayunar (un bollo de canela puede servir perfectamente como desayuno) en la cafetería de abajo y sube a su planta. Luego se deja caer en el sofá de su despacho y come, pensativa.

El deseo se fue difuminando como el tinte del pelo, y dio paso a la intimidad. Durante los cinco primeros años que Sólveig trabajó como psicóloga, jugaron en el mismo equipo. El examen de empatía era un método revolucionario para comprobar si un paciente era capaz de comprender la relación de causa y efecto. Además de medir el grado de empatía y amoralidad, permitía determinar si el sujeto experimentaba sufrimiento o malestar ante el dolor de otros. Establecía una correlación evidente entre ciertos factores. Cuanto menor fuera la empatía, mayor era la probabilidad de que una persona tuviera antecedentes penales. Gracias a un método tan vanguardista, era posible optimizar los tratamientos terapéuticos y la medicación para cada paciente, pero también evaluar los índices de mejoría y curación, y la correlación entre los resultados y las conductas antisociales. A fin de que Óli pudiera perfeccionar la experiencia de los usuarios, Sólveig le daba acceso a los datos de sus pacientes (manteniendo su anonimato). Al llegar a casa discutían soluciones e ideas mientras cenaban o tomaban una copa de vino, a veces con amigos o con la familia. Cuando su suegro empezaba a refunfuñar y a protestar, ella se ponía de parte de su marido. Era estupendo formar equipo con Óli. Era muy bueno debatiendo.

Cuando empezó la discusión sobre si los diputados deberían someterse a la obligación de marcado, no supo muy bien cómo posicionarse. Entendía la posición a favor del marcado: quienes obtuvieran un resultado inferior al mínimo no debían seguir en sus puestos de poder. Pero se ponía de los nervios (sin que se le notara) al ver a políticos y populistas alardeando de los resultados de sus exámenes de empatía en los medios como si fueran certificaciones de su propia excelencia. Eso no demostraba nada. Ni tampoco refutaba nada. Más adelante, Óli llegó una noche a casa y le habló del Registro. Ella estaba en la semana treinta y cuatro. Se sentía cansada y dolorida, y no se podía creer que aún le faltara mes y medio de embarazo. La idea de un registro público le causaba gran desazón, pero intentó que no la afectara: de momento no era más que un proyecto. Si llegaba a convertirse en un hecho, probablemente solo se inscribirían unos cuantos miles de ciudadanos temerosos. Sería una moda breve y serían muy pocos los verdaderamente afectados. Aun así, cuando algunos psicólogos de la APSI recogieron firmas en oposición a la idea, ella no dudó en firmarla. Óli se sintió dolido. Pero respetaba su postura (o al menos es lo que dijo) respecto al examen de empatía, que ella consideraba como un instrumento para ayudar a un grupo social muy definido, y no como un sello de calidad o de recomendación para toda la población.

Pero entonces la APSI creó el Registro y la gente empezó a marcarse y a marcar sus espacios, y algunas empresas se subieron al carro, y su sensación de malestar e impotencia fue creciendo día a día. Sólveig vio cómo algunos de sus colegas se daban de baja en la APSI y se afiliaban al KALL para focalizar sus energías en oponerse al examen. Óli no le habló de la obligación de marcado hasta pocos días antes de que se hiciera público el primer borrador del proyecto de ley. Fue una decisión deliberada. Sabía que ella pondría toda clase de trabas. Que fue lo que hizo.

—Ya no queda nada —dice ella en voz alta.

Proyecta su buzón de correo. Tiene un mensaje sin abrir desde ayer.

Hola:

Soy una amiga de Inga Lára, ella me ha dado tu nombre. Estoy buscando una psicóloga. ¿Admites pacientes nuevos?

Eyja E.

Al teclear el nombre de la mujer, Sólveig descubre que los medios han hecho público recientemente que ha suspendido el examen. No es algo inusual. El ser humano se adapta a las circunstancias. Cuando las personas expuestas en los medios acuden a ella en busca de tratamiento, suele ser para poder *decir* que están trabajando en sus problemas. Es una práctica social antiquísima: confesar los pecados, recibir la absolución. Observa la cara de la mujer que tiene delante. Probablemente será una pérdida de tiempo para las dos. Pero le ofrece una cita para la próxima semana. Luego cierra la pantalla holográfica, se termina el café y decide ir al colegio electoral dando un paseo.

No se quejaba nunca (o muy pocas veces) cuando él se iba a trabajar durante el permiso de paternidad. Tampoco decía nada cuando le veía trabajando en casa con Dagný en brazos. Hasta que dejó de callar y empezó a quejarse. Al principio las protestas eran dispersas, como esas granjas que se ven a lo largo de una carretera. Pero luego fueron aumentando, como una pequeña población que va creciendo poco a poco y haciéndose cada vez más densa. Hasta que no pudo controlarse. Se sentó a su lado y le dijo Ahora tienes una hija. Tienes que estar presente. Siento que estoy pilotando este barco yo sola, y cada vez que ella expresaba sus quejas, él decía Perdona, amor, esto acabará pronto, en cuanto saquemos adelante el proyecto de ley me tomaré en serio el permiso de paternidad. Las cosas mejoraban durante dos, tres semanas. Apagaba a Zoé y prestaba más atención a su mujer y a su hija, hasta que la oposición hacía algún movimiento y entonces volvía a olvidarse y ellas desaparecían en el brumoso segundo plano de su vida.

El deseo volvió, pero bajo una forma completamente distinta, deformado por la ira y las decepciones y la frustración. Solo la llamaba para preguntar qué había de cena o para pedirle que fuera a buscar a Dagný a la guardería. Y cuando ella dijo que tenía que encargarse de la cena tres veces por semana, él seguía llamando camino de casa para preguntar qué había en la nevera, qué podía cocinar.

—Eso puedes decidirlo tú —decía ella—. Ya eres mayorcito.

—Pero soy sagitario. No sé nada de nada. Tú eres la capricornio de la casa —respondía él, en un intento de hacer una gracia.

Hay cientos de vehículos mal aparcados por todos lados. En las calles culebrean lentas filas de coches como serpientes perezosas, mientras un flujo constante de personas entra y sale del colegio electoral. Se encuentra con dos antiguos compañeros de clase y la saluda una mujer a la que no sitúa. Probablemente una madre de la guardería. O una paciente que fue a su consulta un día y no volvió nunca más.

Se adentra en las oscuras fauces del gimnasio. Una inteligencia artificial le dice que se dirija hacia una larga mesa donde hay cinco personas sentadas, y detrás de la cual hay pequeñas cámaras situadas encima de unos postes. Dice su nombre y le entregan la papeleta de voto. Luego le indican que se dirija al pasillo F. Allí hay una pequeña cola delante de unas cabinas electorales.

¿Puede imaginarse viviendo más tiempo en la frontera entre la esperanza y la capitulación? No. ¿Cambiará algo que Óli dimita el lunes? No. La marca ha revelado unas facetas de Óli que ella no puede ignorar por mucho que lo intente. El subrayador las ha resaltado, como frases clave en un libro de cientos de páginas: su tendencia a compadecerse de su suerte y a autojustificarse constantemente, su intolerancia a los defectos de los demás, no solo vicios y patrones de comportamiento, también los detalles más inocentes como tics, ruidos, manías. La marca obligatoria es su vía para enfrentarse a su propia intolerancia. Pero es imposible reprogramar a las personas. No se las puede destejer como si fueran jerséis viejos y reutilizar la lana. Le concederá esa última noche, pero mañana se irá con Dagný a casa de sus padres.

El cubículo huele a perfume y pintalabios. ¿Desea que esta ley entre en vigor? No. Cierra el sobre, avanza hasta la urna y lo mete en la ranura. Sale del gimnasio con la sensación familiar que siempre la asalta después de haber votado: la de que su voto no tendrá ninguna importancia, y que su participación no influirá en absoluto en el resultado del escrutinio.

25

Se desata el júbilo con la llegada de los primeros resultados: cincuenta y nueve por ciento a favor, treinta y siete en contra. Unos silban, otros gritan, la sala estalla en aplausos. Y el alivio se va extendiendo en oleadas entre el comité. Risas de alegría, suspiros, resoplidos de distensión. El margen es mayor de lo que nunca se habrían atrevido a esperar. Himnar le da una palmada en la espalda a Óli, que tiene que sujetarse a su colega para no caerse. Le tiemblan las manos. Las rodillas también. El cuerpo de Óli flaquea. Salóme sale para hablar con los periodistas. Poco después su cara aparece en la pantalla gigante, con la sala eufórica de fondo. Óli abre la primera cerveza y el alcohol llega de inmediato a sus venas. Imagina lluvia cayendo por los canalones de los tejados. Brinda con el comité, palmea espaldas, se abraza a cuerpos, bebe. Desearía que Sólveig estuviera allí con él. Le dan ganas de llamarla, pero se contiene.

La noche electoral se celebra en la planta baja de la sede de la APSI de Borgartún. Algunos voluntarios jóvenes la han decorado con guirnaldas de luces y banderines dorados. La sala está llena de gente vestida para la ocasión.

—Esto no ha acabado aún —oye decir a alguien—. La situación podría dar un vuelco en cualquier momento.

Ahora siente hambre. Recorre la sala con la mirada en busca de algo para comer y ve al fondo una mesa alargada con canapés y algunos bocados más contundentes. Se dirige hacia allí, se llena un plato y se sienta en un rincón para devorar los tentempiés. Come como si llevara varios días sin comer.

Cuando termina, suspira profundamente y nota que empieza a recuperarse. Llama a Sólveig. No responde.

Puede que esto no haya terminado, pero no puede evitar contagiarse del arrollador ambiente de victoria de la sala. Está pasando. Están construyendo una auténtica sociedad del bienestar. En la que todos podrán recibir ayuda. Nadie será olvidado. La violencia será sofocada desde su mismo origen. Coge otra cerveza y se suma a las animadas conversaciones de la multitud. Se pasa un buen rato yendo de un grupo a otro. El presentador anuncia que están a punto de llegar nuevos datos y la atención de la sala se aguza por unos momentos, pero se relaja a cada minuto que pasa sin noticias. Intenta otra vez localizar a Sólveig, pero no le coge el teléfono.

Finalmente encuentra a Himnar, que está en un corrillo con otros cuatro del comité.

—Me está entrando el bajón —dice Óli.

—A mí también —responde Himnar, con una sonrisa de oreja a oreja. Brindan. Charlan con los otros miembros del corrillo, comentando los resultados por circunscripciones y los que aún faltan por escrutar.

—Ha sido la manifestación —opina una mujer del círculo—. Ha sido el último clavo en su ataúd.

—Sí, o más bien la violencia que han provocado las manifestaciones —dice un hombre que está a su lado—. Las manifestaciones no son malas en sí.

—No, no —dice la mujer—. Pero ya sabes a lo que me refiero.

—En realidad, creo que es a ti a quien hay que dar las gracias, Óli —dice el hombre.

—Estoy completamente en desacuerdo —protesta Himnar—. Óli fue una víctima de la violencia, tanto por parte de Tristan como de los manifestantes.

—Sí, claro, claro —dice el hombre—. Pero él lo denunció. Por suerte.

El hombre levanta su botella a la salud de Óli y bebe. Óli continúa con el grupo tanto tiempo como puede. Después se excusa, sale a las escaleras y se sienta en un escalón. Un momento después se abre la puerta.

—Óli, tú no eres el responsable de esto.

—Lo sé.

—*Ese chico* te amenazó *a ti.*

—Lo sé, Himnar.

Himnar le mira.

—Pero hoy he llamado al hospital —dice Óli—. Los médicos dicen que es imposible saber si saldrá de esta.

Himnar le coge por un hombro.

—No es culpa tuya —dice, apretándole más fuerte—. No hay nada que tú puedas hacer. Pensaremos en esto el lunes. A lo mejor podemos ayudar a la familia de una manera u otra. Pero ese chico decidió por su cuenta y riesgo enviarte esas amenazas y hacer pública una imagen falsa de sí mismo. Todos habríamos difundido lo que ha pasado en los medios. Tú no hiciste nada malo.

Óli asiente y traga saliva. Se imagina la cara del chico, su desesperación y las pastillas en la palma de la mano.

—Volvamos dentro —dice Himnar. Y repite—: No hay nada que puedas hacer ahora. Hemos trabajado como bestias durante años en esto.

—Dame unos minutos —dice Óli—. A ver si consigo hablar con Sólveig.

Himnar frunce los labios en señal de acuerdo. Luego empuja la puerta cortafuegos para sumarse de nuevo a la fiesta. En ese mismo instante estalla otra oleada de alegría, cuyo eco resuena por las escaleras vacías. «¡Sí!», exclama alguien justo antes de que la puerta cortafuegos se cierre detrás de Himnar y los gritos queden ahogados, como si alguien hubiera apretado una inmensa almohada sobre el rostro de la celebración.

26

Tristan está en la piscina. A ratos bucea. A ratos se relaja en el borde del agua. Entonces aparece una luz brillante de la hostia. Oye la sintonía de CityScrapers. Busca al socorrista. Le apetece echar una partida. Oye la voz del socorrista a lo lejos.

—¡Hola! —grita, pero no sale ningún sonido.

—¡HOLA! —chilla, pero no se oye nada.

Entonces oye una voz que le resulta familiar y comprende por fin lo que está pasando. Está dentro de su madre. Se ha convertido otra vez en un feto. Está atrapado en su vientre. Intenta moverse, pero está rodeado de paredes blandas y viscosas y de órganos hinchados. Tantea a su alrededor y palpa una especie de salchichas resbaladizas que deben de ser los intestinos de su madre. Intenta apretarlos para pedir ayuda. Estruja las salchichas todo lo fuerte que puede y oye a su madre soltar un grito. Afloja un poco. Ella es consciente de su presencia.

Al abrir los ojos ve un túnel blanco. ¿O lo había visto antes de abrir los ojos? Vuelve a cerrarlos. ¿Cuántos años tiene? Alguien se lo dice. Alguien le dice que tiene cincuenta años.

Joder. ¿Tanto tiempo lleva aquí? Intenta abrir los ojos, pero no sucede nada. Hace un esfuerzo y vuelve a intentarlo, pero los cabrones se niegan a abrirse.

Está preso en el campamento militar de una guerra muy antigua. Lleva puesta una bata verde y está atado a una silla. El coronel también lleva una bata verde y quiere pelear con él. Le aflojará las ligaduras si Tristan promete que peleará con él.

–Lo prometo –dice Tristan.

Oye a gente al otro lado de la valla. La valla es algo más alta que él. Salta y salta intentando ver al otro lado. Salta y vuelve a saltar. Y finalmente abre los ojos. Tiene algo metido en la boca. Un tubo enorme. Intenta tragar, pero el tubo se lo impide.

–Zoé –dice, pero apenas sale ningún sonido.

–¿Tristan? –dice su madre.

–Siento lo de las salchichas –dice Tristan. Y vuelve a dormirse.

Tiene los ojos abiertos. Su madre y su hermana están sentadas a su lado. Naómí está hablando. Lleva un jersey morado. Sus palabras son como caramelos que intenta coger con la boca abierta. Pero no consigue tragárselas. Le caen sobre la cara y es muy desagradable, le cabrea de cojones. Intenta abrir más la boca, pero las palabras continúan cayéndole sobre la cara. En las mejillas, luego en la barbilla, luego en las cejas.

Le dan una caja de cartón para comer.

–No quiero cartón –dice.

–No –dice, e intenta cerrar la boca–. El cartón no se come.

Se despierta. Le han quitado el tubo. Tiene un dolor de cabeza espantoso.

—Hola —dice su madre.

—Hola.

Guiña los ojos. Alrededor de ella hay montones de cachivaches. Mantas y envases de comida vacíos.

—No estás tan vieja.

—No —dice su madre, riendo—. Solo tengo cincuenta y uno.

—Pero si tú tienes cincuenta y uno...

No lo comprende. ¿Cómo puede tener su madre cincuenta y un años y él cincuenta? No habría podido tenerle con solo un año, ¿no?

—¿Esto es un hospital?

—Sí, cariño.

—¿Por qué estamos aquí?

—Por el trex, cariño.

—¿Tomé demasiado?

—Sí, cariño.

—¿Cuánto tiempo llevo aquí?

—Seis días, cariño.

Rebusca en su memoria, pero no encuentra nada. Lo último que recuerda es que Eldór y él fueron a ver a... a ese. A Magnús. Geirsson.

En cuanto recuerda el nombre de Magnús Geirsson se abre un recuerdo más, el de un vídeo de él mismo. Y un viejo en el bus... que le animaba encarecidamente a seguir adelante.

—¿Qué día es?

—Veintiséis de mayo.

La mira a los ojos.

—¿El referéndum... ha pasado ya el referéndum?

Su madre hace un gesto muy triste con la boca y asiente despacio con la cabeza.

—¿Se ha aprobado la ley?

Su madre vuelve a asentir con la cabeza.

—¿He conseguido comprarme un piso?

—No, cariño —dice ella.

Cierra los ojos. Tiene ganas de volver a dormirse.

—Me han jodido la vida —dice él.

—No digas eso, cariño.

—Ojalá me hubiera muerto.

—Cariño, todo irá bien. Encontraremos una salida.

Nunca habría podido imaginar que una sola semana en cama pudiera joderte de tal forma. Se cansa solo de ir al váter. Le cuesta levantar los brazos. El médico dice que tiene que quedarse en el hospital una semana más, pero que lo trasladarán a planta. Que tiene una úlcera sangrante. Viene a verle una psicóloga, que le pregunta si alguna vez ha tenido pensamientos suicidas.

—No —dice Tristan—. No creo haberlo hecho adrede. Pero, bueno, no me acuerdo de lo que pasó.

Le dan unas pastillas que le ayudarán con el síndrome de abstinencia. Hace años que no ha estado tanto tiempo sin tomar trex. Le cuesta dormir por las noches y la enfermera del turno de noche le da unos somníferos. Le pica todo el cuerpo y no puede dejar de rascarse.

Los recuerdos llegan a borbotones. En cuanto recuerda el más mínimo detalle, se acuerda de todo lo que rodea a ese recuerdo. Le trae a la memoria otras cosas. Es como ir rompiendo charcos helados.

Su madre le cuenta lo que sucedió el día después. Le habla despacio, muy despacio, como si fuera tonto. Le dice que Ólafur Tandri fue a los periódicos con la historia de las amenazas y que después hubo una gran manifestación cuando todo el mundo creía que iba a morir. Al encender Zoé por primera vez, le entra una lista de mensajes que te cagas, enviados por mogollón de personas desconocidas que dicen que piensan en él o que rezan por él o que están a su lado. Sunneva dice que no se lo puede creer y que piensa en él todos los días y que le quiere un montón. Sus viejos amigos de Fossvogur escriben largos mensajes en las redes sociales recordando cosas de él, de cuando eran pequeños, y cuentan que era un chaval estupendo, cariñoso y divertido, pero que tenía que bregar con sus propios demonios y que el sistema le había abandonado y no sé qué más. Al leer todas esas cosas, no puede dejar de llorar, joder. Está solo en la habitación, acostado, leyendo, y las putas lágrimas no paran de correr por sus mejillas. Rúrik también cuelga algunas cosas y dice que Tristan ha sido el mejor amigo que ha tenido en la vida, y que Tristan intentó hacer todo lo que pudo por él, incluso cuando Rúrik se comportaba como un puto gilipollas, y que es fantástico que haya despertado, que le quiere un montón, bro, que es lo mejor del mundo.

Al ver que no puede dejar de llorar, apaga Zoé y se queda un buen rato en la cama, sorbiéndose los mocos. Luego llama a Rúrik.

Viktor le envía un grama para decirle que ha tenido que buscar otro chaval para reemplazarlo, y Tristan vuelve a mirar el grama, y luego una tercera vez, y se siente tan contento, tan jodidamente aliviado, que en cuanto puede disimular la alegría graba un grama para decirle que lo entiende perfectamente y que no tiene importancia.

Al día siguiente, su madre llama a la puerta. Está muy contenta y sonríe de oreja a oreja.

—Tengo noticias —dice.

—Vale —dice Tristan.

—Pues bien —dice ella—. Esta mañana he estado hablando con la profesora de Naómí. Es una mujer joven que va a dejar de dar clases en el colegio del barrio. En realidad, quería pedirme disculpas por una tontería que pasó hace días, pero esa es otra historia. Le he preguntado por qué se iba y me ha dicho que quería concentrarse en sus estudios, que la docencia solo había sido una especie de calle adyacente o algo así por una breve temporada, y entonces ha añadido que iba a vender su piso, que pensaba mudarse a otro barrio, todavía no sabía a cuál. Es un estudio pequeño para una persona o una pareja, en el primer piso, y su precio no sería muy alto porque la escalera no está marcada, ya que hay un señor en el tercer piso que no va a dar su autorización para que se marque el edificio mientras él viva allí. Y entonces le he hablado de ti, y resulta que había visto las noticias y el vídeo y le he preguntado qué le parecería enseñarte su piso, ¿y sabes qué? La sonrisa de su madre no puede ensancharse más.

—Ha dicho que sí. Que podemos ir a verlo esta semana si queremos. Que seríamos los primeros. De modo que he llamado al banco para preguntar por las posibilidades de conseguir un crédito y resulta que, si hacemos como que yo estoy comprando la mitad del piso contigo, entonces podrían darme a mí un préstamo un poco más elevado que el tuyo, porque estoy marcada. Tú podrías pagarme la mitad de la entrada, y más adelante, al cabo de dos o quizá tres años, podemos poner la propiedad a tu nombre y solo tendrás que refinanciar el préstamo.

Su madre le mira con una sonrisa expectante, con las cejas muy alzadas sobre la frente.

—Sí… —dice él—. En cualquier caso, tendré que hacer el examen.

Su madre sigue mirándole.

—Creo que voy a hacerlo cuanto antes, a ver si apruebo —dice él—. Si suspendo, a lo mejor podemos probar eso que dices. Pero si apruebo, me estoy planteando que podría irme a vivir a tu casa, a ese cuarto del que me hablaste. Así no tendría que trabajar y podría acabar el instituto y todo eso.

Su madre rompe a llorar y Tristan deja que le abrace.

Los pasillos son blancos y el suelo azul claro. Todo huele a goma y a desinfectante. Delante de él va una enfermera para enseñarle el camino por el hospital. Sus zapatos rechinan a cada paso. Junto a él va su madre. Giran por una esquina y luego por otra, y recorren un largo pasillo hasta llegar a una sala de espera blanca.

—Buenos días —dice la inteligencia artificial de la recepción—. Por favor, tomad asiento. El médico vendrá en un momento.

Se sientan y la enfermera que les ha mostrado el camino se vuelve hacia ellos.

—Todo irá bien —le dice a Tristan.

Tristan asiente y la enfermera los deja solos. Él pensaba que estaría jodidamente nervioso, pero solo está empanado. La psicóloga le ha dicho que es por la nueva medicación que está tomando para el síndrome de abstinencia, pero que no tendrá ningún efecto en el resultado del examen. Él y su madre esperan un ratito solos en la sala, y entonces aparece otro chico de la edad de Tristan y se sienta enfrente de ellos. Luego se abre una puerta y un tipo con bata asoma la cabeza.

—¿Tristan?

—Todo irá bien —le tranquiliza su madre.

Tristan asiente y se pone en pie.

—Por favor —dice el tipo de la bata, manteniendo la puerta abierta para que pase.

Atraviesan un cuarto minúsculo y entran en un segundo cuarto situado justo detrás del primero. Hay una silla, un casco bastante grande y correas. Tristan se sienta en la silla, el tipo le sujeta las muñecas con las correas, le echa una especie de espray en el pelo, y luego le coloca el casco en la cabeza. Tristan piensa de pronto en Sunneva. Ella también tendrá que hacer el examen. A lo mejor, cuando acabe eso, puede escribirle para contestar a su mensaje y proponerle una cita de verdad. A lo mejor pueden empezar a salir. A lo mejor.

—¿Has hecho alguna vez el examen, Tristan? —pregunta el tipo.

—No.

—Te vamos a pasar unos vídeos y lo único que tienes que hacer es mirarlos atentamente. Este botón es por si te da claustrofobia o necesitas hacer un descanso.

—Vale.

—Estupendo —dice el tipo, sonriéndole—. Todo irá bien.